夕阳晨忆

马洪昌 著

中国文史出版社
CHINA CULTURAL AND HISTORICAL PRESS

图书在版编目（CIP）数据

夕阳晨忆 / 马洪昌著. -- 北京：中国文史出版社，
2023.11

ISBN 978-7-5205-4224-1

Ⅰ.①夕… Ⅱ.①马… Ⅲ.①回忆录—中国—当代
Ⅳ.①I251

中国国家版本馆CIP数据核字(2023)第154664号

责任编辑：卜伟欣

出版发行：中国文史出版社
社　　址：北京市海淀区西八里庄69号院　　邮编：100142
电　　话：010—81136606　81136602　81136603（发行部）
传　　真：010—81136655
印　　装：北京新华印刷有限公司
经　　销：全国新华书店
开　　本：710mm×1000mm　1/16
印　　张：14.75
字　　数：230千
版　　次：2024年3月北京第1版
印　　次：2024年3月第1次印刷
定　　价：56.00元

—— 前言 ——

2016 年，本人的著作《读此书益人生》出版后，便想根据自己认为的一些特别有意义的亲身经历和体会，写本回忆录，但因体力、视力、听力下降，中途搁笔。后来，经过休整，列了个上午专注写作，下午休息备料的计划，历尽艰辛，此书终与读者见面。鉴于此，我给此书初定的书名《夕阳晨忆》，含义是人老心别老。此书稿是我近 80 年经历中的点滴，是从 500 多篇作品中选辑再整理而成。该书各篇各有亮点，现简单点示几篇。

"冬训改革谱新篇"是 1970 年 1 月 2—10 日，我作为司政后三人领导小组组员之一，在副参谋长钱树森带领下，组织部队 284 人，参加了在零下 38 摄氏度的冬季野营拉练试点活动，材料逐级上报至中央后，毛主席阅后批示："这样训练好。"为全军冬训改革作出了贡献，至今仍是部队冬季军事训练的宝贵财富。

"天山修路铸丰碑"是我所在 36143 部队遵循毛主席"搞活天山，造福人民"的指示，从 1966 年进山勘探，再从 1970—1972 年筑路 3 年，发扬一不怕苦、二不怕死的"两不怕"革命精神，将沉睡亿万年的天山拦腰使南北开通，被人们誉为永放光芒的"天山精神"，被自治区命名为红色教育基地。2020 年 1 月份，为纪念我部队修路天山 50 周年，百十多名七八十岁的全国各地老战友边学微信边写回忆录，历经近一年时间，终于写成《筑路天山》一书，填补了这条闻名中外的"独库公路"修建史上的空白。这么大的年龄、这么多的各地战友、这样的写作方法、这么激昂的热情，亲身经历，绝无仅有。2023 年"独库公路"评为全国最美公路之一。

"公仆情暖职工心"是作者对安阳电厂班子廉洁从政的回忆。安阳电厂多次被省、市及中国大唐集团评为勤政廉政优秀班子。在我任纪委书记的十多年中，各级领导以身作则，廉洁奉公，全厂连续十多年没发生一起违法案例，当时，凡与安阳电厂有过业务来往的单位人员常常赞赏道："安阳电厂是一片蓝天，一方净土。"

"爱国奉献百年梦"是作者 70 多年对爱党爱国爱民的时代楷模和无私奉献精神的学习体会。作者 1955 年的笔记，从学校、农村带到部队，再从部队带到大唐央企，日积月累，总结学习这些时代楷模，特别是对年轻一代进行爱党爱国、理想信念、无私奉献、勤政廉政、职业道德等再教育，不仅深受听众欢迎，而且效果良好，影响深远。

"第二故乡亚克西"是作者 1964 年进疆当兵，1986 年退伍，2015 年 8 月再去新疆，当时，原塔城军分区政委、老战友陈作明讲:庆祝自治区成立 60 周年，其中有征集"衣食住行"翻天覆地巨大变化一项内容，你能写，何不写些体会感受！于是便写了此篇，以亲身经历、前后对比的真实情况，从中歌颂党的领导、改革开放的巨大成就。

本人文化程度不高，但有个写作的业余爱好。1965 年 6 月，根据渡江作战训练课目，本人在《新疆解放军报》首次发表《苦练水上杀敌硬功》一文获一等奖后，以后数十年陆续发表通讯、散文、诗歌、论文等计 500 多篇。1998 年，本人花费 40 多年心血所著的《文明锦言一百篇》一书由中国文联出版社出版，之后，陆续计出版著作 5 部，计 200 多万字。《文明锦言一百篇》被列为国家精神文明建设读本，《警钟长鸣话清廉》《职务犯罪成因剖析》两部书是经十多年收集整理、分析，从 1 万多例案件中经艰苦细致梳理剖析而成，曾先后被河南省电力系统、安阳市、央企中国大唐集团公司列为廉政教育读本，深受好评。这本《夕阳晨忆》是一部以爱党爱国爱民、奉献社会为主题，本着求真务实精神，运用多角度、多视野的纪实写法，歌颂党的领导、改革开放和中国特色社会主义的好书。

本书中图片部分源于原部队队史及原部队部队长曹存正、邱俊本及李建平、高光生执笔编著的《筑路天山》一书，还有原部队政工干部杨非、周景华、郭土改及中国大唐集团公司安阳发电厂原新闻中心张洪斌、李士奎、王豫寅、马素玲、乔连红等提供的。本书曾得到原 36143 部队部队长敬信友及朱立东、春雷等老战友的热情支持和帮助，在此一并表示感谢。

本书难免会有这样那样的缺陷，敬请读者指教。

目录

首任老师的心迹

可怜天下父母心，养儿育女善美真；

倾尽血汗不图报，终生莫忘双亲恩。

人生在世，对子女而言，最无私、最伟大的莫过于父母，这是毋庸置疑的。人的一生，每个人都曾为人子女，又几乎都要为人父母。家庭是社会的基本细胞，是人生的第一所学校，父母是孩子的第一任老师，言行影响孩子一生，这个道理，几乎人人都懂。但是，每个人从第一任老师那里看到了些什么，听到了些什么，学到了些什么，这就千差万别。特别应该提醒的是，当你长大为人父母时，你应该怎样做，这是最值得每个人深思的。

我的父母，祖祖辈辈务农，一生虽没有留下什么遗产，但他们优良的品德、高尚的人格、敬业的精神、勤劳、善良、乐于奉献的思想境界，却比金钱更珍贵，使我一生受益，终生难忘。我的父母，一生没有什么惊天壮举，但从一些平凡小事，足以看出他们那颗不平凡的心，是那样的纯洁、祥和，又是那样崇高、伟大，值得我终身怀念、崇敬。

一、忠诚敬业的父亲

我的父亲马成玉，一生为人忠诚老实可靠，对工作极端负责。从20世纪50年代初成立的初级社到后来的高级社、人民公社，直到人民公社改制，在这十几年中，我父亲的主要工作就是饲养队里的牲口。当时，由于生产力低下，没有拖拉机、播种机、收割机，队里的主要农活如耕地、耙地、耩地、碾场放磙、远近运输等，都要靠这些牲口完成。因此，选谁来饲养牲口，常常是生产队队长的第一要务。我的父亲，无论是队委会研究，还是群众推选，常常是第一人选，全票通过。一份信任，十分责任。我的父亲是很讲诚信的，他把诚信看得比金子都珍贵。从当上队里的饲养员那天起，他深知肩上担子的沉重，这可是全队几百号人的信任啊！"马无夜草不肥""寸草铡三刀，没料也上膘""料肥草膘水精神"，为喂好队里的牲口，我的父亲不仅总结了不少饲养牲口方面的经验，更重要的是，他爱护集体、爱护队里的牲口，就像爱护自己的眼睛一样，从不含糊。有两件事，对我的成长、做人、做事影响很大，我至今仍记忆犹新。

1956 年秋，阴雨绵绵，连续下了一个多月的雨，河水暴涨，引发了洪水，冲毁了农田，那年我 11 岁，是记忆中的第一次洪灾。我清楚地记得，当时街道内下的雨水与街道外面洪水的水位差不多。当时，农村的街道，都是一般土路，长时间的雨水浸泡，水和土掺和起来，稀泥巴深度越过膝盖。我父亲当时一人喂养着几十头牲口，牲口圈离水井有一百多米，挑水都是用大木桶，一只木桶重十来斤，通常盛水三十斤左右。我的父亲十分忠于职守，他不仅平时按时喂养牲口，就是在接连下雨的这一个多月的日子里，他也从不偷一次懒。一次，我父亲的右腿被泥巴中的瓦片划了几道长长的口子，鲜血直流，他简单包扎了一下，直到把牲口全部饮了一遍水，才找医生重新包扎。由于每天都和泥水打交道，我父亲腿上的伤口逐渐发炎、化脓，肿得老高，疼得厉害，甚至走路都是一瘸一拐的。在这种情况下，我父亲仍坚持工作，他挑上两桶水，疼得常常紧咬牙关，豆大的汗珠直往下淌。我看见后，恨不得立即长大，替父亲去挑水。有些好心的街坊看见后说："成玉，你也太死心眼，下这么大雨，路这么难走，你给牲口少饮些水谁也不知道，牲口也不会提意见。"我父亲听后淡然一笑说："牲口是队里的命根子，队里交给咱喂养，是一种信赖，咱得对得起大家。人饿了渴了，会说话要，牲口饿了渴了，不会说话要，正因为牲口不会说话，咱才更应该照管周到些。"

生活困难时期，一天，父亲的一位朋友突然到来讲："成玉兄，我今天来，主要是求你帮帮忙，我想过，周围的朋友，只有你能帮得了。"父亲说："帮啥忙，只要能帮上，一定帮。"父亲的朋友说："我家牲口马上断顿，我想，你喂着牲口，想让你给弄几斤饲料，解解眼前困难。再说，牲口又不会说话，又不会提意见……"父亲听得很不是滋味，没等朋友把话说完，便打断了朋友的话，坚定地说："这可不行！这牲口饲料一两也不能给，这牛是公家的，是社员的命根子，把社员的命根子给朋友送人情，我不会干。"父亲看了下朋友继续说，"咱当这个饲养员是公选公认的，咱要对得起队委会及全队几百号人。这牲口是全队的家底子、命根子、顶梁柱，虽说牲口不会说话，不会提意见，但它是咱的无言朋友，也知道饥饿，咱可不能吃牲口的饲料，坏这个良心。我养了十几年牛马，从没偷过懒，没亏待过它们。看见它们累了、病了，心里都难过，甚至吃不好饭、睡不好觉。"父亲的朋友听得直摇头，无奈地叹道："这就叫端着金碗没饭吃。"不过，父亲的朋友还是很通情达理的，对父亲这样的做法还是很理解、很赞赏的。临别，父亲的朋友说："我虽然在你这里没弄到饲料，我现在不记怪你、不抱怨你，我认为，交你这样的朋友交对了，你们队里一致选你当饲养员，还真是选准了，选对了。"

二、勤劳善良的母亲

我的母亲卜凤云，不仅十分勤劳、善良、贤惠，也是解决街坊亲邻纠纷的"义务调解员"。我们兄弟姐妹8个，吃饭穿衣，纺花织布，缝补浆洗，都由母亲一手操劳。那时，没有现代化的纺织、缝纫设备及机器，全靠手工操作，做一件衣服，从种棉开始到织成布、做成衣，至少也要经几十道工序，缺了哪道工

纺花车

织布机

序都成不了衣裳。特别是纺花、织布，那是既烦人又劳人的。

我清楚地记得，母亲在纺棉絮时，为节省点灯用油，常借着月光，左手握着棉絮，右手摇着纺花车，两手不停，将棉絮纺成一根细细的长线，再缠绕到锭子上，之后再经洗、浆、染等多种工序，最后再将棉线按经、纬线分开架到织布机上，才能织布。常言说："十指连心。"有时寒冬早临，为了赶制棉衣，母亲常对着昏暗的煤油灯，一针针、一线线忙个不停，时间紧时，常常彻夜不眠。有时累了、困了，一不小心，针刺在手上，鲜血直流，母亲在疼痛难忍时，总是自我安慰说："疼些好，疼些好，说明子女有良心，知道疼妈妈。"其实，针扎在身上任何部位都会疼的，母亲的说法，只是一种无奈罢了。我母亲的一生，是勤劳的一生，为了子女的温饱，她倾注了自己全部的汗和血，这绝非用言语所能表达的。

我的母亲十分善良，她同情人，可怜人，帮助人。20世纪50年代初，全国刚解放不久，正是国民经济恢复阶段，各乡各村均驻有工作队队员。那时的工作队队员可真是共产党的好干部，是真心实意为人民服务的清廉干部。工作队队员常深入田间地头，一方面宣传党的方针政策，一方面帮助村民生产，与村民同吃、同住、同劳动。为便于全面了解情况，工作队队员吃派饭，一户一天，早、中、晚三餐，每餐交半斤粮票一角钱。一次，轮到我家吃饭，我的母亲犯了愁。那时，家里由于人多穷困，没有什么好吃的。我的母亲想："工作队队员是来为咱服务的，一年才能轮上在家吃一两次饭，一定要让工作队队员吃好。"于是，便从邻家借了一升白面及几个鸡蛋，中午烙油饼炒鸡蛋，这在当时，可是最好的饭。谁知中午吃饭时，工作队队员硬是不吃，并说："你家的情况我早了解，人多劳少，生活比较困难，再则，我是来为村民服务的，不能搞特殊，否则。对不起人民对不起党。"于是，工作队队员把油饼及鸡蛋分给我们小孩吃，他却吃家常饭。那时，我才几岁，虽不懂大道理，但通过这件事，我懂得：母亲的心眼真好！共产党的干部真好！

我的外祖父曾是秀才，受外祖父的影响，母亲掌握了不少古贤圣人的名言警句，用这些知识，解决了不少街坊邻居之间的矛盾。如谁的家庭因夫妻、婆媳、父子、母女不和不睦，我的母亲就会分别情况讲"家和万事兴""天上下雨地下流，两口子打架不记仇""好闺女不如好友婿，好儿不如好儿媳妇""打虎还须亲兄弟，上阵还是父子兵""狗皮袜子没反正，谁家的嘴也磨牙"之类的话化解矛盾；街坊邻居偶尔闹矛盾，我的母亲便讲"远水难救近火，远亲不如近邻""低头不见抬头见，不看僧面看佛面""一个巴掌拍不响，两个巴掌响叮当""让一让海阔天空，斗一斗寸步难行"之类的话，化干戈为玉帛，化解了一个又一个矛盾。

我曾问母亲一个问题："除夕把剪子、针、线都藏起来，直至大年初五（俗称'破五'）才拿出来，这几天谁使用剪子、针、线，本年度要受蝎子、蜈蚣、毒蛇攻击，这灵验吗？"母亲苦笑了一下，叹口气说："要真灵验，也就真有鬼神了。这世上，男人苦，女人更苦。女人从生下来，不出三门四户，生锅前，死锅后，日夜操劳吃、穿、住，一年从头忙到尾，没有一天闲。老祖宗也知道心疼女人，不知从何时开始，便定了这个规矩，意思是想让女人一年也休息几天，这样，这个传说便一直流传下来了。老祖宗的心意是顶好的，这几天女人是不做针线活了，可是，这几天又要忙着给子女尽量做些好吃的饭，还是忙，还是不得闲！"母亲说到这里，我的心里酸溜溜的。我曾想：像我们兄弟姐妹8人，仅衣袜鞋帽一项，千针万线手工缝补，母亲的辛苦真是难以想象。可怜天下父母心，我敬佩我的母亲，敬佩天下所有的母亲，她们为家付出得太多太多了，她们太伟大了。

三、父母教我学做人

我的父母亲没有文化，为了教育好我的兄弟姐妹们，除注重以身作则、身教重于言教外，还经常给我们讲一些流传在民间、具有一定哲理、人们喜闻乐见的民间故事、传说、谚语、歇后语等，教育我们做事先做人的道理。

父母给我们讲《岳母刺字》，教育我们终生都要忠于共产党、忠于祖国、忠于人民；讲《曾子杀猪》的故事，教育我们不管对大人小孩，做人必须诚恳守信，人无信不立；讲腊八粥的来历，教育我们不仅要勤劳，也要树立勤俭意识，勤是摇钱树，俭是聚宝盆；讲千古美谈的《将相和》《三顾茅庐》，教育我们要学会宽容，宽容是人的美德，是修养，是自信；《买碗的故事》给我印象很深厚：一人去商店买碗，他随手拿起一只碗，挨个把店内的碗碰撞了一遍，均发出破损之声，于是不满意地对店主说："怎么全是破碗！"店主笑笑，拿碗互相轻轻撞击，均发出清脆之声。店主说："你拿破碗永远碰撞不出美妙的声音。人也是一样，自己品行不端，永远交不到好朋友。所以，做人一定要心地善良，品行端正，为人表率。"还讲了"理想是成功的根本""善良比聪明更美""团结就是力量""谦虚是做人的美德""自信是胜利的源泉"等方面的传说、故事。

为了我们学习好，父母多次讲"铁杵磨成针"的传说：据说，李白小时候讨厌学习，常弃书跑到外面玩耍，谁的话也听不进，他的父母只好求助一位很有办法的老太太帮忙，希望李白回心转意，读好诗书。一次，李白来到一井边，见一老太太拿一根铁棍在井边的石头上用力磨。李白惊奇地问："老奶奶，你在磨什么呀？"老太太看是李白，便十分认真地答道："在磨绣花针。"李白更是不解，便说："你这么大年龄了，拿这么粗的铁棍，怎么能磨成绣花针呢？"老太太十分慈祥而又十分郑重地说："孩子，你年龄还小，有些事你还不懂。比如读书，很辛苦，但你必须懂得'不经一凡寒彻骨，哪得梅花扑鼻香；无穷岁月暗中减，有味诗书读后甜'。我现在用铁棍磨针，一不疯、二不傻，是立志后对坚定毅力的历练，我相信：只要功夫深，铁杵一定能磨成绣花针，世上无难事，只怕有心人。"李白听后，深受启发，从此立志，发奋读书，最终成为名扬天下的"诗仙"。

我最爱听父母讲"求人不如求己"的故事，故事的大致情节是：在中国，很多人都崇拜观世音菩萨，希望能给自己带来好运。从前的一天，突降大雨，有一个人急躲在屋檐下避雨，忽然间，他看到观世音菩萨撑伞走过来，忙说："普度众生、救苦救难的观世音菩萨，雨这么大，你能否度我回家？"菩萨回答道："你在屋檐下，我在雨中，檐下无雨，何需我度？"这个人一听，立即跑到雨里说："现在，我已经在雨中了，这下你可以度我了吧！"菩萨又回答："你在雨中，我也在雨中，你被雨淋，是因为你没有带伞；我没被雨淋，是因为我带有伞。可见，是伞度我；你没有伞，应该去找伞，而不是找我。"刚一说完，菩萨就消失得无影无踪。过了一段时间，这个人遇到了困难，便到寺院去求观世音菩萨。他刚走进寺院，便见到一个正在求观世音菩萨的人，竟然跟观世音菩萨长得一模一样，于是便诚惶诚恐地上前问道："你是观世音菩萨吗？"菩萨回答："我正是观世音菩萨。"这个人更感到惊奇地问："既然你是观世音菩萨，那你为什么还要自己拜自己呢？"观世音菩萨微微一笑道："在人世上，大有大的难处，小有小的难处，人人都有本难念的经；现在，我跟你一样，我也遇到了难事；但我清醒地知道，求人不如求己，求人不如求己！"这个人一听，顿开茅塞。故事讲完，父母总怕我们不理解其中蕴藏的含义，便用民间俗话、谚语启迪我们："靠天靠地，不如靠自己；靠天天塌，靠地地陷，靠山山倒，靠河河干；靠兄靠妹，不如靠手心手背；不靠天不靠地，不靠祖宗靠自己；爹有娘有，不如自己有，汉子老婆有，还隔一层手"。这些朴实的言语揭示一个道理：求人不如求己。也正如《国际歌》中的几句歌词："从来就没有什么救世主，也不靠神仙皇帝，要创造人类的幸福，全靠我们自己。"

四、常向父母作汇报

从小深受父母言传身教，我曾暗下决心：好好学习，增长知识，要坚决听党的话，跟党走，精忠报效祖国、为人民多做贡献，上不负党，下不负民，为党的利益不惜牺牲自己的一切。为此，在我入伍远离父母万里之外的二十二年多，我常常将自己的学习、工作情况以书信方式向父母汇报，让父母放心。在信息交流不便的当时，能经常给父母写封信交流一下思想感情，是父母的一种盼望，是子女对父母的一份极好的孝心表达。

1964年9月6日下达应征入伍通知书，9月12日应征入伍启程，我五叔马金保当过兵，边帮我打背包边讲部队知识。大队举行了隆重的欢送仪式，并当众承诺：从参军之日起，大队每天给军人之家补助 10 个工分（当时一个工分约合 0.3 元），我代表闫树清、张怀智战友向大队及乡亲表示感谢之后，便与众乡亲告别，这时，乡亲们又你两角他三角地给我们凑路费，我们再三谢绝后，便踏上正式入伍的征途。父母徒步 20 里路，把我们从邓庄村送到吕村公社武装部。临别，父母再三叮嘱我："要听党的话，好好学习，好好练武，保卫好国家，在关键时刻，别怕苦，要当英雄，别当孬种，别给家乡丢人，要对得起党，对得起毛主席。"临上汽车，父母再次嘱托我："到部队，不要惦记我们，自古'忠孝不得两全'，在部队好好听党的话，听毛主席的话，为国家尽忠，就等于在家尽孝，在部队当个好兵，我们比啥都高兴。"

1964 年刚入伍时照

1964 年 9 月 12 日，新兵在水冶镇集结，经接兵部队编队、训练整顿，严明纪律、注意事项、发放必要生活物品之后，9 月 15 日便乘坐闷罐火车，经过整整七天七夜才到达新疆维吾尔自治区首府乌鲁木齐市。在军供站经过三天休整，又乘坐三天汽车，于 9 月 28 日才到达目的地塔城地区额敏县，受到部队热烈欢迎。在与老兵拉家常时，我们新兵才知道乘闷罐车是为让新兵休息好。休息的第一天，新兵最优先的事是向父母汇报平安到部队，受到部队兄弟般的关心、照顾；汇报的第二点是沿途看到祖国的大好山河，沿途一些美丽传说；汇报的第三点便是在部队坚决听党的话，为党为国为民守好边疆。

我在部队二十多年的生涯中，始终没有忘记父母的嘱咐，在军事、政治、文化等方面，均取得优秀成绩。

在全党全军大力开展学习毛泽东思想、毛主席著作、学习雷锋同志时，我以《为人民服务》中的"完全、彻底"为宗旨，以《愚公移山》中的"下定决心，不怕牺牲，排除万难，去争取胜利"的精神为指导，以《纪念白求恩》中的"两个极端""五种人"为榜样，认真学习毛主席的经典文章，曾荣获骑兵第一师学习毛主席著作积极分子称号。

政治上，牢记党的宗旨，全心全意为人民服务，党叫干啥就干啥，干啥都要干好它，为人民利益，一不怕苦，二不怕死。1964年9月，与我同时参军到达一个部队的新兵近两千名。1965年5月16日，这是我最难忘的一天，部队吸收新兵第一批入党，入伍不到8个月入党的先发展3人，我便是其中一名。我把入党喜事告知父母，父母来信直夸我没辜负党的培养。之后，我多次被评为优秀党员、五好战士、优秀党员干部。

军事上，我刻苦训练，视训练场为战场，在部队曾获射击标兵、神枪手、投弹能手称号，特别是投手榴弹，我站姿不动原地能投55米远，许多人倍感惊奇。转业后，安阳市组织全市县处以上党政企领导干部射击比赛时，我以十发子弹98分的成绩获得第一名。

在我入伍时，正是全军开展以政治思想好、军事技术好、三八作风好、完成任务好、锻炼身体好为内容的五好战士运动深入之际，1965年和1966年，由于我表现特别优秀，连续两年被授予"五好战士"荣誉称号。按当时讲，五好战士是战士中的最高荣誉，比三等功荣誉还高，三等功在某一项中特别优秀即可获得，五好战士必须五方面都优秀才可获得。当年父母在家信中讲："当公社武装部带领大队干部、社员

1965年佩戴"五好战士"证章照

敲锣打鼓给家送'五好战士'喜报时，那一会儿我们这当父母的心里，高兴的那个劲儿简直没法说了。"1967年，当父母再次企盼我当"五好战士"时，我已提为处长助理了。我给父母汇报情况后，父母来信讲："好！好！又进步了！"

我1964年入伍，到1970年2月，与我同时入伍者都探过家了，有的甚至探过第二次家，但我一次也没探过家。究其原因，领导的回答很简单：一是工作需要；二是个人没主动申请。1970年2月初，领导以送老兵退伍的名义照顾我顺便探家。回家后，我把探家较晚的原因讲后，父母一点也没责怪我，反而

称赞我探家晚做得对，做得好。真的是理解万岁啊。特别是1970年1月初，我参加了部队280余人的野外训练，在领导小组中，我主要全面负责后勤保障任务。冒着"三九"严寒，经多日爬冰卧雪，摸索出了一套零下38摄氏度全面保障部队野外衣、食、住、行的生存问题及解决建议。1970年2月14日，毛泽东主席看了部队野外训练情况批示："这样训练好！"推动了全军冬季野外训练大练兵，为部队建设作出了贡献。我向父母汇报了这特大喜讯后，父母连连称赞："好！好！真是天大的喜事！再苦再累也值得！"

我有理想，但从没想到我入伍七个多月就入了党、两年多就提为干部，并多次被评为"保持普通一兵本色的优秀党员干部""优秀党员领导干部"，由一名普通士兵一步一步提拔为独立师后勤部部长、师党委常委。这得益于毛主席批示"这样训练好"，我便是"这样训练好"中的一分子。

1985年，我将全军百万大裁军的消息告知父母，父母很慷慨地讲："党培养你几十年，党的需要就应是你的志愿，听党的话，任党挑选，应是不二选择。"1986年3月9日，我转业到安阳电厂先后任副厂长、纪委书记。在任纪委书记的十多年中，由于党政工团齐抓共管，狠抓"教育、制度、监督、惩处并用的预防腐败体系"，安阳电厂没有发生严重违法违纪问题，安阳电厂先后多次被安阳市、河南省电力公司、中国大唐集团公司评为纪检监察先进单位。在安阳市委对大中型企业勤廉兼优的考核评比中，安阳电厂曾荣获第一名。基本评价是：安阳电厂是一个勤政的班子，廉洁的班子，干部职工信得过的班子，是安阳市基层最好的两个领导班子之一。

这些全是靠拼死拼活、一步一个脚印干出来的，也是够人羡慕的了。

另外，受父母亲的影响，我从1956年开始，便铅笔小本随身带，遇到名言警句记下来，经过四十余年积累，收集到各种名言警句、豪言壮语200多本、数十万条；任职纪委书记后，收集廉政教育资料一万多份、数千万字、资料高达两米多，重达200多斤，后几经艰辛再选读、分析、推敲、整理，提高了我的写作水平，先后发表文章300多篇，出版了6本著作，计200多万字，其中《文明锦言一百篇》一书，被列入中国精神文明建设读本，《警钟长鸣话清廉》《职务犯罪成因剖析》等书，分别被河南省电力公司、安阳市纪委、中国大唐集团公司下发文件列为廉政教育资料，《美好人生属于谁》《读此书益人生》深受社会好评。

作者弟兄五人照：前左一大哥洪志，后排从左至右为三弟洪谋，四弟洪俊，五弟文昌

父母在世时常说：天下的父母对子女的爱都是百分之百的，对子女的心都是最纯洁、最无私、最善良的，对子女从来都是只讲付出不讲回报。他们对子女的唯一希望是勤学上进，自力自强，能为党为人民多做些好事。

我的父母常讲：爱党爱国爱民是做人最大的忠，多为党做些让父母从心眼里高兴的事是最大的孝心。我永远感恩父母给我的正面教育，永远怀念我的父母的言传身教，我永远不会忘记我的第一任老师，就是我最尊重、最敬爱的父母。

本篇原载于《美好人生属于谁》线装书局（2012）

晒晒咱的童少年

童少年代趣味多，往事回忆挺乐呵；

抑扬顿挫曲一首，酸甜苦辣皆是歌。

我生于1945年，1949年中华人民共和国正式诞生，可谓生于旧社会，长在红旗下。我的童少年，在这十多年光景里，既充满了孩提时代的童心，也熏陶着时代的色彩；既有孩童时的欢笑乐趣，也耳闻过"抗美援朝"的英雄壮举；既目睹过"斗地主，分田地""三反五反"的场景，也曾看到"初级社""第一个五年计划"恢复国民经济的蒸蒸日上；特别是"大跃进""人民公社""大炼钢铁""公共食堂大锅饭"等运动，都曾不同程度地接触过、参加过，感受过个中滋味。我的童少年，有过理想、欢乐，也有过困苦、无奈。酸甜苦辣是首歌，只有亲历过，才能从内心读懂这首歌的真实含义，现略谈一二。

一、童少年代情趣多

高小毕业照

每个人，都有自己的童少年。童少年时代是美好的，他那天真无邪的心灵，他那幼稚可爱的表情，他那童言无忌的真诚，他那无拘无束的尽兴，都真实地展示了童少年时代的珍贵无价。

回忆我的童年，虽然没有现在丰富的物质文化生活，没有电影、电视，更没有电脑、手机、微信，但我们玩的东西并不少，玩的时间足够多，玩得很有兴趣，玩得十分开心。我的童年，一年四季，都有不同的重点玩耍项目，我概略回忆了一下，足有一百多项玩法。如打日本、锄汉奸、捉战俘、抓特务、斗地主、交公粮、讲故事、猜谜语、捉迷藏、打弹弓、扑蜻蜓、粘知了、捕蝈蝈、扣蚂蚱、补泥锅、吹杏核、掰手腕、撞拐子、堆雪人、打雪仗、滚铁环、踩高跷、转陀螺、看皮影戏、观西洋景、弹玻璃球、跑马射箭、鹰抓小鸡、瞎子抓瘸子、摸鱼捉虾、跳绳、套圈、踢毽、顶牛、抬轿、拔河、摸鼻子、丢绣球、捉乌鸦、翻花绳、拉大锯、捉麻雀等。

这种玩耍，既有传统的，也有带时代烙印的；既有开发智商的，也有增强体质锻炼的，动脑动手，跑跑跳跳，妙趣横生。

如"打日本"，我们的童年伙伴一部分人装成日本人，一部分人装成八路军，都用木头、黏泥巴自制了很多"枪""手榴弹"，规定：谁装日本谁挨打，有时还无意被打破头，最后谁也不愿当日本人、当"汉奸"了。时至今日，回忆起童少年时代的一些事，仍然津津乐道，回味无穷，至今有些项目仍在玩。

二、麦假秋假之乐趣

我的童少年在农村度过。那时，城市学校放假与农村学校放假是有差别的。城市学校一般每年放两次假，即暑假、寒假；农村学校每年则放假三次，即麦假、秋假、寒假。从放假的时间不同步可以看出，城、乡中的学生放假是有不同含义的，城市的学生放假以休息为主，农村学生放假以劳动为主，在实践中体验农村生活，体验农民种地的辛苦，体验"粒粒皆辛苦"的内涵。

回忆我的童少年时代，我很喜欢麦假、秋假。放麦假，主要是割麦、拾麦、播种秋农作物。割麦也很有学问，农谚说："九成熟，十成收，十成熟，九成丢"，讲的是割麦时机要掌握好，等麦子熟透收获，大量麦粒就会落地。割麦，十分累人，素有"妇女坐月子，男人割麦子"之说。

因此，在麦熟季节，天不亮，就穿着棉衣，拿上镰刀，弯腰下地，一把一把地割麦，等中午天热时就休息，这样，便可减少麦粒落地。麦收，天时、地利、人和都很重要，雨多麦子要发霉腐烂，打麦场选不好无法收打麦子，不互相帮助，麦收是很困难的。麦收，看似小事，在生产技术落后的当时，可是重中之重的大事，没有亲身经历过，很难体会个中艰辛。

在繁忙的麦收间隙，有许多事，使童少年很感兴趣。如用扫帚扑蜻蜓、用面筋粘知了、下河捉虾摸鱼、夜捉铁翅蚂蚱等。铁翅蚂蚱长得比一般蝗虫个大，头是铁青色，外翅是铁灰色，内翅是铁红色，人称"铁翅蚂蚱"。铁翅蚂蚱很有特点、个性，据说，它是蝗虫的首领。每年夏收秋种之际的傍晚，它便在空中飞，飞得高，声音大。它最喜欢人鼓掌，一听到掌声，便从老远的空中飞到你身边，你停止鼓掌，它便飞走，你只要不停地鼓掌，它就不停地靠近你，直至被活捉，挺好玩。近几十年，再也没见过铁翅蚂蚱，现在的年轻人，甚至连这种蚂蚱的名字都没听到过。

麦收季节，特别是每到夜间，小伙伴三五成群聚集在麦场上看守麦子、乘凉、讲故事，条件好的拿条芦席、布单，条件差的铺点麦草，席地而卧。那时的天空感到特别蓝，天特别低，明亮的星星眨巴着眼睛，感到离我们特别近。我的四叔马成道，对天文、地理略有研究，他经常观察云的颜色、走向，观察蚂蚁、蜻蜓的活动，预测天气的变化，告诉乡亲，准确率八九不离十，人送他绰号"诸葛亮"，在场上乘凉，四叔常指着银河系、牛郎、织女星，给童少年们讲"牛郎织女的故事"等，童少年都很喜欢听。有时，老年人给童少年讲"上甘岭""董存瑞""刘胡兰"的故事，有时也互相讲些民间故事、传奇、笑话，在一片欢乐声中，人们进入了甜蜜的梦乡。我的童少年时代，没有什么游乐场所，听故事算是一种享受，我们时常向老人提问："天多高？地多厚？海多深？河多长？"老人们的回答也常使我们一头雾水："天没边，地没缘，海没底，河没盖。"有时我们问："关云长、秦叔宝、孙悟空谁最厉害？谁能打过谁？"老人们回答："这不是一朝一代，没法比！"我们又问："什么叫一朝一代？不都是古代吗？"老人们有时回答不上来，便应付着讲："当然是孙悟空最厉害呀！他会七十二变，又能一个跟头翻十万八千里。至于秦叔宝与关云长谁厉害，他们俩是好朋友，没有互相打过仗，分不清谁厉害。"我们幼稚的提问常被老人们老练地敷衍过去，尽管如此，小伙伴听后，还都很高兴。

秋收假中，也充满着极大的乐趣。在秋收、秋种的间隙，我们这些小伙伴便找来干柴火，在土地的高坡上挖个坑，挑选一些嫩玉米棒、红薯、花生烤着吃，味道可香甜啦！一次，我们几个小伙伴在环乡河捞了一桶蛤蚧，便煮了很长时间，结果，咀嚼不动，后来才知，煮的时间越长，越煮不烂。在秋收中，最令人兴奋的事是围打兔子、围捉蝈蝈。兔子，敏捷，跑得快，平时捉不住。蝈蝈，个头小，灵巧，绿色，与庄稼颜色一样，很难发现。秋收时节，随着秋季作物的不断收割，兔子、蝈蝈都集中隐藏在最后的一块秋田里。这时，为打好围歼战，队里都会有人挑头站出来分工，明确老人、妇女在秋田中，手持镰刀向外追赶，我们这些小伙伴手脚灵快，手拿铁锹、竹笆，负责外围捕获。一般情况下，除极个别兔子惊慌逃脱外，其余的兔子、蝈蝈都会成为囊中之物。特别是蝈蝈，雄的叫声很大，雌的一肚子全是像麦粒一样的籽，用油一炸，味道鲜美，妙不可言。

三、逮雀捕鼠捉乌鸦

我的童少年，最有兴趣的是逮雀捕鼠捉乌鸦。在中央号召用十年时间全部消灭"苍蝇、蚊子、老鼠、麻雀"等"四害"时，后来把乌鸦也列入消灭之列。消灭麻雀，按四季特点，我们采取了四种办法。春季，麻雀活跃，我们多以弹弓弹射，偶尔命中，心中也十分高兴；夏季，麻雀繁殖，我们多以掏麻雀窝为主。那时，人们普遍贫穷，住宅低矮，房顶多以麦秸秆为主，十分适合麻雀居住、繁殖。这样，搭个人梯，便可连大麻雀及雀蛋、幼雀一锅端，成功率十分高；秋季，我们多以捕雀为主，麻雀多活动在磨坊、草料房中，我们提前埋伏好，等麻雀多时，突然关住门窗，用扫帚捕获，均大获全胜；冬季，麻雀多围在各家各户的屋檐下觅食，我们多用筛子扣为主。这个方法，在有雪时最好用。一般情况，下雪后，打扫一片地方，撒一些稻谷糠，在谷糠上面放个筛子，筛子下面支个小棍，小棍中间系根细绳，细绳长约30米，由人牵着绳隐蔽一边。当麻雀发现筛子下面撒的谷糠，便引众多麻雀去筛子底下啄食，等多只麻雀钻进筛子下面时，猛拉绳子，小棍倒地，将麻雀全部扣在筛子内，一只只麻雀被活捉。这时，我小小的童心别提有多高兴了。

捕捉老鼠。当时，还没有什么有效药物，按传统办法是养猫，可是，猫吃饱后便不捕鼠了。再则，那时鼠多猫少，鼠患为灾。为多捕鼠，我们自制了部分鼠夹，但鼠夹有限，又极易伤人。为此，老师给我们出了个好办法，就是水灌老鼠洞。当时，由于没有水泥，又用不起砖石，在农村，一般的房子从根基到整个墙，都是由土堆成。这样的结构，最适宜老鼠挖洞居住。狡黠的老鼠挖洞，一般都靠比较阴暗的墙角，并从墙里挖到墙外，以便昼夜活动方便。老鼠偷了粮食放入洞中，又在洞中繁殖，极其隐蔽、安全。一次，我们几个小伙伴分工，向墙外几个鼠洞不停地灌水，老半天，十多只"泥老鼠"慢腾腾地爬出洞外，我们几个小伙伴高兴地蹦跳着大喊："我们成功了！"随即拿起木棍将老鼠打死。正在我们余兴未尽之际，这户的主人出来把我们训了一顿："你们怎么这样不懂事，把我家灌了一地水，你们看看，墙都湿了这么多，要是墙塌了，伤着你们谁负责？"我们一听，"呼啦"一声跑散了。

我的童少年，最有意思的一次是活捉乌鸦。我家种了半亩菜瓜，瓜刚长到四五厘米长时便被乌鸦叨得乱七八糟。父亲让我去看瓜，我在瓜地时，乌鸦在瓜地上空盘旋几圈便飞走，人一离开，乌鸦便又来叨瓜。人总不能一直在地里吧？为解决这个难题，父亲扎了个看瓜假人，用棍插在瓜田，假人头戴一顶烂草帽，身穿一件烂衣服，手拿一把马鞭，马鞭随风摆动，像在驱赶什么。你别说，假人还真管用，头几天，乌鸦来瓜田盘旋几圈便飞走了，瓜田没有受到一点损害。于是，我就不用再专门看瓜田了，可以抽时间玩会儿了。可是，没过几天，瓜田又遭到乌鸦的糟蹋，更有甚者，个别乌鸦还站在假人的草帽上、臂膀上，得意地"哇哇"唱歌。乌鸦的表演，分明是识破了假人的真相，否则，它是不敢如此胆大妄为的。既如此，咱何不来个将计就计呢？于是，老人让我假扮成原假人的模样，立在瓜田原地。没过多久，果然飞来几只乌鸦，竟直扑瓜地叨瓜，我不动声色，只是静静地展开了双手。又过了一会儿，一只乌鸦飞到我的肩上，我仍没动。当乌鸦的双腿从肩部移到我的手掌时，我的手迅猛一握，紧紧抓住了乌鸦的一条腿，乌鸦扑打着翅膀挣脱，我用另一只手压住乌鸦双翅，大获全胜，将其活捉。其他乌鸦见状，吓得"哇哇"地飞走了。之后，我用绳子拴住乌鸦的一条腿，把它拴在假人身边，作为对其他乌鸦进行教育的活教材，还真起到了杀一儆百的作用。

四、挑灯夜捉棉铃虫

1962 年秋，正当棉花开花结桃的关键环节，暴发了棉铃虫灾害，如不及时消灭棉铃虫，棉花便会大幅减产，甚至绝收。为此，生产大队、小队领导心急如焚。为迅速扑灭棉铃虫，生产队队长召开紧急会议讲："棉花是生产队的经济基础，棉铃虫是棉花的天敌，当务之急是消灭棉铃虫，保证棉花增产增收。经队委会研究：立即投入消灭棉铃虫的战斗，人自为战，每捕捉一只棉铃虫，计 0.5 分，捕捉 20 只，计一个工。"当时，在生产队，普遍的计工办法是：早晨干活两个小时，上下午各干 4 个小时，合计为一天干 10 个小时为一个工时；在此基础上，再根据体力、技能评分。评分，分为若干类，如队长、生产骨干为一类，干 10 个小时得 10 分，即一个工；有的人干 10 个小时，只能得 5 分，即半个工。当时，工分十分廉价，一个工，约合 8 分人民币。在棉花地里捉棉铃虫，爱护棉花与捉虫同等重要。捕捉棉铃虫，并不简单，棉铃虫大多藏在棉叶下，并长有翅膀，当你紧盯着它、接近它的时候，它便迅疾起飞。头一天，一个个费了好大劲儿，累得腰酸背痛，最多也只能捉到一二十只，有的一天只捉了几只，连一天的基本工分还挣不够，有些人开始泄劲儿了。

捕捉棉铃虫的第一天，我像捉游戏一样，好兴致，努力奋战一天，也就捉了二十来只，好不扫兴。当时我想："我以前看过一篇捕捉棉铃虫的文章，也学过'飞蛾扑火，自取灭亡'的成语，现在何不试试呢？"于是，我准备了几只灯笼，几个洗衣盆，几根一米多高的棍子。夜幕降临，我在棉田的中央、四周，拉开一定距离，插下棍子，在棍子上端挂上灯笼，在灯笼下面放下洗衣盆，盆内盛上多半盆水。布置停当，我便拿出事先准备好的一根长约3米的小细竹竿，向灯笼四周的棉铃上轻轻拍打，钻入棉铃内的棉铃虫受到震动，径直飞向灯笼，即刻，又一头向盆内的灯光栽去，便再也飞不起来了。经过几个小时的轮番出击，等天亮清点数目，可把我乐坏了，好家伙！足足捕捉了500多只棉铃虫，合计成工分，比平时干了一个月的工分还多。

我捕捉棉铃虫的奇迹在生产队迅速引起热议，有的说："捕捉一条棉铃虫按0.5分计不能算数。"有的说："规定是经研究的，是对所有人的，应当执行，如改变，也应重新研究，没研究前，应按老规定办。"队长感到这个问题很棘手，便想征求一下大队的意见。大队领导听了情况，也和小队情况一样，分两种意见。在意见难分难解之时，驻大队工作组组长讲："在发表意见之前，我先讲个典故：春秋战国时，秦国的商鞅在秦孝公的支持下主持变法。当时处于战争频繁、人心惶惶之际，为了树立威信，推进改革，商鞅下令在都城南门外立一根三丈长的木杆，并当众许下诺言：'谁能把这根木杆搬到北门，赏金十两。'围观人不信有这等好事，没人出手。于是，商鞅将赏金提高到50金。重赏之下，必有勇夫，终于有人站起，将木杆扛到了北门，商鞅立即赏了他50金。商鞅这一举动，在百姓心中树立起了威信，变法很快在秦国成功推广。领导要讲诚信，人无信不立，所以，这个问题不必争了，首先，规定是经集体研究的，要讲信用，要执行。更重要的是，这一办法很好，为我们迅速消灭棉铃虫提供了十分宝贵的经验。其次，从现在起，可以重新规定捕捉棉铃虫的计分办法。"后经研究，以后每捕捉一条棉铃虫计0.1分。尽管每捕捉一条棉铃虫的得分下降了4倍，但捕捉的数量却提高了数倍。这样，没有几天，棉铃虫便得到了有效控制。

五、早播玉米抗天灾

1963年5月份，在小麦即将成熟之前，一日，我的哥哥洪志对我说："大伙的事，咱管不了，咱的自留地，咱自己可以做主。根据以往经验，麦收之后再播种大秋农作物，可能会因干旱推迟播种或耽误播种，造成大秋农作物减收或绝收。咱现在能不能试验一下，趁麦收前土地还有点墒情，提前播种玉米。成功了，为大伙提供了经验，失败了，可吸取教训。"我说："行! 大不了赔些工夫赔些种子，没啥大不了的事。"

主意已定，说干就干。我们趁着墒情还好，在两亩自留地里，用小铲子顺着麦垄小心地挖坑点种玉米。这时，有些上了年纪的人了解了我们的用意后，自以为经验丰富，是种地的行家里手，便大惑不解地说："种了几十年地，还没见过你们这样干，土地不犁不耙，就种庄稼，简直是瞎胡闹!"还有极个别人带有一种讽刺的口吻说："这样种地，是典型的懒汉种地法，人哄地皮，地哄肚皮，后果必然是'赔了夫人又折兵'。"

说实话，当时这样的种地法，我们也没见过，没干过。当时，咱更没科学种田的意识及头脑，只不过是想趁趁土地的墒情罢了，至于后果，也没想更多。因此，面对人们的好心相劝也好，讽刺挖苦也罢，我们也不作更多解释，只是笑笑而已。心想：究竟如何，让一切留给时间去说话吧。

麦收后，天持续没下雨，水渠断流，水库干涸，水井仅够人畜饮用，土地干裂的缝隙足有 3 厘米，纵横交错，急于秋播的人，心急如焚，又毫无办法。当时，有些有点封建迷信的人说："不要紧，老关爷磨刀日，也称'关帝救生日'，一定会下雨，关老爷会普度众生。"到了"关帝救生日"这天，男女老幼趁天不亮就偷偷地跪在田间地头，企盼关老爷降雨，可跪到中午，仍烈日当头，没下一滴雨。就这样，等到下雨，这年的秋种比正常季节晚了一个多月。

说来也巧，这年的雨不下就一直不下，下起雨来又一直不停。据我所经历，那次持续的大雨，酿成了新中国建国以来最大的一次洪灾，电影《战洪图》就是对此次洪灾的写照。在这次抗洪中，我是大队抗洪先锋队员，曾日夜巡逻防洪堤坝，哪里存在溃堤溃坝苗头，就及时报告防洪指挥部，迅速消除隐患。这次洪灾，整个大队人的生命虽得到安全安置，但房倒屋塌，家庭财产却受到严重损失。

这一年，在洪水来临之前，玉米长势喜人，五尺多高的玉米株，普遍已经秀穗结籽，有的还结了两个玉米穗。结果，一场突发洪灾，使全大队一千多亩丰收在望的玉米，瞬间变得颗粒无收。我家那两亩提前一个多月点种的玉米，在洪灾来临之时，刚好成熟收获，而且收成不薄。人们望着遍地淹死的玉米，不尽悲叹道："如果学马洪志提前点种玉米，那该多好啊！靠天吃饭，等雨一个多月，竟等来灾难。难怪人说，时间就是金钱，时间就是财富，现在看来，靠天靠地，不如靠自己，一点不假。"

1964年，我应征入伍，1986年转业。在这二十多年中，玉米怎么种，我不清楚。我只知道，在我转业后，连续多年发现，都是在麦子即将成熟之前，农民们手拿小铲，肩背小包，弯着腰，在麦垄之间点种大秋作物。我特意问过："为何这样早点种？为何不等收麦之后再种？这样早种收成好吗？"听到的回答全是："不能靠天吃饭，这叫科学种田，越种越甜，收成很好。"我听后瞬间想过："这种在麦收前点种大秋作物的时机、方法，是从1963年我家点种玉米受到了启示？还有那一级政府推广的科学种田方法？"我没再去深想，也没去研讨。

六、欢乐的田野

20世纪50年代末的秋天，青壮年都上山修大水库去了，农田的活都落在老弱妇幼肩上。我清楚地记得，为不失时机，及时搞好秋收、秋耕、秋种，生产队专门开会，把三十多名妇女及二十多名十几岁的孩子，还有几名老人，分成两个生产组，开展生产大竞赛。每个组又分成两个小组，每小组十多人，分别划分任务，配备耕地的七寸步犁、粉碎土块的大耙、播撒种子的耧等。当时的人们虽饿，但一想到共产主义马上就会到来，心里还是乐呵呵的。

在大战"三秋"过程中，最重的活当属耕地了，以前两头牛拉的七寸步犁，现在让十来个妇女、孩子拉犁耕地，吃力程度可想而知。但在当时，谁心里也明白，今日不去按时种，明年就会饿肚子。因此，大家还是拼死拼活地干。在拉犁耕地时，为了提精神，大家互相鼓励，不时喊着"时髦"的口号："不当狗熊当英雄，老人赛过老黄忠，小孩赛过小罗成，妇女赛过穆桂英。"这口号中的人物，相互背景之间，历史与现实之间，都八不沾，九不连，可在当时，竟然盛行。邓生是大家公认的"机灵鬼"，口号喊过后，调皮的邓生扮着鬼脸说："黄忠、罗成、穆桂英，都是帝王将帅，他们会打仗，但不会拉犁拉耙，我们口号喊得再响，也成不了将帅之才，话又说回来，我们成了黄忠、罗成、穆桂英，我们还能在这拉犁拉耙吗？"邓生的话，把大家都逗得大笑起来。

休息的时候，老年人找个地沟，头枕土坷垃睡觉去了。少年孩童闲不住，有的席地而坐看看闲书，有的到环乡河边摸鱼摸虾，也有的上树去摘一种含酸甜苦涩味的小肚梨。妇女比较安稳，她们坐在一起，拉起闲话。其中一位妇女说："啥时不用拉犁拉耙就好了。"另一位妇女接过话茬儿说："听说到了共产主义，就不用我们拉犁子拉耙了，到那时，耕地不用牛，点灯不用油，住的是高楼，吃喝不用愁，那该多好啊！"话音刚落，妇女们都大笑起来，笑得那么开心、那么甜美！欢乐的笑声响彻在整个田野的上空。

贤妻良母全家福

十五月亮十六圆，男守边关女种田。

贤妻良母全家福，妇女能顶半边天。

　　我的老伴刘淑芳，系内黄县楚旺镇北街人氏，1947年11月生。我与她的结伴，是缘分？是人情？是情感？还是为父母了却心愿？在当时，没细想，在现在，没细琢，或许是千里姻缘一线牵吧！总之，找她还是找对了，因为她是贤妻良母。

　　老伴刘淑芳不仅是家里的顶梁柱，也是我人生路上最忠实、最可靠的伴侣。我回忆了一下，我的一生，虽然没有做出什么壮举，但细想，也自感小有成就，这些小小的成就，极大地倾注着老伴的汗水、心血。

一、为了大家忘小家

　　本人系安阳县北郭乡邓庄村人，邓庄村在安阳县最东部，与内黄县田氏镇相邻。1964年9月，我应征入伍来到新疆，在中国人民解放军36143部队服役。在部队，由于我奋发向上，努力学习，积极工作，1965年5月16日，当兵仅仅半年多，我便入党。许多同年度兵都很羡慕我，连1959年参加过陕甘川剿匪立过战功的、我的老班长党生海、徐彦清还没入党。班长夸奖我、鼓励我要为党的事业作出更大贡献。我没骄傲，没自满，1967年7月，我被破格提拔为连职军械助理员，之后，始终保持着普通一兵作风，曾被部队誉为"保持普通一兵本色"的优秀干部。

　　按兵役法，当时的服役年限是三年。1967年，由于"文革"，当年不征召新兵、老兵不退伍，但老兵探亲已经放开。1968 年，大批老兵退伍，留下的骨干，当年也基本探过了家。当时有人提醒我说："你也该找个小小的原因探家了。"我笑笑说："找个啥原因？总不能因为探家讲父母亲有病等不吉利的话吧！还是让有原因的同志探家吧，都探完家后，组织会安排的。"

其实，说句心里话，我也很想家。特别是当兵的前三个月，想家想得要命，每天几乎是掰着指头细数离开家的日子。过十天，我算算，已过了百分之一了；过一个月，又算算，已过三十六分之一了；等三个月新兵训练完，又算算，过了十二分之一了。离开家几年了，怎能不想家呢？

自古道：儿行千里母担忧，儿是娘的心头肉，日日夜夜亲不够。离家多年，父母的思念自不必说，有时自己思念父母，也曾泪流满面。父母对子女的牵挂、情感是多层次的，首先是亲情，这是任何人都难比拟的，他们会为子女的幸福，舍弃自己的一切。父母对子女的爱，还有一项特殊的"任务"，子女早日结婚，是父母最大的心愿。

我的父母对我的婚姻是十分关心的，在我入伍前提过几个，特别是在我入伍通知书下达后，非要让先订婚，再入伍。父母的意识是：农村时兴早婚，当几年兵回来再找对象，年龄大了，找对象难。我有我的考虑：不能给父母增添不必要的负担。最终，父母被我说服了。

服役几年后，与我同龄的人子女都上学了，父母又着急了，常写信催我早点探家，早点完婚，以了却他们的心事。我的战友、同学、亲戚也提过不少亲事，我都以"现在备战紧、应以国家利益为重，暂不考虑"为由谢绝。说实话，当时并不是我提干了高傲，更没有条件高了挑肥拣瘦的想法。真正的原因是：在当时，正是大学毛主席著作之时，特别是学"老三篇"，我完全可以这么说，凡略有文化的人，都能背得滚瓜烂熟，不仅要会背诵，还要会"活学活用"。再则，当时战备任务紧，毛主席"为人民利益而死，就比泰山还重"的教导，早已印在脑子里，融入血液里。那时，我天天想的、喊的、准备的是：打仗！打仗！随时准备上战场，随时准备像董存瑞、黄继光那样，为人民利益英勇牺牲。甚至想好了死的姿态，宁肯前进一步死，决不后退半步生；宁肯血染边疆草，绝不向敌让分毫。这不是喊喊口号，而是当时心理的真实写照。说到这里，也许有人质疑：这与当时找不找对象有关系吗？我可以肯定地回答："有！"当时找对象，一怕分心，影响工作；二怕万一牺牲，给家庭增加负担，给女方较大伤害。当时，也许是我幼稚？也许是我太傻、太笨？也许是我对毛泽东著作学得太痴迷，思想偏激，但不管是哪种情况，我当时就是这么想、这么做的。

1969年2月，我的大哥洪志来信讲："楚旺镇北街支书、咱们的老本家马荣春给你介绍了个对象，姑娘人品好，勤快善良，能吃苦，会持家，是个很不错的姑娘。"信的结尾强调："成与不成，一定要先谈谈，不然父母真的会生气的。"面对这样的局面，我不能惹父母生我的气，便按地址，先简单写了封信，信中附照片一张。楚旺镇，以前，也很有名气，素有"金彭城、银水冶，不如楚旺一斜街"的美谈。这一赞誉主要讲的是：很早以前，经济落后，交通不便，楚旺是大运河通往天津卫的一个水旱码头，生意兴隆，日进斗金，是当地经济中心。我的家在乡村，经济无法与楚旺镇比。在给老伴的信中，没谈我的什么优势，着重谈了我家及我的一些劣势：一、我家弟兄五个，人多劳动力少；二、我家的家底薄，比较贫穷。一个月后，收到老伴回信，当时正是学习毛主席著作之时，从来信可以看出，她学得不差，她在回信中讲：一、家中人多，是好事，"众人拾柴火焰高。"二、贫穷，不可怕，穷则思变，一张白纸上可以画出最新最美的图画。

看到回信，加上本家介绍情况，我想：虽不了解更多，但也差不了多少。当时，部队对干部结婚管理是十分严格的，曾记得，有的干部谈了几年恋爱，临近结婚，"政审"不合格不能结婚，严重伤害了双方感情，有的甚至走向极端。"政审"虽没给结婚上保险，但没经部队"政审"或"政审"不合格，那是绝对结不了婚的。为不浪费、伤害感情投入，老伴是经部队"政

1969年书信来往照

审"合格之后,我们才确定谈谈。当时谈对象,唯一的办法是写信,通一次信,来回最快需要二十多天,一般需一个多月,有一封信,来回周转了几个省,时间竟达三个多月。

1970 年 1 月 29 日,后勤处处长马生业、副处长王敏找我谈话:"根据军区军运计划安排,2 月 6 日,我们部队退伍军人开始返乡,经组织研究决定,由你单独送天水、甘谷、武山等 5 个地区退伍军人的档案,2 月 5 日,你即可出发。这次送兵,是组织对你的关心、照顾,目前由于战备紧张,鉴于你第一次探亲,组织特批你在家休假 20 天。"天啊!服役七个年头,又是第一次探亲,外加工作任务,还是特批,怎么说呢?但是,我当时听后,没考虑其他更多,只是心情十分激动,瞬间想到,不久便可以见到我亲爱的父母,这时,我两眼涌出了泪珠。我立即敬礼道:"请首长放心,我一定圆满完成任务,按时归队,不负首长重托。"

二、别具一格的婚礼

按照部队安排,2 月 5 日,也就是 1970 年的除夕,我当夜即乘上乌鲁木齐至北京的 70 次列车。当时,火车上只有 6 名乘客,乘务员把乘客集中在一起,当夜,在列车还免费吃了一顿年夜饭——饺子。我带着 60 多斤重的档案,经过 8 天马不停蹄的奔波,送完档案,于 2 月 12 日才到家。

到家后,乡亲们围满了一院子,没停一个小时,父母亲及大哥洪志把我叫到一边说:"听说你探亲回来,亲朋好友提亲的有好多,明说吧,这些人在一块关系都不错,亲事成不成是一回事,但不跟谁见面都会被认为看不起人,都会惹人的。楚旺那边你们已通了几封信,理应先见面,不成,再另说,成了,其他人也说不出啥,总有个先来后到吧!"

我与老伴第一次见面,总觉得没啥可谈,当时,老伴还有点腼腆,只瞅了一眼,便害羞地低下了头。其实,在当时的大环境下,这样的情景再正常不过了。我们的见面,没有手捧鲜花的浪漫温馨,没有山南海北的胡扯乱谈,更没有只

言片语的良好祝愿，见面几分钟，核心全在五个字上："同意不同意。"所谓"同意"，既不是一见钟情，也不是青梅竹马，只是看得顺眼就行了。按当地习惯，双方同意后，男方要向女方赠送信物。我没赠钱，没赠金银首饰、衣物等类，只拿出一本精致的《毛主席语录》递给老伴说："这是无价之宝，战无不胜的毛泽东思想，赠给你作为纪念。读毛主席的书，听毛主席的话，做毛主席倡导的'五种人'。"老伴略带微笑、含羞愉快地接受。

短短几分钟的见面，外人以为话不投机，这门亲事可能"吹"了。当我讲了整个情况后，父母亲讲："双方都同意，干脆一点，把婚一结，选个好日子，把人娶过来，一了百了。省得提亲的人多，夜长梦多，不仅麻烦多，还会惹人。"

结婚是法律赋予的合法权利，嫁娶是乡俗民约，按当地规矩，二者按程序完成，才能被认为是合法夫妻。对于这次探亲，见一面、两面，甚至更多一些，双方都考虑很有可能，但这么仓促就结婚、典礼，我和老伴都没考虑到。按我和老伴的预想，这次见见面，把婚定下来，等个一年半载，再结婚、典礼。父母有父母的考虑："当兵时讲三年服役期，结果当了七个年头兵才探亲，再回队，谁知猴年马月才回来。再则，年龄都大了，提婚的人多，万一有个变换，对另一方都是伤害……"总之，父母讲了一大堆理由，归根结底就是一句话，回部队前必须结了婚、典了礼才行。

父母之令难违，况且讲得也合乎情理，久别七年探亲，总不能惹父母生气吧。父母之意转给老伴家，老伴家也感到太突然，但双方都能相互理解。就这样，我 2 月 12 日到家，2 月 16 日领结婚证，2 月 22 日举行了结婚典礼。

我们的婚礼十分简单，移风易俗，一切从简，热闹而不俗气，也算一场革命化的婚礼。我们的迎亲没有花轿、没有骡马轿车，只骑自行车去了十几名迎亲的人，老伴家来了六男六女送亲，也是骑着自行车而来。现在看，骑自行车婚娶，似乎有点太寒酸了，但在"县委书记帆布篷（69 车），乡镇书记钢筋拧（自行车），大队干部靠步行"的年代，一辆自行车堪比现代的一辆奥迪珍稀，还真有点新兴气派，引来不少赞誉声。在婚礼现场的院墙中央，贴了一幅毛主席像，像下放着一张桌子，桌上放着结婚证及婚礼仪式。在院子周围，挂满了各种样式的中堂画。当时，由于人们普遍贫困，着重看的只是一种情义，所以，有的一幅中堂画上写上了不少人的名字，婚礼结束后，亲朋好友可选喜爱的中堂画拿走。迎亲队伍到达婚礼现场，鞭炮齐鸣，我的好学友刘文习，当时在商店工作，在当地很有名气、很受人尊敬，他特地提来当时全村仅他有的一台录音机，播放着豫剧《抬花轿》，使婚礼增添了不少喜气洋洋的欢乐氛围。

婚礼由我的乡友邓兆华主持，他首先组织在场人员集体高唱《东方红》歌曲，接着学习《为人民服务》："我们都是来自五湖四海，为了一个共同的革命目标，走到一起来了。我们的干部要关心每一个战士，一切革命队伍的人都要互相关心，互相爱护，互相帮助。"接着宣读《结婚证书》；之后，夫妻双方一向毛主席鞠躬致敬，二向父母亲鞠躬致敬，三是夫妻相互鞠躬致敬。婚礼朴素简洁，热闹有序，很受乡亲赞赏。特别是毛主席"一切革命队伍的人都要互相关心，互相爱护，互相帮助"的教导，成了乡亲们搞好邻居和睦、家庭和谐、夫妻和爱的口头禅、座右铭。

我与老伴的结合，没有林荫道上边散步边谈情说爱的浪漫，也没有山边海边、花前月下的山盟海誓，没有见面礼、婚礼彩礼，也没有结婚饭、典礼宴，只有平平淡淡才是真的情感。婚后，曾有人半开玩笑半似真地说："他们弟兄多，不趁结婚前多要点彩金彩礼，以后再没机会啦！太亏了！"老伴听后，没有半点怨言，微微一笑答道："常言说，好男不争祖辈产，好女不争嫁时衣。他们家的人多，当父母的本来就够辛苦、够劳累、够不容易的，不能再给老人增加负担了。我们年纪轻轻，靠天靠地，不如靠自己，我们也有两只手，自力更生样样有，人的一辈子，还是靠自己的奋斗吧！"老伴的一席话，成为当地的美谈，都夸她是好媳妇。

婚后，相处十多天，假期便到头了。一日，我与老伴说："这次探家，是领导的关心、照顾，现在战备紧张，我要提前返队。"老伴听后，微笑着说："既然战备紧，你就放心地走吧，我会常来看望父母。"婚后的十多天，老伴的一言一行都是那么的理解、支持、贴心，我感觉十分满意。

三、落实毛主席批示是第一位

光阴似箭，日月如梭，转眼，假期已到头，尽管假期短，我仍提前两天返队。回部队后，我向领导汇报了执行任务的情况及探家的情况，领导表示很满意。十分可喜可贺的是，我1月初参加的野营大拉练试点情况报告，主要围绕"吃、住、走、打、藏"五个字进行，重点检验部队在冬季严寒条件下的生存能力、耐寒能力、适应能力、作战能力、隐蔽能力等。毛泽东主席阅后，十分高兴地于2月14日批示："都已看过，这样训练好。"毛主席的批示，不仅是我们部队的最大荣誉，也是全军的最大荣誉，我作为这次野营拉练试点的指挥部成员，并为拉练试点情况报告提供了许多宝贵的资料，怎能不高兴、不自豪呢！

毛泽东主席"这样训练好"的批示，在全党、全军、全国引起巨大反响。1970年12月4日至1971年2月5日，正值新疆"三九"严寒之际，我们部队展开了更大规模的冬季严寒条件下的千里野营大拉练。从天山腹地出发，目标是克拉玛依以北，总行程一千多公里，其中有三站日行80多公里。这次拉练，我主要负责部队的设营、车辆、武器装备及收容任务。1971年1月中旬，也是我们结婚一周年之时。一日，当拉练队伍到达农八师一四三团时，处长突然找我讲："你家属跟随战友闫庆军来探亲，你回去吧，这后面的拉练你就不要参加了。"我说："感谢首长的关心，我可以回去安排一下，但后面的拉练我一定要参加，因为毛主席批示'这样训练好'的拉练我参加了，现在全军都在落实'这样训练好'的批示，我更应参加，落实毛主席批示是第一位。"回部队营房不足一天，我把生活必需的米、面、油、菜等准备了一下，给老伴讲了一下这次野营大拉练的意义，便赶回部队继续参加拉练。当时，老伴十分理解我，支持我，使我毫无牵挂地完成了任务。1月下旬，部队在克拉玛依市进行拉练小结，经师党委研究，在全师誓师大会上，师党委给予我全师通令嘉奖。当时，我写的《在野营大拉练中锤炼对党的一颗忠心》一文，新疆军区转发各部队学习，并被全军转发。我曾想，如果老伴不支持、不理解我，也许我会中途退场。

四、老伴替我尽孝心

"花喜鹊，尾巴长，娶了媳妇忘了娘"，这是对不孝子女一种既通俗又辛辣的讽刺。我的老伴深明大义，与我父母的关系处理得十分融洽，在没随军前，她经常去看望我的父母，她常讲："人人都有父母，没有父母，哪有子女，对父母好是子女应尽的义务与责任。童颜莫笑白头翁，好花能开几时红。一个人都有自己的幼年、童年、少年、壮年、老年，老年人的今天就是自己的明天，只有自己做出样子，下一辈人才会跟着学。况且，洪昌在部队，我只有好好孝敬父母，洪昌才能安心在部队服役。"因此，她回家常帮父母做饭、洗衣、喂猪，从不嫌脏怕累，常让母亲乐得笑呵呵的。

1972年9月份，我母亲被濮阳一辆汽车撞了一下，严重骨折，去洛阳市白马寺正骨医院诊治。我听后，焦急万分，但部队战备紧，离不开。老伴知道我对母亲的感情是深厚的，怕我思虑过多，她怀着孕主动去伺候我的母亲，并在给我的信中说："你常讲，自古忠孝不得两全，部队备战离不开，你就不要来了。再说，即使你来，也只不过是看看而已。你在部队安心工作，为国尽忠，我在家替你好好尽孝，我会很好地伺候母亲的。"她是这么说的，也是这么做的。在租赁的一间平房里，条件十分简陋，她不嫌条件差，经常担水、生火、买菜、做饭，还给母亲洗手洗脸洗脚，端饭喂饭，擦身洗衣，端屎倒尿。两个多月中，在老伴的精心照顾下，母亲心情愉悦，很快恢复了健康。母亲常常夸她："好闺女不如好女婿，好儿不如好儿媳妇，俺家淑芳，不是闺女，胜过闺女。"

五、军功应有妻一半

1973年，我老伴随军，来到天山腹地、属塔城地区的乌苏县前进牧场大山峡谷，在这里一待便是十多年。前进牧场，三面邻山，一面邻河，是牧民的"冬窝子"，在"备战备荒为人民"的当时，的确是天然的藏兵用兵、储存粮草和武器弹药的宝地。

前进牧场大峡谷　　　　　　　安集海大桥

"天下名山僧占多"，前进牧场原名叫喇嘛庙，后改为前进牧场，这里虽然风景秀丽优美，但在贫困岁月，人们不仅没有欣赏名山大川雄伟壮丽的意识，反而认为是穷山恶水。在交通落后的当时，在前进牧场生活，衣、食、住、行确实都有极大的不便，甚至连基本的生活条件都不具备。在这里，吃水要到奎屯河去取水，一个来回需半天，翻越200多米高的大河坡时，水往往洒落一半。后来，部队在居住地修建了大型蓄水池，用抽水机将河水抽到地面，解决了部队、牧民及畜牧用水问题，牧民高兴地直呼："解放军亚克西！"此事曾以《天山深处鱼水情》在《人民日报》《解放军报》进行专题报道，受到高度评价。

前进牧场常年积雪不化，气候寒冷，变化无常，三伏天，天山还常大雪不断，山下也偶尔飘雪，一年中，约有两个月可穿秋衣，其余十个月几乎都离不开棉衣。因气候原因，这里除种土豆外，其他菜都种不成，土豆放在地窖中能保持一年不坏，我们部队给它起名叫"万岁菜"。在距部队200里左右的乌苏县、沙湾县，部队也自种了些家常菜，这些菜用汽车运到部队，上面晒干了，下面捂烂了，一年能吃几次新鲜蔬菜，那真是奢望。

在前进牧场，部队住房，最开始是"地窝子"，也就是平时讲的半阴半阳，简陋、阴暗、低矮，进出门都碰额头，沙粒伴随铺盖流。后来虽经改建，仍是简易平房，"干打垒"土墙，上面横搭几根直径十厘米左右的松木"立死杆"，房顶上面铺层芦苇，再铺一层泥巴即成。这种简易平房虽比"地窝子"强些，但也强不了多少，仍是冬天冷，下雨漏。这种简易土房全是部队自建，每平方米仅需经费一元左右。

前进牧场，除一个三间平房的服务社卖些极其简易的日常生活商品外，再没有其他服务设施，甚至连一个卖馒头、面条的都没有。人们最关心的报纸信息、家信、邮件等，全靠一辆摩托车隔三岔五沿战备公路送来送去，邮递员乌尔买提的事迹曾被媒体以《天山雄鹰》大篇幅报道。孩子们的教育是头等大事，但在前进牧场，不要说高中、初中，连一所小学也没有。当时当地孩子的学习，是靠一名教师骑马去各放牧点来回轮讲，《人民日报》曾以《马背上的学校》进行过报道。由此可以想象，教育环境多么差。据说，这不是笑话，是一件真事。当时也考察过一名小学教师，她把太阳的"太"字竟写成了"大"字，当讲她写错了时，她还蛮有理由地讲："我上学时，老师就是这么教的。"其他人听后，一时无语。

总之，在部队刚进驻前进牧场时，困难重重，重重困难，一切都要从零开始。部队先后引来天山雪水，垦荒，试种蔬菜，办粮店、商店、澡堂、摄像馆，还开办了酒、醋、豆腐、地毯等加工厂，基本保障了部队及当地牧民生活所需。

部队在前进牧场期间，一边进行艰苦的军事训练，一边进行繁重紧张的战备施工，为开通北疆独山子至南疆库车道路，部队在天山深处十分艰险的崇山峻岭，冒着"三九"下雪的恶劣天气，连续开山劈岭、冰河架设电缆等，三年间，为开通"独库公路"建设作出了重大贡献。原来从独山子到库车需几天时间，现在只用几个小时。为加强战备，部队在荒山秃岭、荒无人烟的"680阵地"施工三年，为构建"坚固阵地防御"作出了巨大牺牲。在施工期间，我先后任新疆军区第三工区材料组组长，工作十分繁忙，吃住在阵地，家中的事一点忙也帮不上。老伴带三个孩子，又要上班，又要照看孩子的学习，还要担水、劈柴、生火吃饭、缝补衣帽、做鞋、做袜等，整日忙得团团转。

这些苦累，对老伴来讲，都不怕。但也有令老伴揪心的事，至今回忆起来，心潮仍然起伏难平。1975年，我们的女儿马莉出生。当时，一是部队战备紧，没时间照顾；二是没经验，不会照顾，加之山区气候多变，冷热、风雨飘忽不定，老伴得了风湿病，头疼、浑身疼。前进牧场，缺医少药，去县城看病，来回400多里，且交通十分不便，把人都愁死了。

我的邻居是李学章、吕玉兰夫妇，甘肃人，为人十分忠厚。李学章1959年入伍，是我们部队军马所的所长，对军马的医理医术十分出色，且对中医学也有很深的造诣。李所长知道我老伴的病情后，及时进行诊断、抓药，并给我开玩笑说："这可是兽药啊！不过，别怕，自古讲，羊马比君子，这药也是中药店的中草药。"经过漫长的中药调理，老伴的病情大大好转。2015年8月份，我和老伴及子女去新疆旅游，到昌吉自治州专门去看望老朋友李学章全家，李所长那天特别高兴，设宴进行了热情招待，平时一般不喝酒的李所长，那天不仅放量畅饮，还唱起了新疆歌，跳起了新疆舞，真是久别重逢，格外高兴。

1977年冬季的一天，寒流来袭，室外零下35摄氏度，室内生着大煤火，还在零下12摄氏度。老伴给煤火添好炭，对年仅4岁的儿子马强讲："妈妈要上班，照看好妹妹，干完活，妈很快就回来。"2个小时后，老伴回家开门，门与门框冻在一起，怎么也打不开门。老伴从邻家借来一把刀，从上至下顺着门缝往下砍，清除冰块之后，门才打开。进屋后，老伴看到两个年幼的孩子横七竖八地趴在床上睡觉，一阵心酸，不由自主地流下泪来。

1979年冬，随军家属要进行防空演习。家属以为真有情况，难免心情紧张、慌乱。老伴抱着次子马平，拉着女儿马莉，长子马强跟在老伴后面。山区凹凸不平，杂草丛生，有一种蝎子草，身上部位只要碰一下，便会肿胀，疼痛难忍。大小碎石掺杂不齐，稍不注意，便有可能摔伤、碰伤。成人搞演习，小孩胡乱跑，长子马强一不小心跌入冰冷的小水渠里，衣服湿了个透，老伴至今回忆起来，心仍有余痛。2015年再去新疆，还专程看了天山深处的前进牧场。

马平（前）、马莉（中）、马强（后）
天山深处军营留影

也许有人会说：在困难时刻，亲朋好友应该互相帮帮忙呀。这话倒是不错，但在当时，谁家都有两三个孩子，有的甚至有四个孩子，都处于同一情况，谁能帮得了谁呀！比如，毕谦、路德新都是我的战友、乡友、好友。毕谦是我们部队优秀"才子""名人"，他的文章经常见诸报端。毕谦的爱人申秀珍为人十分诚恳、厚道，一向以德、善、勤、能均优而著称。毕谦可是我们部队同时期人第一个出国的，他入伍后一直在政治处工作，在任政治处主任前，也就是20世纪70年代初，新疆军区了解他很有才华，便抽调他去援外，在中巴公路指挥部秘书处工作，一去就是几年，直至援建巴基斯坦的公路修建完才回部队。这期间，部队多次征询过申秀珍有何要求及意见时，申秀珍总是憨厚地笑道："没啥困难，让毕谦安心在外工作吧！"其实，申秀珍的困难很大，想一想，一个女人带三个孩子，还要上班、干家务、手工缝补衣袜鞋帽等，困难是可想而知的。然而，就是这样，还说出美丽的谎言安慰丈夫，这样的话语只会出于贤妻良母之口，不是吗？处级干部路德新，在部队时，一心扑在部队战备训练、部队建设上，多次被评为优秀指导员、教导员。他的爱人胡瑞琴十分勤劳、聪慧、善良。他们有三个孩子，在其中一个孩子临出生前，胡瑞琴知道路德新当时忙于战备，不可能在家候产，为不影响路德新的工作，便安慰路："你放心工作去吧，家里的事，就是天塌下来，有我顶着，如果有临产预兆，再给你及时联系。"胡瑞琴是个十分精明、泼辣、能干的人，为预防突然情况发生，她学了些妇产一般常见知识，并准备了一些常规用品用具。胡瑞琴这些考虑及准备并非多余，还真的派上了用场。一日，她感觉不对劲，还没来得及叫人，便迎来宝宝的降临。胡瑞琴凭借自己学到的一些知识，独自进行了快速利落的处理，确保了大人及孩子的安全。当左邻右舍知道情况后，都为胡瑞琴倒吸了一口凉气，一时，在部队传为佳话。直到现在，战友们在一块相聚，提起此事，还都啧啧赞叹，这样的情况太少太少了。看到这里，也许有人会说：路德新应在家多守几日。也许还有人会说：胡瑞琴也太冒险了。仔细想想，这话也不错，但在当时战备任务紧张的情况下，这样做，正是体现了一名军人及军人的妻子对党的事业的无限忠诚。试想，如果没有一种顾全大局的革命精神、忘我牺牲的奉献精神、忠于党的事业精神，谁会这样视生死为儿戏呢？如果条件像现在这样好，又有谁乐于去冒这么大的生死风险呢？在我任 36143 部队后勤部部长期间，1984 年 3 月份，乌鲁木齐军区决定在我们部队搞"基层后勤建设试点"，并明确 10 月召开军区团级以上领导参加的

1981 年在部队全家福照

现场会。为搞好这次现场会，师党委十分重视，多次制订专题研究方案，项目、标准，效果预想等。从 4 月份，我带后勤部有关部门到二十四团蹲点指导，一项一项抓落实，一去就是半年多。二十四团驻在天山深处，距师部 200 多里，在下团蹲点前，我给老伴讲明了情况。老伴那时在军人服务社工作，工作时间没有一点弹性，三个孩子都已上学，要吃饭、要穿衣，还要辅导孩子学习。老伴听后，平平淡淡地说："你走到哪里，都是工作第一，啥时管过家务？你去就去吧！家里的事，你放心吧，我会做好的。"老伴朴实平和的话语，给我完成任务增添了极大的信心和力量。

在二十四团半年多的日子里，由于官兵齐心协力，从基础设施抓起，先后抓了《连队伙食基础建设管理标准》《营房营区基础设施建设标准》等多项制度标准。营房建设，天山脚下，高差特大，一个连队的营区长度不过 200 米，仅高差便有 4~5 米，上下坡度大，营区高低不平，栽不成树，种不成花，光秃秃的，一下雨，泥水横流，行走也极不安全。为改变这一面貌，官兵总动员，自己动手，铲高垫低，挖坑填土，种上花草树木；捡来石头，敲打成方形、长

条形，砌坡垒墙，使整个营区高低有序，层次分明。达到了硬化、亮化、绿化、美化标准。

在军区召开的现场上，与会代表看到在如此艰苦的山坡上干出如此高标准的工作，个个惊叹不已，军区领导十分满意，给予了高度评价与赞赏。当年，我师后勤部荣获"三总部"授予的"财务管理先进后勤部""全军绿化先进单位""全军营房管理先进单位""全军小型基建先进单位"等多种荣誉，为全军基层建设作出了突出贡献，本人受全师通令嘉奖。

1984年乌鲁木齐军区基层后勤建设现场会在我师召开

1984年后勤部立功受奖表彰人员

从我和老伴认识起，经多年相处，我从她的言行中深刻体会到：做一名好妻子不容易，做一名军人的好妻子更不容易。军人的妻子，意味着要有自我牺牲的精神、吃苦耐劳的精神、勇于奉献的精神；军人的妻子，蕴含着自强、自立、包容、理解；军人职务的变迁、提升、荣誉，是军人妻子负担的加重、更多的付出；在军人的荣誉、功劳簿上，饱含着妻子不知多少的汗水、泪水、血水。如果说，"军功章呵，有我的一半，也有你的一半"，这不是虚拟的夸张、安慰，而是恰如其分的真实写照、表达。

36143部队军人服务社照：前排左一：刘淑芳

六、老伴替我分忧愁

1985 年，全军部队精减百万人员。根据革命化、年轻化、知识化、专业化的原则,师团一级没有大专文凭者原则上都要转业。像我这个四十岁左右的年龄,前几年,大都进行过高等军校培训,我这个只有初中文化水平的后勤部部长,当然在转业之列。当征求我的意见时,我讲:前几年高级军校培训,领导讲我工作忙离不开,我坚决服从。现在讲学历低,我仍坚决服从。1986 年 3 月,我结束了 21 年的军旅生活,转业到安阳发电厂,老伴刘淑芳及三个子女也从新疆来到安阳电厂。

1986 年转业合影

在安阳电厂任副厂长期间,我主管食堂、基建、分房、医院、车队、托幼园所、绿化、渔场等。在部队,我从炊事员、保管员干起,一直干到独立师的师后勤部部长,从没离开后勤岗位,我深知后勤工作难干。在电厂干后勤工作,不像部队那么单一、统一,它牵扯到千家万家,大大小小,方方面面,干后勤工作更难。有人形象地比喻过,说后勤工作就像家庭主妇:"家务活,没底坑,累死累活不见功,受了气,没法吭,反复申辩说不清。"也有人讲:"吃喝拉撒睡,一听谁也会,一人难称百人意,咋干也不对。"后勤人员则认为:"干后勤,没出息,上管天,下管地,中间管空气;既管生活大事,也管鸡毛蒜皮,管来管去生闷气,后勤不是人干的。"

1995 年以前,安阳电厂在后勤诸多难题中,分房可谓"老大难""难中难"。分房难并不是因为分配过程难,而是职工的住房条件太差、太拥挤、太困难了。安阳电厂始建于 1958 年,在"先治坡,后治窝,先生产,后生活"的年代,职工们日夜奋战,不怕苦,不怕脏,吃住在工地,为早日发电作出了贡献。当时,在一片荒地上，职工天当被子地当床，露宿野外是常事。火电施工队伍走后，留下的临建房成了安阳电厂职工的住房，电厂的职工太好了，毫无怨言，一住就是30多年。临建房，是一间一间的小平房，墙由土坯垒成，房顶由一层油毡一层土铺盖着，地面是黄土。在我当后勤厂长时，墙体已脱落不少，地面坑坑洼洼，房顶的油毡也风化，每逢下雨，天上下大雨，房内下小雨，天上雨已停，房内还下雨。说实话，职工的住房条件太寒碜了，我看后，心里常酸溜溜地叹气："拖欠职工的太多了。"可是，就连这样的住房条件也满足不了职工的需求，有的职工子女大了，急于娶媳妇，作揖、下跪、求情，能弄到这样一间临建平房，常常谢天谢地，喜笑颜开。我们的职工付出得高，要求得低，我们的职工太好了。

20世纪80年代中期，上级允许单位在存量土地上盖房，以改善职工居住条件，但一切必须按计划设施，不能越雷池半步。当时规定：一类住户建筑面积不得超42平方米；二类住户不得超45平方米；县处级、高级工程师不得超60平方米。在1979年前，由于没有实行计划生育，老职工一般都有两三个孩子，五六口人、甚至七八口人住在40平方米左右的房子里，怎么住呀？好歹都是苦日子过惯了，只能凑合着过吧！可是，就是这样的住户类型，上面划拨的经费也只能每年建五六十户，除给拆迁户30套外，实际每年新增住户也就30户左右。安阳电厂当时有职工2000多人，按照这样的建房速度，许多职工恐怕一辈子都住不到一套新房。

在计划经济年代，职工住房是分配制。凡是生于20世纪70年代之前的城镇人员，都有一个共同认知：盖房难，分房难，管分房更是难中难。安阳电厂的新房分配采用计分办法：以工龄分为主，以人口、职称、劳模等加分为辅，分数高先分，分房方案经职工代表讨论通过施行，为防止人为差错，由职工代表推荐分房代表，成立分房监督委员会，设监督意见箱，挂双锁，三天一次公开开锁，公开意见，公开处理办法，三榜定案。整个分房过程，还是十分公开、公正、公平的，职工也是认同的。分房是公平的，住房是凄楚的。分房的公平只能求得一时心理平衡，住房的凄楚常常产生一种强烈的需求。心理平衡虽能抑制一时的强烈需求，但当强烈需求有时难以抑制时，有些人还是会争、吵、闹，企盼需求得到解决。每年一度的建房分房，这样的情况已成常态。也有个别职工，下班后来我家大喊大叫，大吵大闹，甚至让其家属来家跪求，哭哭啼啼，甚至以要离婚，要寻死上吊，想打悲情牌解决，闹得我家吃饭、休息都不得正常。我知道职工的困难、苦楚，可在当时的年代，在厂无自主权，上级拨款少的情况下，厂领导也只能同情，向上反映，别的毫无办法。因此，每当遇到这样的情况，我从来也不回避，也只能给职工讲些国家有困难、上级有难处、厂里尽量想办法之类的话，安慰职工，望职工给予理解。

为职工住房，我也经常苦恼。有时我给老伴说："你跟我以来，没给你带来欢乐，却给你增添了不少苦闷烦恼。特别是在住房分配上，更是如此。"老伴对于个别职工来家吵闹，不仅没有抱怨过我，也从没埋怨过职工。她常说："职工在住房上有困难来找，这很正常，就是发泄一下情绪、说些难听话也应理解。职工有困难来找，这是一种信任、一种企盼，因此，要热情接待，以礼相待，先给职工心理上一种温暖。至于所讲问题，只要不出原则，能立即解决的不要推三阻四；不能解决的，要讲清原因，让职工心服口服。不要因为职工说了一些气话就心烦，就'回敬'，让职工带着问题来，又带一肚子气去。问题能否解决，都应让职工面带笑容，欢心而去。"

我的老伴，从来不参与我的具体工作，但有人来家找我要房时，总不能"门难进、脸难看、话难听"吧。有时职工找上门，她总是热情地端茶倒水，先给职工心理上一种温暖。我管房，但我家的住房却十分困难。我家当时6口人，居住在一套建筑面积不足60平方米的住房内，房间的布局又极不合理，房间宽2.2米，连两张单人床都无法放下，没办法，只好搭通铺睡觉。有些细心的要房户来我家要房时，总是先看看我家的住房条件，当看到这种情况后便说："你是管房子的，咋不再弄一套，哪怕一间也好些，有权不用，过期作废。"我老伴总是笑着说："管房也不能搞特殊，现在住房都困难，先凑合着过吧。"有不少要房人看了我家的住房情况后说："实话实说吧，我是来要房的，但看了你家的住房，还不比俺家强，俺也不好意思要了，等以后条件好了再说吧。"说后，便笑嘻嘻地走了。

当时，安阳电厂职工住房环境太苦、太差了。1958 年建厂时的老职工，到 1988 年，不少人都当爷爷了，祖孙三代还拥挤在一套狭小的临建房内，困难是不言而喻的。1989 年 9 月，在武汉水利电力大学举办的厂长、局长集训班上，我根据电厂情况，撰写了一篇《住房改革势在必行》的论文和另一篇《粉煤灰利用潜力巨大》论文，被武汉水利电力大学列入优秀论文，曾引起巨大反响。之后，时隔仅仅两年，两篇论文的观点均被证明是正确的。

七、贤妻良母全家福

山再高高不过太阳，恩再大大不过爹娘；父母之恩如长江水，日日夜夜流不尽。普天之下，只要是个正常人，都会对子女倾注全部心血，献出全部的爱。特别是，母爱是最无私的，是最伟大的，最了不起的，在关键时刻，为子女的爱，不惜牺牲自己的一切！我们可以这样说：天下女子，想当好妻，但不一定全是贤妻；想当好母，但不一定都是良母。为什么这样讲呢？人世间的事情就是那么怪，不少人在子女还不到婚龄时，便托人为子女找对象，左打听，右考察，生怕子女不如意。婚后，有些人态度大变，把自己的子女、孙子女当自家人，把儿媳妇当外人，这些人就没从根上想过，没儿媳妇哪来的孙子女呢？结果，常常闹得婆媳关系不和，甚至吵、骂、打斗、离婚。在这种情况下，常让当儿子的处于两难之地，一边是日夜陪伴自己、知寒知暖的媳妇，一边是生养自己、恩重如山的母亲，常常把儿子搞得抓耳挠腮、无所适从，甚至独自生闷气。我想，让儿女受这样的折磨，尽管不是做父母的本意，但也不是良母应该做的吧！

我的老伴，她把婆婆当亲妈对待，尊敬、体贴、关心、照顾，婆媳之间从没发生过一次争吵，被邻居誉为好媳妇。我与老伴有三个孩子，长子马强，女儿马莉，次子马平。老伴当了婆婆后，她把两房媳妇都当亲女儿对待，我们的大儿媳妇孟春风、二儿媳妇胡卫华都十分贤惠、通情达理，像亲妈一样对待我的老伴。我老伴与儿媳妇之间从没发生过一次斗嘴、争吵，甚至连一句不中听的话都没说过。我们家是和睦、和谐、和美的一家。我们的亲朋好友有时在一块闲聊，总爱说："看到您家和和美美、亲亲热热，好羡慕啊！有啥秘诀、经验，给我们谈谈呀！"老伴听后，总是笑盈盈地说："秘诀、经验没有，想法做法倒是有点，简单地说，也就是真诚、尊重、忍让、理解几个字。"说罢，她便像介绍经验似的讲起来。

1. 真诚

人心都是肉长的，人心换人心，八两换半斤。对待儿媳妇必须要真诚，不能虚心假意，要拿出希望婆家对自己女儿那样的心理对待儿媳妇。有个故事讲得好：一日，几位老太太聊天，说起家长里短，有位老太太竟难过地掉了泪。她说："我家儿子的命好苦呀！娶个媳妇懒得要命，不烧饭，不扫地，不洗衣服，不带孩子，整天就是吃、睡、玩，就连早饭还要儿子端到她的床上呢！"这时有人问："你女儿那怎么样？"老太太一听，破涕为笑道："女儿的命可好了！她嫁了一个再好不过的丈夫，丈夫不让她做家事，煮饭、洗衣、扫地、带孩子，一切的一切，都由丈夫一手包办，连每天的早餐都给她端到床上吃呢！"其他人说："咱女儿与咱儿媳妇一样命好，咱为啥怨恨儿媳妇呢？"老太太一听，顿时语塞。这就是说，婆媳关系不和，长辈要先查自己的原因，看是否一碗水端平？看对儿媳妇是否真诚？简单地说：就是要把儿媳妇当成亲闺女看待，只有对儿媳妇真心实意，才能换来儿媳妇的诚心诚意。

2. 尊重

婆媳相处，要学会相互尊重，婆婆儿媳妇都是平等的，不要以辈分高低自以为是，不要有"家有千口，主事一人"的观念树家规，唯我独尊，要以"家和万事兴"的观念平等待人。在家庭事务处理上，因思路不同，婆婆可以多当"参谋"、当"干事"、当"助理"，当需要帮忙时，可尽心尽力帮，但不要过多干涉、做主。赠人玫瑰，手有余香，投之以桃，报之以李。要懂得，一个会尊重别人的人，才能获得别人的尊重。

3. 忍让

狗皮袜子没反正，谁家的舌头不磨牙；一个锅内洗碗筷，磕磕碰碰总难免。这些通俗的哲理告诉人们，生活在一块，不能你执个枪，我执个刀，稍有不顺，便刀枪相见，那是要伤人的。忍让很有学问，据说，乾隆皇帝下江南时，见一千口之家相处十分和睦，便想问个究竟，他找到户主询问原因，户主一口气接连写了一千个"忍"字，乾隆大悟，十分喜悦，连说"好！好！好！"之后，便亲笔为这户人家题写了一幅匾："天下第一家"。因此，举家相处，要学会忍让，忍一时风平浪静，退一步海阔天空。

4. 理解

理解是团结的纽带，理解是启迪心灵的钥匙。人老了，反应迟钝，怀旧多，旧的观念多；年轻人，反应敏捷，思想活跃，爱随新潮流，这要互相理解。尺有所短，寸有所长，金无足赤，人无完人，不要过于追求完美。曹操诸葛亮，脾气不一样，人有点小缺点、小脾气，都很正常。"家家都有本难念的经"，谁也不是圣人，遇到一些烦心事，说了一些过头话，要互相理解，因为谁说话也没用尺子量着说。对长辈来说，一定要明白，人家的一个大姑娘，从生下来长这么大，你没抚养一天，人家来后就叫你爸妈，就帮你干活，这已经应该满足了。婆媳关系不好，婆婆应先深刻查找自身的原因。老伴的一席话，总是引来亲朋好友不停地点赞。

天不言自高，地不言自厚；山不言自重，海不言自深。我的老伴，以她朴实、善良、勤劳的言行，为当好贤妻良母，默默地奋斗着，无私地奉献着。2016年年底至2017年年初，老伴迎来人生中又一个既辛苦而又喜庆的日子。当时，长孙马云飞在天津上高中，是高考前的冲刺阶段，学习十分紧张、辛苦。老伴对我说："你去天津陪读，家里这一摊子我照看。"当时，家里这一摊子任务十分繁重。孙女马云婷在前张村上一年级，外甥王琳琦在银杏小学上三年级，两地上学，一天都要接送4趟，一趟平均约4里路。特别是当时，因国家放开二胎生育政策，我家在二十天内就增添了两个小孙子，老伴喜上眉梢，乐得合不拢嘴，但也忙得团团转，手脚不离地。这对于一位七十岁的老人来说，无论从心理上，还是从体力上，都需要强力支撑。不少邻居、好友见面便对老伴说："这段时间把你累得够呛吧！可要保重好身体呀！"老伴总是笑吟吟地说："说实话，人忙点是福，只要儿媳妇和孙子好好的，我就是再苦再累些，心里也感到甜蜜蜜的。"2017 年高考，长孙马云飞以 660 分的优秀成绩被南开大学录取，两个小孙子马云翔、马云笙十分活泼可爱，惹人喜欢。中国有句传世名言叫"家和万事兴"，还有句"天下第一乐叫天伦之乐"。我的家，在老伴刘淑芳的精心经营下，是那么的和睦！那么的幸福！那么的美好！

冬训改革谱新篇

"走打吃住藏"，字字为打仗；

"这样训练好"，藐视苦累脏。

1969 年 11 月 16 日，在天安门前曾受过中央 4 次检阅的骑兵第一师整编为陆军。1970 年 1 月 2 日，正值"三九"严寒季节，昼夜平均气温在零下 38 摄氏度，夜间最冷时达零下 40 摄氏度以下。为提高部队严寒条件下的军事训练水平，36141 部队组成了由步兵 36143 部队副参谋长钱树森带队，司、政、后三大机关各派一名参谋、干事、助理员参加的冬训指挥部，率领 36143 部队三营八连、炮兵连、36141 部队侦察连等 284 人，展开了冬季野营训练，以便摸索经验，改革创新，全面提高部队战斗力。当时，我是 36143 部队后勤处最年轻的助理员，被抽调为冬训指挥部成员。在这次拉练中，我的主要任务是负责对冬训部队的各项后勤保障及各项资料的收集整理。当时的冬训野营训练具有明确的指导思想，主要围绕"吃、住、走、打、藏"五个字进行，重点检验、总结、改善部队在冬季严寒条件下的生存能力、耐寒能力、适应能力、作战能力、隐蔽能力等。

一、吃——检验部队在严寒条件下的生存能力

20 世纪 70 年代，按常规要求，步兵执行战备任务，一般情况下，单兵自带的食品是"三生一熟"。"三生"即三天生食，以大米为主；"一熟"即一天熟食，以馒头为主。拉练的第一天，每人携带的"一熟"是两斤馒头、两斤水。新疆的冬季，野外格外寒冷，当地居民曾形象地说："冬季野外解手，必须拿

个棍，一边解手，一边击打，否则，就会冻成一根很长的冰棒。"这说法似乎有点太邪乎，但要说滴水成冰，却一点也不过分。部队携带的馒头和水，一小时之后全部冻得邦邦硬，馒头用刀切不动，用石头砸不动，用牙啃不动，每啃一口，只能印上几道浅浅的牙印。水与水壶冻成了一个整体，根本倒不出一滴水，有不少水壶还被冻裂。战士们渴了，只好往口中塞几把雪。本来，在严寒的冬季看到雪，常有一种阴森森的感觉，可在当时，对雪却产生了一种亲切感，吃到嘴里总是感到甜丝丝的。

经过几十公里的急行军，部队第一顿饭的地点选在乌苏县西大沟。西大沟荒无人烟，这也是指挥部有意安排的。部队安排好哨兵，便令各连队迅速做饭。当时，部队装备陈旧，仍是很原始的"埋锅造饭"。冰天雪地，埋锅造饭绝非易事，至少要解决灶、柴、水三大问题。柴，发动大家砍些荆棘，问题不大。挖锅灶，的确困难。当时，地冻三尺，战备小铁锨根本无用武之地，十字镐挖下去，一下最多挖个一厘米深的小点点。一个连队的炊事班，按编制是 9 人，9 人轮换挖了半小时，个个累得满头大汗，竟没挖出一个锅灶。情急之下，炊事员只好捡来些大小不等的石头，勉强垒了个摇摇欲坠的锅灶。有了锅灶，水又成了问题，不要说自来水、井水、河水，就连牛、羊饮用的坑水也没有。怎么办？"困难面前有战士，战士面前无困难"。常言说，雪水、雪水，只要有雪，就不怕没水。就这样，战士们不停地用铁锨、脸盆往锅中送雪，锅中的水面也不断地上升。虽然一锅雪一般只能化十分之一锅的水，但总算解决了吃水问题。携带的各种肉、菜，除大白菜能切成丝、片外，其他肉、菜冻得像块石头，用刀根本切不动。饭做好后，盛在碗内，稍微吃得慢些，顶层就成了"冰激凌"。一次，我去三营炮连了解军马情况，吃饭时，三排长张怀智给我盛了碗热乎乎的米饭，谁知，米饭只吃了一半，另一半已冻在碗内了。

野外拉练，在做第一顿饭时，当时，钢笔、圆珠笔冻得不下墨水，写不成字，幸好，我早有思想准备，备有铅笔，从挖锅灶开始到吃完饭，我用铅笔在小本本上一项一项地做了真实记录，第一顿饭虽然勉勉强强吃到了嘴里，但却用了

2 小时 45 分钟，远远超过预计时间 45 分钟的两倍多。

时间就是军队，时间就是胜利。为使"吃"的问题在时间上符合战备要求，指挥部迅速研制了新式锅灶架，解决了严寒条件下"埋锅造饭"的困境；携带的肉、菜进行了提前加工，馒头变成了含水分极少的烤饼，水壶加制了保温套，解决了寒冷易冻问题。一系列改革、创新，增强了部队在严寒条件下的生存能力，从时间到营养，均达到了战备要求。

融冰化雪，埋锅野炊

二、住——检验部队在严寒条件下的耐寒能力

"三九"严寒，如何解决野外露营、不冻伤、避免非战斗减员，这是对部队耐寒能力的严峻考验。

当时，部队人均携带的行装是：一斤重的方块雨衣、两斤重的棉褥、四斤重的棉被、六斤重的皮大衣各一件。这些行装，在营房有采暖设备时还可以，在严寒的冬季野外露营，很难适应。

为检验部队耐寒能力，冬训指挥部特意安排，三分之一时间是在外露营。拉练的第二天，部队便夜宿"老风口"。当地人都知道：天冷冷在风里，更何况，"老风口"，无风风三级，有风风更大。参谋长察看了一下地形，选择了一块地势比较凹的避风处作为宿营点。有一利便有一弊。凹处的优点是避风，弊端是凸处的雪都吹到了凹处，积雪太厚，一般都在一米左右。战士们用铁锹将雪堆积成一道道墙挡风，用荆棘将地面做一下简单打扫，便在雪窝中搭起了帐篷。帐篷一般以班为单位，搭帐篷剩下的雨衣铺在雪上，防止雪融化后浸湿被褥。

说起来也巧，老天爷也好像有意在考验部队，偏偏这一天又遇寒流。战士们睡在帐篷内，像睡在冰窖内，浑身的血仿佛要凝固，一个个冻得直打哆嗦，用被子蒙住头，缩成一团，人人都当了"团长"。副参谋长拿出温度计，在外面测试了一下气温，惊叫道："好家伙，零下 38 摄氏度！"为严防冻伤，副参谋长安排了值班员，每小时紧急集合一次，让部队在雪地跑 20 分钟，再回帐篷睡觉。这样进行了两次，一点睡意都没有了。这时，副参谋长在认真思考着一个问题：一晚上一直如此反复，第二天怎么继续行军、训练？不这样办，冻伤了又怎么办？副参谋长经与指挥部成员商量，决定召开一次紧急"诸葛亮会"，让大家出主意、想办法。经集思广益，依据当时现实的条件，大家一致认为：当务之急，以防冻伤为主，最简便易行的办法是："两个人睡觉颠倒颠，三个人睡觉插中间，身强体壮睡两边，身体瘦弱睡中间。"经实践，这个办法很适用：增加了被褥铺盖的厚度，保存了身体散发出的温度，解决了当"团长"的难度。特别是战士把脚互相伸到对方胸口，不仅有利于脚上打的水泡的愈合，也增强了同志情、战友义的浓度。

在部队被装比较简陋单薄、天气比较严寒的当时，这一野外露营办法，得到了全军肯定、推广。这次，部队在外野营拉练，尽管冰天雪地，风雪严寒，甚至爬冰卧雪，露宿雪原，但没有发生一例露营冻伤事件。当然，颠倒颠睡觉也存在卫生方面的问题，但在当时的条件下，对部队的耐寒能力、生存能力无疑具有重要的积极意义。这次拉练之后，总后勤部根据部队反映的一些问题，对严寒野外露营的被装、衣袜鞋帽等进行了重大改进，基本上保障了部队在耐寒方面的需求。

三、走——检验部队在严寒条件下的适应能力

兵贵神速。走，是步兵的基本功。走，既要走得动，又要走得快，更要走得通。为达到"动、快、通"要求，冬训指挥部根据坚固阵地积极防御的特点，行军路线有意选择了雪地、冰路、凸凹山沟、冰坡等多种地形和道路。

严寒冬季，冰天雪地，苦练"动、快、通"，并不像想象的那么简单。冬季行军，单兵携带的武器、被装、食品一般在 65 斤左右。雪地行军，尽管摩擦力大些、不滑，但穿解放鞋，鞋内极易钻雪，常常是雪水、汗水与袜子、脚凝结在一起，极易形成冻伤。冰路行军，摩擦力虽小，行走看似轻松，但极易滑

倒、摔伤。因此，走起路来，思想紧张的弦总是紧绷着，每迈一步，都要小心谨慎地凹着五个脚趾落地，实际上比雪地行军更吃力。走山沟，高低不平，深一脚、浅一脚，又有大雪覆盖，看不清地形地貌，稍不留心，就会将脚扭伤、碰伤，或被荆棘刺伤。特别是翻越冰坡，难度更大，一般数米高的冰坡，单枪匹马根本无法逾越。为逾越冰坡，部队曾用战备十字镐、小铁锹修成冰梯向上攀越，终因上无牵引点、下无支撑点而无法攀越通过。为此，部队每次翻越冰坡，便组成塔式人梯分批向上传递攀越，攀越过的人员再用绳索把冰坡下的人员拉上去。

骑兵行军，主要靠马的力量，步兵行军，全靠"11号汽车——两条腿"，既是对体力、耐力的考验，更是对脚力的考验。严冬拉练，由于负荷重，路难行，汗水不易挥发，脚板极易打水泡，且不易恢复。拉练的第二天，不少同志的前、后脚掌都起了大小不等的水泡。经一些有经验的同志传授，同志们用针将水泡穿透，然后用马尾或头发系在穿透的水泡上，让水泡内的积水流出，水泡慢慢地就会消下去。这个办法，对行军一日、多日休息的打水泡者不失是一个良方，但对连续行军的打水泡者，根本不起作用。连续行军，不少同志的脚掌上大泡套小泡，新泡套旧泡，甚至泡连泡，形成血脚板。在这样的情况下，每行一步，疼痛得都要咬紧牙关，但同志们仍乐观地说："越热越穿棉，越渴越吃咸；困难面前有战士，战士面前无困难。"

为进一步搞好这次冬训拉练任务，冬训指挥部特意安排了两次长途奔袭，每次都是昼夜兼程。其中一次，正遇寒流袭击，室外冷到零下38摄氏度多，为按计划进行，又不被冻伤，指挥部命令一律穿毛皮鞋、带皮帽、皮手套。紧急集合，刚冲出室外，只觉寒气逼人，连呼吸都感到困难。参谋长仅做了两分钟的简要动员，同志们一个个就都变成了陌生人，棕色的皮帽被冰

军衣素裹伪装行军

霜染成了白色，眉毛成了一根根一厘米长的冰刺，鼻毛挂满一串串小冰球。

平时训练，一般穿胶鞋，重量不足一斤。毛皮鞋，平均每双重达 4 斤，穿在脚上，像绑了几斤沙袋。由于天冷，刚穿上毛皮鞋行军，还没感到什么，但越走越感到沉重，时间长了，双腿累得酸楚难受，脚踝像错了位、腰像断了似的酸麻。行军，一般情况每小时休息 10 分钟；行军速度，正常每小时按 10 里掌握，急行军、强行军分别按 12 里、15 里掌握。由于进行急行军，尽管天气十分寒冷，但每走一阵，人们都会大汗淋漓，内衣、棉衣、罩衣湿成一片。每当休息，瞬间，内衣、棉衣、罩衣便被冻在一起，衣服好像没穿在自己身上，像是披了一件冰盔冰甲。用拳在背上敲敲，不仅感到衣服具有一定的硬度、强度，往往还会发出像击鼓一样的"咚""咚"响声。

途经奎屯兵站时，部队做少许休整，不少同志想脱下毛皮鞋把脚松缓一下，可怎么也脱不掉。原来是停下的片刻，由于天气太冷，毛皮鞋内的汗与袜子冻在了一起，袜子与脚板上的水泡冻在了一起。有的同志伸开脚，让其他同志帮助脱鞋，由于用力过猛，鞋、袜子连带脚上打水泡部位的肉皮都扯了下来，露出了血糊糊的嫩肉。

打仗要狠，爱兵要深，这是用兵之道。参谋长看到这些情况，于心不忍，便组织收容车收容，但没一人被收容。同志们心中有一个共同信念：平时多流汗，战时少流血，平时怕吃苦，战时是逃兵。在当时，谁若被收容，便会感到莫大的耻辱。因此，都暗暗下定决心：脚走不成了，就是爬也要爬到目的地。其实，在训练前，大家都曾立下誓言：地冻三米，雪下一丈；寒风刺骨，不当败将。苦不苦，想想长征二万五；累不累，想想雷锋董存瑞；难不难，想想愚公移大山。明知山有虎，偏向虎山行；明知"三九"冷，偏向冰雪冲。战士们以钢铁意志践行了自己的钢铁誓言。

四、打——检验部队在严寒条件下的作战能力

宁可千日不打，不可一日不备。备战备到共产主义实现，扛枪扛到帝国主

义完蛋。打，是部队训练的出发点，也是落脚点，是军人的天职。

打，骑兵凭的是马上硬功，以攻为主，杀敌主要靠轻武器、战刀。步兵，武器装备比较复杂，特别是坚固阵地防御，既要能攻，也要善守。

部队战斗力的高低，既有人的主观因素，也有武器装备优劣的客观因素。为检验部队战斗力，冬训指挥部根据气象预报，专门选择了有寒流之日的凌晨，令部队迅速抢占山地一无名高地，埋伏待机，反击敌人。在零下 37.5 摄氏度的凌晨，气候格外恶劣，北风一吹，凝结的颗颗雪粒扑打在脸上，开始，像针刺一样疼痛，慢慢地，由疼痛变成麻木。

凌晨进行实战演练，这是检验武器装备技术性能的最好时机。当时，部队的武器装备一般都是常规武器，虽经多年实战，但经高寒条件下检验的机会并不多，存在的问题也并没真正暴露出来。首先说汽车，发动机所用机油是一般机油，高寒条件下，很难发动，每发动一次，一般需用喷灯烧烤一个小时左右。汽车发动后，又不能熄火，一熄火又要重新发动。82 毫米迫击炮、53 式重机、58 式连用机枪是步兵的主要武器装备，由于骤冷，迫击炮弹上的防护油难清除，炮弹装不进炮膛；重机枪、连用机枪由于防护油黏稠，枪机往往后退不到位，不是卡壳就是不连发。为排除故障，部队依据经验，立即用火小心翼翼地将炮弹上的防护油烤化，用布擦净油，才保证了炮弹的正常入膛。重机枪、连用机枪的枪机，经倒入少许煤油，润滑了枪机部件，才保证了连发。凡是军人，谁都知道：时间就是军队，时间就是胜利。这些土办法虽然解决了训练中的燃眉之急，但如真正放在战时，便会贻误战机。之后，经向军委反映，经总后勤部科技攻关，汽车发动机由一般润滑油更换成冬季专用润滑油，迫击炮弹以涂一层喷漆代替了防护油，机枪以冬季润滑油取代了一般防护油，从根本上解决了问题，提高了部队战斗力。

五、藏——检验部队在严寒条件下的隐蔽能力

毛泽东主席在《论持久战》中曾指出："只有有效地保存自己，才能更好

地消灭敌人。"藏,在特殊情况下,它不是懦怯,不是怯战,它是一种应变能力,是大智若愚、大勇若怯的一种智慧。藏,在实战中,无时无刻不在应用着。藏,单从季节上讲,春、夏、秋三季,由于自然景色形成的"青纱帐""绿纱帐",都便于隐藏。在冬季,如何利用雪景进行"藏",在这次训练中,对伏击前的伪装、行进中的伪装、夜宿山洞等都做了一些有效尝试。

为打好伏击,一日凌晨,冬训指挥部突然命令机炮连埋伏在无名高地山坡上,阻止"敌人"由西向东前进,并将敌消灭于此地。开始,机炮连迅速抢占无名高地,俯身而卧,远处一看,白色中一大片绿色,显然不符要求。为了隐蔽、藏好,机炮连领导要求每人身披一条白色床单进行伪装,之后静静地卧在雪地,与雪一色。但是,山风一吹,床单飘起,绿军装仍然暴露。于是,机炮连领导让其将床单下面的两个角分别系在左右脚上,床单上面的两个角系在脖子上,这样,风不管怎么吹,白床单始终罩着整个人体,还真骗过了"敌人"的侦察。在部队行进中,当听到"敌人"空袭的警报后,人、马、车一律用白布伪装,人、马卧倒,车熄火停进,都收到良好效果。实践出真知,特别值得一提的是,在雪中埋伏时,有的战士提议把白色羊皮大衣反穿身上,既防止冻伤,又不亚于披白床单效果,得到了推广应用。

六、领导人批示"这样训练好" 全军训练掀高潮

越热越穿棉,越渴越吃咸;夏练"三伏"热,冬练"三九"寒;明知征途有艰险,越是艰险越向前。这就是这支部队敢打必胜的牛劲、犟劲,是部队从严训练的传统。利用"三九"严寒的特点,部队经过艰苦的训练,从吃、住、走、打、藏五个方面,摸索出一整套在冬季严寒条件下提高部队生存能力、耐寒能力、适应能力、战斗能力、隐蔽能力的经验,

毛泽东主席批示:"都已看过,这样训练好"

同时，对存在的三十多个问题也及时提出了解决办法，为在严寒条件下全面提高部队战斗力作出了贡献。这次严寒冬季野营训练报告经层层上报，1970 年 2 月 14 日，毛泽东主席阅后十分高兴地批示："都已看过，这样训练好。"由此拉开了全军冬季大练兵的序幕。

七、难忘的岁月　永恒的怀念

"这样训练好"的批示，是部队宝贵的财富、荣誉，每年新兵入伍，在进行光荣传统教育时，"这样训练好"成了必修课，激励着一批批官兵发扬"一不怕苦、二不怕死"的精神，使部队在思想上、政治上、军事训练上取得了一次又一次的巨大成绩。特别是亲自参加过 1970 年 1 月这次冬训野营拉练的人员，他们更是把毛主席的批示当成终生的荣誉、光荣、骄傲。数十年过去了，他们时刻都没有忘记军人应具备的"一不怕苦、二不怕死"的"二不怕精神"。2017 年 5 月，原 36143 部队三营营长姚双臣召集分散在全国各地的原三炮连官兵及其军嫂一百多人，在西安召开了"这样训练好"座谈会。原 36143 部队部队长曹存正及原 36143 部队"这样训练好"全军先进典型代表胡志亭等应邀参加了座谈会。在座谈会上，与会人员热情洋溢地回顾了当时野营拉练的情景，畅述了在零下 38 摄氏度露宿雪地的感受，回忆了"有路不走爬山坡、有桥不过蹚冰河；有水不饮化冰雪，有房不住钻雪窝"的以苦为乐的实战斗志，回忆了埋锅造饭、爬冰卧雪、相互用胸暖脚的同志情、战友谊，一个个热泪盈眶。"一不怕苦、二不怕死"的"二不怕精神"，至今仍是部队传统教育的部分内容。有意思的是，1969 年从北京入伍的李敏、赵风安、李向东、贾瑞等 4 位战友在开座谈会时，没见到 1970 年同连队的司务长靳爱元及三排排长张怀智，座谈会刚结束，他们 4 人便急忙来到安阳。靳爱元及张怀智进行了热情接待，陪 4 位战友参观了闻名中外的人造天河红旗渠及三千年前是帝都的殷墟。在叙旧时，我讲：1970 年那次野营拉练，我负责全面保障及资料收集。其中有一件事就发生在你们三炮连，走到乌苏县林场，一位战士突然晕倒，经紧急抢救，又随部队继续拉练，我去了解情况，隐约感到连队有点躲闪，因无关大局，我也没有刨根寻底晕倒的原因，对我来说，心中一直是个谜。我讲到此处，他们大笑起来，赵风安笑得更厉害。我不禁问道，难道真有什么秘密？赵风安讲："当时还真有点小秘密。当时野营拉练，天气寒冷，听老人讲酒驱寒，经连长同意，只允许我一人悄悄地少量地实践一下。当时由于饥、寒、累交织一起，我只喝了两三口便晕了。在林场暖和的帐房里休息了一下，我便和杨生同军医追赶部队，当晚还在零下 40 摄氏度的露天雪地执行了两个小时的执勤任务。这件事虽是经领导批准，本意又是实践摸索探讨，但终究效果不好，所以就没向外渲染。当时，就连本连人员只知我曾晕倒，也不甚了解真情，没想到你现在还记得此事！"赵风安说完，又大笑起来。我也大笑着说，你奉命实践，本身没错，你这么一讲，我几十年前心中的一个谜终于解开了，遗憾的是 2004 年我写的回忆录《我所亲历的 1970 年大拉练》刊登在《党史博览》第 12 期上，却少了这段内容。

2020 年 1 月，我原在的部队为纪念毛主席批示"这样训练好"五十周年，按照"全装、全员、全要素"要求，在茫茫雪野上再次展开新形势、新条件下的大拉练、大练兵。大家一致认为：新时代，要实现中国伟大的复兴梦想，仍需要发扬"一不怕苦、二不怕死"的"二不怕精神"，如果敌对势力胆敢侵犯我国领土、领空、领海及破坏我国的改革开放，我们决不答应，坚决与敌人血战到底，直至胜利。

原载于《党史博览》2004 年第 12 期，原名《我所亲历的 1970 年大拉练》

天山修路铸丰碑

奉命修路天山行，为民造福记心中；

天山修路铸丰碑，血染军旗似火红。

2020年1月6日，我们原部队"情系天山"群主李荫华战友及高级教授、原特务连高光生战友先后给我打电话、发微信讲："1969年北京入伍的原通信连战友李建平同志，退役后，曾先后任北京新华印刷厂党委副书记，国家新闻出版总署党办副主任，中国工人出版社编辑室主任、正编审，出版过多部在全国具有深远影响意义的珍贵书籍，文学造诣很高。现在，他根据我们部队1966—1972年连续勘探、修建过'独库公路'的情况，想再现历史的真实，与高光生合办个筑路天山——陆八师'激情岁月、奉献天山'系列篇。独库公路1966年8月开始勘探，1983年9月建成通车，你1964年入伍，1986年退役，见证了独库公路修建全过程，了解情况多，希望部长给予支持。"我一听，十分高兴，当即回答："好！好！不客气，这件事应该写、值得写。"一方面，1966—1972年，我们部队除先后两次勘探、测绘过天山外，还用了三年时间修建过独库公路。特别是在修建毛溜沟、老虎口、将军庙这段独库公路中最艰险的路段时，曾有9名战友牺牲、十多名战友残废、数百名战友不同程度受伤，我们所在部队曾付出巨大代价，为独库公路修建作出过不可磨灭的贡献。另一方面，修建独库公路，对部队，这是一段师史，传统教育史，对个人，是一段经历，也是成长、奋斗、友谊史，对曾经为修建独库公路而牺牲、而流过血汗的战友及其亲友，也是一种心理、精神安慰。说句实在话，参加过1966—1972

年独库公路勘探、修建任务的战友，现在都已是 70 多岁至 80 多岁的老人了。若现在不讲清情况，再过若干年，这支曾勘探、修建独库公路的先锋部队、尖兵，其最初修路天山的艰险困苦、动人事迹真的会被人们永远遗忘。因此，现在很有必要抓紧时间，将我们 36143 部队最先修筑独库公路的真实情况告知天下，了却 36143 部队筑路天山老兵们五十多年来一直在圆的一个梦！

当年筑路天山者后成为军师团各级领导

《筑路天山》是一部反映 20 世纪 60 年代 36143 部队遵照毛泽东主席"搞活天山，造福人民"的指示，首次勘探天山、筑路天山的英雄壮举的书。该书由原部队邸章锁提议、原 36143 部队部队长曹存正、邱俊本主编，李建平、高光生执行主编，经百十名参加过筑路天山的老战友群聊群忆的结晶，字里行间都凝聚着他们的血汗，他们都是勘探测绘、修建独库公路的亲历者、参加者。当年，他们为修建独库公路流过汗、流过血、负过伤，有的甚至是九死一生、死里逃生的幸存者。所以，他们在全国人民居家抗击新冠肺炎疫情中，对这段修路历史回忆起来精力比较集中，兴致很高，有的几天几夜没睡好觉。群聊已经近一年，至今仍余兴未尽，真是说不完的当年事，忆不尽的战友情。许多战友在回忆天山筑路这段历史时，想起永别的战友，多次流下痛心的眼泪，有的甚至失声大哭、泣不成声。本文，是作者从数百篇群聊群忆回忆录中，原汁原味地有选择性地摘录了星星点点略加整理而成。由于当时修路距今五十多年，加之人老多忘事，个别地方表述不大一致在所难免，望读者理解。

一、独库公路——世上最美的景观大道

我们部队驻地环境特别，北邻全国最早最好最长的沥青路面"乌伊公路"，南邻东西走向最长最壮观的天山，西邻乌苏、奎屯、独山子三市交叉的美丽壮观的大峡谷，东邻公路史上最壮观最惊艳最奇特的"独库公路"。独库公路北起独山子，南至库车，全长561公里，故称独库公路。

独库公路修建前，巍巍的天山就像一道天然屏障，将南疆和北疆分开，不仅阻隔南北疆经济发展，也阻隔了南北疆大自然的风景和民俗人情。在独库公路未修之前，人们要想从北疆到南疆，必须绕道乌鲁木齐。多少年来，人们天天期盼：若能将天山拦腰劈开，南北疆来往方便，那该多好啊！

1966—1972年，36143部队奉命先后两次勘察、测绘天山地形，并连续3年修建独库公路94公里，牺牲9人，负伤数百人。1971年9月底，因"九一三事件"，部队修路任务暂停。1974年，为加快修建独库公路，国务院、中央军委令机械设备比较好的工程兵修建。工程兵经9年艰苦奋战，独库公路于1983年9月建成通车。修建独库公路，工程兵168人牺牲，长眠于乔尔玛烈士陵园。独库公路、独库公路博物馆先后被列为地市级、省级、国家级红色教育基地、中国建筑史上的景观大道，被人们誉为"永放光彩的天山精神"！独库公路建成通车，把南北疆1000多公里的路程缩减了近一半，不仅促进了经济发展，也促进了观光旅游业的发展。独库公路穿越了三分之一的悬崖绝壁，五分之一的高山永冻层，跨越了天山近十条主要河流，翻越了终年积雪的四个冰达坂，其中有一段叫作"老虎口"的路段，山高水险，是独库公路上最险峻最危险的一段路。独库公路，曲折、壮观、美妙，沿途穿过海拔3700米的冰达坂及海拔3390米的冰达坂隧道，还修有百米的防雪长廊，这是中国筑路史的一大奇观，一座丰碑。独库公路，短短五百多公里，简直是一幅绝世画卷，令人心醉：雪山、草原、森林、峡谷、河川，还有令人难以想象的空中大草原、独特的绝景，简直美极了，恰似人们想象的人间仙境。特别是一天经历四季的风雨雪冰气候

变幻，都能在路上一一体会，似幻觉、似梦想、似神话传说。2015 年 8 月，我与老伴刘淑芳带子女重返阔别三十年的故地，欣赏了独库公路沿途风光后赞叹："怪不得人们称赞独库公路是世上最美的景观大道，的确太美了！人这一辈子，能走一趟独库公路，欣赏一下独库公路沿途景观，绝不枉活这一生！太值了！"

二、勘探天山——奠定了独库公路修建的基础

根据党中央、毛主席关于"搞活天山，造福人民"的指示，为活跃天山、搞活经济，更好地为人民服务，我们部队先后两次进入天山进行勘探、测绘。1966 年 8 月 15 日，新疆军区召开部署勘察天山会议。会议之后，我们成立勘察组，于 1966 年 9 月进入勘察地域，于 1967 年 8 月中旬初步完成勘察任务。1971 年，根据军区指示，我们部队再次测绘天山。

勘察、测绘天山，虽然任务繁重艰辛，但意义不凡，它为修建独库公路奠定了基础。两次勘察、测绘天山，我们部队带队人员分别做了回忆。

这张图片，是当年率八、九、三炮连在哈希勒根隧道南口山坡上照的，拿望远镜的为张宗祥本人，几名战士是八连的兵，小棍子 1.7 米，没探到雪底

强甲申，1961 年入伍，原36143 部队特务连排长、指导员，后任二营教导员。他对勘探天山的回忆是：1966 年 8 月，部队组织以侦察排（11人参加）为主的勘察队，承担了由北疆穿越天山通往南疆的勘测任务。徒步跋山涉水，翻雪山、过大坂、攀绝壁，几经断粮绝境。历时 70 多天，行程 1300多公里，克服了难以想象的困难，圆满完成了勘测任务，受到了上级的嘉奖。

原 36143 部队特务连司务长王泰安参加了这次勘探任务，在珍藏了半个多世纪的笔记本上，清楚地记载了 1966 年参加天山测绘会议情况及有关保障情况。

王泰安勘测天山的回忆是：1966 年 8 月份，我被抽到团勘测天山小分队，小分队由原 36143 部队参谋长郎文安带队。特务连有孙永康、李永民、赵浩祥、

附影印件 3 份

魏志民、贺正福、王喜超、牛好才、张清莲等，通信连有边得民、赵润禄等以及作训参谋瞿顺合、译电员姚铁山、医生彭景生。还有新疆生产建设兵团石河子农八师王忠诚、胡××、陈文元，沙湾县朱生泉，赵显忠（翻译）和一名维吾尔族向导。统一在农八师南山种羊场集中。经过几天学习培训后，就跋山涉水向天山进发，边骑着马，边勘测。勘测小分队共 30 多个人，近 40 匹马的后勤保障全由我一个人负责，压力比较大。现在我还清楚地记得行进途中，有一天爬一个叫克库的大坡，由于坡度太陡，又是沙石羊肠小道，实在太滑了。当时小分队连人带马行进到半山腰时，突然后面的人大声呼叫：驮给养的一匹马失蹄滚下山了！由于半山腰坡更陡，根本没有能驻足休整的地方。只听郎参谋长命令："继续前进，不要慌，注意安全。千万不要让马匹受惊，确保电台安全！"因为一旦电台损坏，我们就和外界失去一切联系，那就十分危险了。最后我们手脚并用，连走带爬总算到了山顶。可是就在大家刚刚松了口气，进行休整检查装备时发现我们所带的食盐连同刚滚下山的马匹一起丢了。这可怎么办呀？人和马都是要吃盐的，不吃盐就没有力气。况且我们走了还不到一半路程，长期不吃盐，人和马都受不了。

如何完成勘测天山的任务呢？！当时我一下就慌了，虽然领导没有批评我，但我心里非常着急，难过得直流眼泪。这时大家都围过来，一边安慰我，一边帮忙想办法。最后大家在附近一个喂马的木槽里找到了一些马吃剩下的盐巴，大家喜出望外。就是这点马吃剩下的盐巴帮我们渡过了难关。事后想真是天助我们，历时一个多月，我们基本完成了这次勘测任务。

　　陈麦志，原 36143 部队特务连连长，后任新疆预备役师独立团团长，他在回忆录《测绘独库公路》一书中，对 1971 年再次测绘天山有一段是这样写的：1971 年，测绘独库公路全面拉开了序幕，这次测绘工作，36143 党委将这一艰巨任务又交给了我们 36143 部队，部队党委领导命令我率领三营八连一排带自治区第一测队完成。接受完任务，我带领自治区测绘大队一队从独山子毛溜沟出发，翻山越岭，穿沟过河，几乎一天一个地方，一周一挪营地，进行艰苦的野外作业，生活条件十分艰苦。在整个测绘路段中，跨越奎屯河，穿越"将军庙"的一段险途给我留下了终生难忘的印象。多少年后，在梦中还不止一次地出现过攀越悬崖峭壁时的惊险镜头。

　　这段路程，脚下是滚滚的奎屯河，两边是笔直陡峭的悬崖峭壁和突兀的山石，湍急的河水穿过狭窄的河床，势如奔马，卷起的波浪冲击着两岸的山岩，有如虎吼雷鸣，惊心动魄。我是领队，遇到困难险段，自己首先走在最前面。有的路段，岩石突出，无法攀越，我就腰间系条又粗又长的绳子，一头拴在头顶突出的岩石上，身子贴紧悬崖壁，双手攀住山岩，一步一步小心翼翼地往前挪，手臂经常碰得鲜血淋漓。身抵悬崖壁，侧身就是万丈深谷，有时低头往下一看，条件反射，立即会出现耳鸣目眩、头昏眼花的现象。跨越奎屯河，记得在穿越"将军庙"时，有一天，我和测绘队人员到附近的一个"山神庙"去休息，"山神庙"经过常年的风蚀雨剥，已变得破败不堪，不知道什么时候早已断了香火。庙里没有神像，供桌上摆放着山神的牌位，因字迹模糊，分辨不清楚究竟是何方神圣。测绘队的一位同志拿起来仔细看了看，用标图的红铅笔抹去了"山神"的牌号，在背面拿毛笔写上了我的名字，并开玩笑地说："这尊神又不能为人民造福，还不如写上陈队长的名字。"

三、奉命修路——拉开了独库公路修建的序幕

　　根据军委命令和军区安排，为落实搞活天山，服务于人民，36143 部队于

1970—1972 年担负独山子至乌浪沙得克国防公路的施工任务。这段公路长 94 公里，有桥梁 4 座，涵洞 63 个。公路所经地段，地势险要，地形复杂，有的地方必须在高山绝壁上穿凿通道，工程量十分艰巨，需要劳动力 81.8 万工天。为搞好国防施工，我师 36143 部队于 1970 年 2 月 17 日成立了国防公路施工办公室。3 月 28 日，36143 部队出动 1561 人进入筑路工地，至 9 月 25 日，完成了毛溜沟至那林沟路段，初通 31.1 公里。次年 3 月，36143 部队又出动 1506 人投入施工。全体指战员发扬"一不怕苦、二不怕死"的革命精神，战胜高山缺氧，排除种种险情，以顽强的毅力，于 1971 年 9 月 30 日完成了全部路段的初通任务。为修筑这段公路，我师有 9 名官兵献出了生命。（本段摘自 36143 部队师史）

图中白发者是全国一级战斗英雄、原 36143 部队部队长杨清盛在天山修路工地现场讲安全施工

1. 时刻面临死亡的威胁

独库公路修建，面临各种危险，山高水险、羊肠小道、冰山雪崩、山体滑坡等预料不到的天灾，加之打眼放炮、处理哑炮、夜色作业等，时刻都面临死亡威胁，不少战友曾九死一生。现摘录几位战友的回忆。

邸章锁，河北安新县人，1969 年入伍，历任 36143 部队排长、宣传干事、股长、教导员，1987 年转业回安新县。曾任县委办公室副主任，安新镇党委书记，党校校长等职。2009 年退休。他的回忆如下：

1970 年三四月间，入伍才几个月的我随部队参加独库公路的修建。部队在毛溜沟一带施工，虽然住帐篷、喝泉水，蔬菜供应困难，但我们每天都高唱着"一不怕苦，二不怕死"，雄赳赳，气昂昂地奔赴工地，面对流沙倾泻，碎石乱飞的威胁，精神饱满，干劲冲天。部队前伸到将军庙一带施工，这里壁立千仞，人迹罕至，所有器材、给养、炸药，全靠战士攀悬崖、走峭壁身背肩扛运到工地，稍有不慎就会跌落山下，粉身碎骨。修路者脚下无路，施工找不到立足之地。我们在山顶上打下钢钎，拴上保险绳，另一端系上人和风钻，悬在半山腰施工。施工紧张艰苦，十二磅的大锤一抡就是一天，累自不必说，还得时刻面对死亡的威胁，所以那时的班务会每天都是防事故。但整天打眼放炮，小的装药一麻袋，大的装药有几吨，塌方、飞石随时而至。我曾两次死里逃生：一次是篮球大的石头从山顶坠落，众多战友发出"石头！""石头！"的惊呼声，而我耳边只有呼啸的山风和奎屯河水的咆哮与轰鸣声，不知石头来自哪里，也不敢随意移动，木然间，石头擦肩而落；另一次是山那端的三排以为我们一排已经收工，开始点火爆破，一时间飞石如雨点般砸下，多亏我们听到炮声，急忙收紧保险绳，身体紧贴崖壁死角，才侥幸躲过一劫。因此，当我看到纪念馆那张战士悬空作业的照片，不由得激动万分，千真万确，那就是当年的我们（而且当年我也有和那一模一样的照片）。

一根绳，一头拴在高处的大石头上，一头系在腰间进行施工

王立军，原 36143 部队通信连守机班战士，陕西绥德县人。退役后，在米脂县公安局任高级工程师、一级警督、局级侦察员。王立军回忆：大部队施工开始后，天天炮声隆隆，高空落下的碎石如同天女散花一般，有时候放一炮填装炸药数量上吨，炸起来的石头满天飞，我们的通信线路天天被落下的飞石砸断。每天太阳落山施工部队开始集中放炮，几十公里山沟笼罩着尘土和烟雾。而我

们通信兵却在这漆黑的夜晚才开始出动，打着手电筒进入深山峡谷修复线路，黑夜中稍不注意，一脚踏空就会掉落万丈深沟，时时刻刻经历着生死考验。

龚成贵，原36143部队营长，修建天山路时任副连长，他讲了一件事，挺悬乎。1971年夏天，我们乘部队生活车从那林沟出发回营房，车行到将军庙路段，因新修的路车行得较慢。车上坐着七八个人，都是二营各连队人员。走着走着，车身突然倾斜，并停了。车上的人火速从车的右边和后面跳了下来。这时司机也从右车门下来，大家都互相对视了一下，都愣了一会，缓过神来细看：由于路右边有一块从山上滚下来的石头，司机将车向左靠了一下，左边路基边上砌的一大块石头被左前轮压塌，左前轮就吊在悬崖空中，车的前左底部被路面上凸起的一块石头顶着。右前轮和两个后轮胎在路面上。左边是二三百米深的悬崖，下面是咆哮的奎屯河水，右边是上百米高的绝壁。车已倾斜到马上要翻的程度，却奇迹般地停在了悬崖边上。如果有一个人推一下，车就会翻到奎屯河里。当时看到车身倾斜的情景，就好像汽车司机表演单边轮胎着地侧行术，也像平衡高手表演将汽车侧斜立在悬崖边上的平衡技术。太可怕！太可怕！等了一会有人问怎么办？也有人问车上有绳吗？司机说有：但谁也不敢上车去拿。也有人说就是有绳我们这几个人也拉不上来，得有车从后面拖才行。等了好一会，后面来了一辆汽车。后面来的汽车系上绳从后面拖，其他人员将绳挽在车身上向右拉。就这样连拖带拉将车的左前轮胎拉到了路面上。

丁永贤，甘肃甘谷县人。1968年入伍，在36143部队先后任文书、班长、排长、参谋、营长。1986年转业到甘谷县民政局。丁永贤讲：天山修路曾三次遇险，第一次遇险是在毛溜沟。当时我们在林中伐树，当天夜里山上还下了一场雪，非常滑。早饭后我们上山干活，当时还没有经验，我在下面干，有一个新战士叫朱庆全在上面干。他将一根5米多长的原木撬动滚了下来。他一看下面有人就赶紧喊叫，我一看一根木头已经冲下来了，也来不及躲开，只把身子侧了一下，那根木头呼啸着与我贴身擦过掉下了悬崖。第二次是在奎屯河谷距将军庙不远的甘沟，当时中午部队已经收工，我们留下三个人点炮。点完炮离开时，我一下滑到路基下边。路基下是一片山坡，山坡上堆着一层厚厚的碎石头，山坡很陡，我也没法停下来，身后导头索在嗤嗤地冒着火苗，只能冒险在乱石堆里往下跑。我跑了几步，受到震动的整个山坡上的石头都哗啦地开始滑动。我一看今天坏事了，不是叫炮炸死就是被埋在这一片石渣里。我连跳带跑往下冲，周围石头也在往下滑动，这样滑动了几百米快到山底下沟里，石头滑动的速度减慢了，我才从乱石堆里逃了出来。第三次还是在甘沟，下午收工，部队已回营地，我们三个人放完炮正往回走，下公路已走出沟了，侧面拐弯处不知哪个连的炮响了，一时间乱石纷飞，我们前后左右都有石头落下。好在那个滩上还有一块独立的大石头，我们三人赶紧躲到大石头下面。我们的右前方还有一块石头，一块炸飞的小石头反弹过来把田云林的安全帽打掉了，差一点把我们吓死。等了十多分钟，爆炸完我们才回营房。如果没有那块大石头，我们三个也是凶多吉少。施工不是枪林弹雨，但也是出生入死。

除此，他还讲了这样一件挺吓人的事：在将军庙，一天夜里，我们正在熟睡，地上传来隆隆响声，忽然大地开始抖动，把战士们都惊醒了。接着奎屯河两岸高山上的巨石哗啦啦地滚入奎屯河中，砸入河中砰砰作响。这才反应过来是地震了。当时在前方施工的部队是很危险的，他们住在一个很陡的山坡上，连搭帐篷的一块平地都是战士们填起来的。也就是咱们施工时的最后一个营地。据说离哈希勒根达坂不远了，我到现在也不知道这地方叫什么名字。地震时山坡上的石头从帐篷中间乱滚，更离奇的是有一块磨盘大的石头从一个单帐篷中间的过道里滚下山去，把帐篷撕成两半，但睡在两边的人却安然无恙。想起真叫人后怕，不管左右，要是偏上一点，后果就不堪设想。

2.艰苦的工作生活环境

修建独库公路期间，除了随时面临生死考验外，衣食住行等生产生活条件都十分简陋、艰苦。

李荫华，1969年入伍，在36143部队先后当警卫员、机要股参谋。他曾回忆：1970年4月中旬某天上午，下大雪，36143部队首长及司政后的机关人员乘汽

36143部队二营五连连部人员1971年10月在天山修路施工住地帐篷前留影
后排左起：吕新元（战士）、姚录顺（文书）、范武才（指导员）、牛言保（副连长）、
王宪林（副指导员）
前排左起：郇丕德（通信员）、周加民（理发员）、冯治国（通信员）、郑文东（司号员）、
刘纪良（卫生员）

车向天山公路施工段开进。我们特务连警卫班三人（李建刚，1968年兵，甘谷人；王宝坤，1968年下半年入伍，他姨夫是南京军区政委宋平）乘坐给团首长运铁皮床、床板、棉被棉衣的汽车去。因天下大雪，外面很冷，我们也没经验，于是三个人在汽车大厢里找个空位，都钻进了床板压着的棉被里。当汽车开到离工兵营约3公里处，因外面雪大，道路难以辨认，汽车不小心跑出公路，翻了好几个滚最后停到山沟里。当前面的指挥车停下核查车辆时，发现少了一辆，就派人原路寻找才发现出事故了。就立即找工兵营派人抢救，当把汽车翻正时，我们才从大厢里爬出来。因有棉被保护，加之雪厚，汽车没损坏，人员没受伤，把车牵引到公路后还能继续前进！

高智雄，1970年入伍，在二营炮连服役，四次获连队嘉奖，1975年3月退役，他回忆了在天山修路的一段情况：我们二营从沙湾向天山将军庙进发，携带武器装备，徒步行军，我们重火器分队不能带骡马进山。第一天行军70多公里，我们炮兵的装备要比步兵多出十几斤，行军更是困难。但是，最使新兵难以忍受的是在行进中内裤骑裆，将大腿两侧摩擦溃烂，加上出汗以后更是钻心地疼。快到独山子宿营地的时候，又做了一个战术——占领炮兵阵地。我在连一炮手里面个子最低，经过长途行军已无力冲在前面。这时我的班长王俊峰立即把炮身从我的肩上抢过，冲在了最前面。我的新兵战友二炮手牛岗斗因高原反应，鼻子流血不止，面部发黑，鼻孔塞着两团药棉，紧跟不掉队，一直坚持到了宿营地。驻扎在工兵营，吃饭时牛岗斗又流鼻血了，他还是在坚持。进入了天山，途经一段奇路，那就是天险！那是在一段陡峭石壁上凿开的一条约4.5米宽，3米高的简易公路，下面就是咆哮的奎屯河，好险啊！到了驻扎营地将军庙，实际上就是选择高于河床的较平缓的斜坡平整以后搭建帐篷。两个班一顶帐篷，睡的都是"大通铺"，所谓的大通铺就是用两根原木做床头，中间填土整平即成。施工的工具十分简单原始，钢钎、铁锤、铁锹、十字镐。安全防护是回收旧棉衣做施工的工作服、柳编安全帽、帆布手套。

天山深处，气候十分恶劣，常常是三伏酷暑雪花飘，筑路大军野餐露宿，以苦为荣

王立军回忆：春节刚过后不久，天气还十分严寒。我们总机班中，我、王仕连（1971年兵，定边人）、谢海鱼（1968年兵，甘谷人）三位战士，在施工大部队还未进山前，就提前二十多天进入了毛溜沟，在将军庙等地段架设通信线路。我们在冰天雪地里，搭起了单薄的帐篷宿营。每天顶着寒风，穿山越岭，蹚河攀崖，脚底下踏着深厚的积雪，艰难地穿越着茂密的天山原始森林，为施工部队架设通信线路。由于我们提前进山，食宿一切只能靠自己解决。每天外出架线步行几十公里路，人人身体极度疲劳，还要忍受严寒和饥饿。每天吃的是保存很久变了味的冷馒头和咸菜，口渴了抓把雪吃。我们架设的通信线路，始终跟随着施工部队的进展在不断地延伸。

李俊峰，甘肃甘谷县人，1968年入伍，在36143部队通信连二排任有线兵，

1973年退伍后在甘谷县委任职，现退休。他回忆道：当时修建天山战备公路环境十分恶劣和危险，施工现场全是悬崖峭壁，黄羊走的小道，部队没有挖掘机，也没有推土机，施工全靠雷管和炸药、铁锹、洋镐。

铁锹、十字镐、铁锤、手推车等简陋的修路工具

战士穿的罩衣磨烂后，就穿上棉衣，因为天山6月里还下雪和冰雹，战士们穿的棉衣磨烂了屁股都露在外面。

丁永贤回忆讲：施工时，从部队领导到战士，都住的帐篷。棉帐篷住一个排，单帐篷住一个班，顺着门口挡两根木头，再垫上20厘米土铺平就是床。中间一个几十厘米的过道，白天走路，晚上放鞋。在两边的钢架子上拉一条绳子，挂上各自的水壶挂包。最艰难的是搬家，因为前面没有路，有的地方连便道也没有，要背上所有的武器装备、个人行李和炊事班的东西等。我们从毛溜沟翻过大丫口往凉水泉搬家，早饭后就行动，一直到天黑时就绪，战士们饿得把生洋芋生莲花菜都吃了。个人安全防护，一套工作服也是防护服，就是每人一套收缴的旧棉衣也不穿罩衣更不带领章。这套棉衣用处很大，天山上常年气温很低，夏天穿上也不热。刚炸开的石头像刀子一样锋利，穿单衣一不小心身上就划一道口子，棉衣较厚能起到很好的保护作用。常看到许多战士棉衣划破了，但皮肉不受伤。再就是人人一顶柳条编的安全帽，上工必戴。还有一双帆布手套，除非搬石头用，戴上干活不方便，战士很少戴。

3. 哪里有危险，哪里有党员干部

部队进山修路，整天与炸药、雷管、钢钎、铁锤打交道，加之山路崎岖不平、羊肠小道、雪崩、滑坡、塌方等，稍不留神，就会要命。因此，生命第一，安全第一成了干部的口头禅，哪里有危险，哪里有党员干部成了领导的自觉行动。

辛太元，原36143部队二炮连一排长，后调乌鲁木齐市守备团任团长。他的回忆是：1970年初，我连奉命随同全营开赴天山毛溜沟进行国防施工，特别

是在将军庙地段施工中，地段峡小，在半山腰作业，下有 67 米深的奎屯河，上有 169 米高的陡山，险情大，石头硬，我们在矗立陡峭的崖上，用铁锤、钢钎横穿着凿出了一条 4.5 米宽的国防公路。当时连长是和发勋，我是一排排长，主要管装炮、放炮任务，一天要装、放上百炮，没有发生一次哑炮，我连的放炮经验是葫芦炮，口小里面大，装药少威力大，并在全营推广。在那艰苦的环境中，同志们豪迈地说，"头顶青天脚踏云，光见石头不见人，一根绳索系腰中，劈山排险修公路，战备施工为人民，再苦再累心也甜！"全连团结一心，发扬两不怕精神，提前 20 天安全地完成了两公里的修路任务，交上了一份圆满的答卷。是唯一安全无伤亡事故的连队，并被授予安全施工连称号。他的著名鼓动口号是，苦不苦，想想长征二万五；累不累，想想革命老前辈；工作难不难，愚公曾经移大山。这些朴实的语言曾经极大地鼓舞了修路官兵知难而进的士气。

喊破嗓子不如做出样子，36143 部队张世清政委第一个爬上施工天梯

王发胜，1968 年入伍，修天山公路时任 36143 部队四连一排排长，后任新疆预备役师步兵一团团长。他回忆讲：在天山修路施工，开山劈石，打眼放炮，时时处处都有危险，几乎参加过施工的人都知道：爆破排哑炮更是危中之危，险中之险。在施工中，连队在不打乱原建制班、排的基础上，组建了后勤保障组、清渣施工组、爆破排险组。副连长龚成贵同志当仁不让，主动担任爆破排险组组长。他高大魁梧，身体素质好，嗓门洪亮，平时练就一流的军事技能。投弹——出手就是 60 多米，队列——曾在新疆军区阅兵中担任 36143 部队受阅方队队长兼教练，射击——各种武器成绩没有低于良好，刺杀——对抗全连无人敢拼，

战术动作——别看他身材高大，但动作利索敏捷，是大家公认的军事五项全能。更重要的是他有强烈的事业心和责任心，有很强的领导才能和组织协调能力。由他担任爆破排险组组长，领导信任，全连放心。

丁永贤回忆：那时的干部责任心特强，我们战老虎口时，1945年参军的米发老营长几乎天天守在工地，和我们一样穿一身烂棉衣，戴个安全帽，坐在石头上，一块吃送到工地上的饭。施工期间，连排干部责任最重，压力最大，操心最多。那时候一心为革命、一心为部队，把危险留给自己，把安全让给别人，不是口号，也不是空话，而是实实在在的行动。施工虽不是枪林弹雨，但也是炮火遍地，飞石漫天，腰间扎一根保险绳，连保险带也没有，吊在悬崖上撬石头，排哑炮是和阎王爷握手的事，就没有准备活着回来。自己家父母、老婆、孩子根本就顾不上，只想着怎么把部队交给自己的这百十号人安全带上山，安全带回去。

4. 苦战老虎口

老虎口是独库公路最艰险、最难啃的一块硬骨头，著名诗人贺树元曾为此作诗：

凶险路段老虎口，艰巨难啃硬骨头。

壁立千仞鹰难栖，峡谷万丈鬼见愁。

两岸未闻猿声啼，一河惊涛虎啸吼。

革命战士不畏惧，英雄壮士战虎口。

悬崖峭壁插钢钎，原木码钉补天路。

悬空作业掘捷径，脚踏天险贯通途。

无畏战友献青春，有志英烈写春秋。

功勋卓著载史册，名垂青史后世留。

郭有法，河南林州市人，1964年入伍，曾任36147部队三营七连司务长，参加过修建闻名世界的人工天河——红旗渠。他回忆：独库路以险、陡、峻闻名于世，最险的一段就是将军庙至老虎口段了，一面是深不见底的悬崖，沟底有流速湍急的奎屯河；一面是高山，公路修在半山腰，最初的沙石路只能一辆车通过，没有会车点，为保车辆通行，将军庙和老虎口各有一部电话，派战士值守，需通过时要停车打电话，问对方是否有车开过来，像火车一样，要听从调度。有一次我拉给养回工地，车过将军庙还没到老虎口，当车行驶到一流沙段修成的路面时，我和司机同时发现路面动了，我说快跑，司机加油就跑了出去，当车停到安全地段往后看时，沙石路面像惊涛骇浪般冲向奎屯河，向上的尘土像沙尘暴又像龙卷风冲向半山腰，灰尘过后路不见了，命捡回来了，让人心惊胆战。路面滑坡的原因是车行驶带来的重力和震动，又因路外侧临时固定路面的钢钎入地深浅和土质不一样，受力点不一样，失去作用的时间也不一样，给了我们逃生时间。

丁永贤回忆讲：工地上最实用的安全工具是排险杆，一根五米左右的木杆，顶端再扎上一段几十厘米的钢筋就行了。这个最重要的安全工具，每个工地必须要有几根。进入工地不是先干活而是先排险，每个连（排）都有排险组和爆破组，成员大都由连排干部、班长、党员骨干担任。上工之前对工作面上的每块石头都要检查一遍，松动的石头及时撬下来，山坡上的石头也要检查是否松动。在确保安全的情况下才能展开施工。打眼、装药、点炮是来不得一丝马虎的工作，炮眼打在什么地方，打多深多大，装多少炸药，还是有一定的技术含量的。爆破技术步兵平时训练都学过，干一段时间就都掌握了。关键是认真细致，多人点炮时一定要统一指挥。如有哑炮必须等够规定的时间再排。必要时工地还要放上专门的安全哨，观察险情，放炮时一定要隐蔽到指定的安全位置，禁止抢先进入工地。确保安全最重要。

老虎口是我们团所修路程最艰巨最危险的路段，没有之一。这块硬骨头也叫我们啃下来了。奎屯河从独山子西侧就已进入峡谷，但两边还都有点程度不同的缓坡，从将军庙拐弯处地形就不一样了，两边全是直立的悬崖绝壁，湍急的河水紧贴着石壁流出。就像一个水槽，根本没有河滩。老虎口的一块石壁就耸立在奎屯河的西岸，测绘时人员不能通过，只用虚线表示，也叫飞线。领受这个任务后老营长米发亲自带我们看地形，从一头掘进作业面太

细心看，"老虎口"至今仍锁"铁笼内"

小，人员展不开，我原想从山上用保险绳把人吊下在中间打开工作面，但这块石壁非常平整光滑。连个站脚的地方都难找。再加上当时施工设备简陋，连一条像样的保险带也没有，太危险而否定了。我们就采取了斜面推进的办法，在靠近河边的一面先炸开一条小路，扩大作业面，大大加快了施工进度。这段距离不是太长，大约200米，在快干完时出了点麻烦，一炮下来路边上掉下了3米长的一块大石头，开了一个大口子，路面宽度不够了，如果再往里打，那个工程量是非常大的，工期也要推后很长时间。最后我们想了个办法，在悬崖边上打几个眼，插上几根钢钎，再从山上拉来几根结实的原木摆成一排，用大蚂蟥钉连在一起卡在路面上，还真管用，跑单车没有问题。用了近两个月的时间，艰险的老虎口终于打通了。这地方不知原来叫啥名字，老虎口还是我们叫出来的。因为靠河边的一面打开了，三面还留着，从侧面看，就像一个张开着的老虎口。1975年，工程兵在修这段路时，一辆推土机连人一起掉到河里，请东海舰队的专业人员来也没有打捞上来。可见这地方是何等凶险！

5. 永生难忘生死情

本段文字为原36143部队干部股股长何林提供，是36143部队二营营长张宗祥的回忆：1970年5月10日下午，五连在将军庙施工时，突然发生塌方事故，牺牲两人，伤3人，赵连长在现场（指导员范武才不在连队）。四班副班长薛新民当场牺牲，机枪班新战士姜足山（子洲人）送到八音沟师医院没抢救过来，王仁爱等3人住院治疗。五连发生事故后，全连悲痛到了极点，几顿不吃饭，再热一次还是无人端碗。部队派人下去，动员干部党员带头吃饭。连长赵福林

一夜多了许多白发，过去只在戏曲中看到伍子胥出昭关一夜急白了头，这次亲眼看到赵连长也是一夜急白头。原五连连长赵富林，1959年兵，回族，宁夏同心县人。后转业在同心县司法局副局长岗位，工作至退休。事故发生后，停工3天进行思想教育，给牺牲者烈士称号，后来姜足山的父亲来连队到事故现场看望，当时部队没有给任何经费补助，赵连长为人忠厚，自认为没有把兵带好，至今心里仍很自责。最后赵连长把自己一个月的工资（100元）送给姜足山的父亲回家，赵连长给钱的事还是这次看望老连长时自己说的，当时谁也不知道。当时我是上士，王效国司务长走后，我管连队的生活费，连长从未提起过，现在回忆起来确实让人心酸。薛新民、姜足山牺牲后，我请示营里在独山子给薛、姜定制了墓碑立在八音沟烈士墓前。本来牺牲人员中可能有我，塌方点是赵连长看着把我吊下去挖炮眼装填了两箱炸药，点火爆破后撤回，下面是机枪班的施工面，我和机枪班长王仁爱关系好，每次去工地他都叫我在他们班干活以加快他们班的进度。第二天王效国司务长没让我去工地，下午四时左右发生震松的石头塌方。把机枪班砸在下边，巨石从王仁爱腰部擦过，砸在正巧路过的薛新民身上。薛新民只剩头和脚完整，用施工棉衣包裹后，用炸药箱由兰虎来等抬下山。那时没有手机，与山下营地联系不上，六班长赵增田跑步下山报告。他当时跑到驻地时已不能走动，满脸惊恐和泪痕。让我到营里报告说把一个班砸在下边，伤亡不清楚，只说是一个班。张广玉教导员听后非常震惊，他马上向部队长汇报。然后我赶快跑向塌方点，近一个小时才赶到地方，伤者大家抬下来了。赵连长当时心情非常沉痛，晚上不睡觉，通信员不敢劝。我过去陪他并劝解，一直到快天亮时才休息。

2017年4月13日，我和转业至兰州的王效国、潘兴斌老战友曾专程前往同心县，看望了老连长。老连长赵富林还为天山将军庙的施工事故流泪！老连长流泪的照片是最近罗建业拍的，罗建业是1971年兵，陕北人，我是他新兵连班长，他是高66届学生，分到炮连指挥班，后任班长！因年龄偏大未提干，复员后恢复高考，考入哈工大，毕业后先在北京工作，后调银川中石油干到退休，他最近去看望赵连长，老连长行动不便，但思维清晰，又回忆起天山施工的事，非常悲痛，老连长的小儿子说：至今他爸还在老房子保留薛新民、姜足山二人的照片，这可能是薛、姜唯一存世的东西，老连长每年都去老房子住一段时间，陪陪他的战士，与他们说说话，人越老越念旧。

50多年了，连长赵富林还为天山修路的两名战士祭奠流泪

1971年5月10日，二营五连机枪班战士姜足山战友在天山国防公路施工中壮烈牺牲。后经36143部队汽车队崔仲来战友口述，特务连战友高光生整理，他的事迹被新疆军区《战胜报》等媒体广泛宣传。军区文工团专为其排出节目在全疆部队巡回演出。这天来我部队慰问演出，部队在山上驻地一营、三营，直属队，司政后机关除执勤人员外，全部集合到三营驻地临时搭建的戏台前观看演出。……姜足山同志身负重伤，在送往师医院抢救途中，仍不停地喊："快救其他战友……"演员精湛、动情的表演震撼心弦。当演到"小姜啊，你在哪里？！你怎么走得那么早啊？！"在场的官兵都流泪了，有不少战友浑身抽搐，泣不成声……老天好像也被感动了，顷刻间下起了雨，且越下越大。台上的演员没法演下去回到了后台。可台下两千多人没有一个人离开，在大雨中静候着。演员只好再次出场冒雨演完。此一幕已过去快五十年了，但每想到此，仍情不自禁热泪盈眶。

6. 余生的牵挂

在独库公路上，从独山子向南大约125公里处，有一处风景优美之地叫乔尔玛，该处冰川纵横，冰岩畔雪莲怒放，显得雪莲更加昂贵纯真。四周的几处湖泊，好似一颗颗碧绿晶莹的明珠，显得此地更加洁净。为纪念在修筑独库公路中光荣献身的同志，1984年在乔尔玛大桥南端，修建了天山独库公路烈士纪念碑，纪念碑正面上书有"为独库公路工程献出生命的同志永垂不朽"18个苍劲有力的大字，背面基座上清晰地镌刻着修建天山独库公路时壮烈牺牲的烈士的姓名。烈士陵园中依山势排列成一片的碑林，这里一共安葬着168位烈士的遗骸，每座墓碑都有着非常感人的事迹。看着这一排排整齐排放的墓碑，更加让人肃然起敬，让过往的人们瞻仰烈士遗迹，让烈士们的丰功伟绩永垂不朽，永远留在各族人民心中。

天寒方见松柏翠，生死方知友情真。最美不过夕阳红，最好不过战友情。百名老战友经过两个多月的回忆，再现了当年修建独库公路中的一幕幕场景，欢乐、叹息、哭泣、赞赏交织在一起，是真情的表露。说实话，在修建独库公路的艰难岁月，战友们那种"明知征途有艰险，越是艰险越向前"的吃苦耐劳、勇往直前的精神，"哪里有危险，哪里有党员，把生的希望留给战友，把死的危险留给自己"的自我牺牲精神，一次次感动着无数人。特别是赵富林连长为牺牲的两位战友连续祭奠五十年，姜足山从受重伤昏迷中醒来，第一句话便是："快救其他战友！"这些发自内心的生死友情，曾使无数战友当场泪奔、泣不成声，这种生死情谊绝不是用语言能够表达的。所以，当战友们重游独库公路时，当看到、听到人们赞赏独库公路为人们带来的美好时，也情不自禁地感到高兴。可是，当看遍乔尔玛烈士陵园没 36143 部队及牺牲的战友的踪迹时，内心也十分纳闷，百思不得其解：同为修一条路而牺牲，为什么两种待遇？是不知情？是久而忘之？还是有其他原因？战友都有这样一个问号。

拓振汉，1971 年入伍，1976 年居延安市子长县，果农。他与姜足山烈士同时负伤，他说：我 1970 年 12 月入伍，到部队已是 1971 年 1 月。当年 5 月 4 日进入天山施工。一日，老班长王仁爱、老兵刘虎来，还有同年兵姜足山，麻玉龙和我打炮眼。两人一组，两组共两个炮眼。每打 20 厘米，用 200 克的硝铵炸药冲一次（扩大药壶）。打到下午 6 点，每个炮眼深度两米多。连长发布命令让司号员郑文东吹收工号，由刘虎来和我、老班长和麻玉龙各装一个炮眼，姜足山拿炸药。姜足山刚把炸药拿到工地上，突然发生了塌方事故。石流把我拥到悬崖边上。把麻玉龙冲到奎屯河边上，被一块石头拦住没有被水推走。当时，石流停止后，我自己挣扎着爬上工作面之后就昏过去了。姜足山被打得两臂两腿全部骨折，头部多处出血，第二天早上 6 点去世。薛新民是 4 班的副班长，下来一块大石头就砸在他身上了。砸的皮开肉绽，就剩头和胳膊腿了，非常惨烈。用装38公斤的炸药箱没装满。老班长王仁爱被石锥子砸到头部伤势严重。麻玉龙腿腕骨折。我醒来之后发现我和老班长在同一辆救护车上。医生没有检查之前看外表伤势数我严重，检查后我的伤势只是皮外伤。我住了20天出院。老班长住了两个月出院，麻玉龙住了三个多月出院。时间过去半个世纪了，每次想起仍心有余悸。我们几个经救治都康复了。但薛新民、姜足山两位战友年纪轻轻的却永远留在了天山上。想起他们我就直流眼泪，虽然是烈士，但独库公路的烈士纪念碑上没有他俩和四连丁卫东的名字；纪念馆里没有我们36143部队最早修路的记载，真使人寒心！

战友邸章锁讲：前几年曾见到耸立在乔尔玛的烈士墓碑，不由得百感交集，眼泪始终在眼眶打转，以至于在现场为陈俊贵制作专题片的记者采访我时竟哽咽难言，我想："我是幸运的，否则，我将与他们同眠。"我看遍了乔尔玛筑路烈士纪念馆的每一件实物和文字，凭吊了每一座烈士墓地，却找不到我们部队牺牲战友的只言片语和点滴踪迹，感到非常的失望和惆怅。经过打听才知道，这个纪念馆是那个对战友一往情深的陈俊贵靠着自己的绵薄之力，四处呼吁、八方奔走，花费大量心血，付出艰苦努力，在当地政府的帮助下，在一些侠肝义胆的好心人的资助下好不容易建起来的，没有军方和地方高层的参与和统筹，遗漏也就在所难免。但我的心在隐隐作痛：战士把青春献给了边疆，把热血洒在了天山，而今他们的灵魂却不知在哪寂寞孤独地守望，也不知是否有人凭吊和祭奠。我之所以不顾笔拙，冒昧写出上面的文字，还因为纪念馆的守护者陈俊贵的嘱托与恳求，请我一定帮他呼吁。他说："战士赴死，不会计较身后的哀荣，但活着的人不应该忘记他们，特别是老部队的领导和战友们，让他们早日和为共同理想而牺牲的战友们团聚，让世人记住这些为国家、为人民而英年早逝的战士们，是生者的责任。""逝者无言，但活着的人应该尽这个心，为了死去的，也为了活着的，为了现在，也为了将来。"这是陈俊贵的叮咛，也是我的心愿。心系乔尔玛，即便不能再来，我也要和亡灵的守护者陈俊贵通话。

当然，我最想听到的是："老战友，你的愿望实现了！"

原36143部队部队长、陕西省军区
副司令员曹存正将军题词

原36143部队参谋长、陕西省军区
副司令员邱俊本将军题词

四、五十年后忆初心——圆了筑路天山战友梦

2020年6月9日，正在老战友们继续交流"激情岁月、奉献天山"时，得知6月12日在独山子举办"独库公路博物馆"开馆仪式和6月13日举办"2020年独库公路通车节盛大启幕"活动，在"独库公路博物馆"有关版面介绍中，介绍了36143部队筑路天山的一些情况，不少战友高兴得流下了热泪。版面历史背景介绍：1964年4月9日，毛主席作出"搞活天山"的指示，确定了"依托天山，坚守平原，长期坚持，独立作战"的战略方针，批准修建0503、0602、0603、07042线四条公路及其他支线，其中0603及07042是独库公路的组成部分。当时修路按6级便道要求，所以，版面《工程结果》中指出："早期便道虽未达到设计标准，但为后来的独库公路建设做了前期准备。"在版面中，专门介绍了我们部队三连连长的英雄事迹：赛列·库尔班，36143部队一营三连连长，在筑路施工中，表现极为突出，荣立个人二等功，被誉为"天山雄鹰"。早年，赛列·库尔班的英雄事迹曾被《人民日报》《解放军报》《新疆日报》刊登宣扬。说句实在话，我认为"独库公路博物馆"办得好，十分必要，可以让人们看到、感受到当年修路天山的艰辛，不忘创业难守业更难的责任。特别是毕鸿彬馆长在开馆前做了大量深入细致的调研，尽管受种种客观条件制约，

不能全面展现当时修路实况，但所做工作尽心尽力尽责，受到了当年筑路官兵高度赞扬。更加难能可贵的是：开馆当天，当馆长接到36143部队"激情岁月、奉献天山"系列篇后，立即加入微信，敞开思想，畅谈了办馆的总体思路，广开言路，实事求是，完善资料，尽力恢复真实的历史，经得起历史考验。

11月10日，来自北京、河北、河南、陕西、甘肃、新疆等省市的36143部队"筑路天山"资料收集群的老战友代表聚会西安，参加纪念修筑独库公路五十周年（西安）座谈会。座谈会上，与会代表回顾了50年前修筑独库公路（0603线）那段激情燃烧的岁月。大家追忆往事、缅怀英烈，浓浓真情溢于言表，展现了"一不怕苦，二不怕死"，为国防建设顽强拼搏、勇于献身的军魂！龚成贵老战友发自肺腑地说："我这一辈子，能够真正留下来与地球共存的只有独库公路；我要告诉自己的儿子，将来在我的悼词中，一定要写上'参加过独库公路建设'"，激情感言表达了全体筑路官兵的心声，令大家深为感动，引来满堂掌声。

大会发言后，原36143部队部队长曹存正郑重地将本群形成的《筑路天山》一书的样书捐赠给独库公路博物馆。随后，战友们向博物馆捐献了50年前筑路施工时的老照片、原始笔记等珍贵文物资料。独库公路博物馆馆长毕鸿彬同志作了深情的发言，她表示：感谢原36143部队老首长、老战友的盛情邀请，这次座谈会让我深受感动。独库公路博物馆将圆战友们的愿，把早期筑路的历史呈现出来，让人们世代铭记筑路老兵对独库公路建设作出的贡献和牺牲。博物馆就是筑路老兵的家，真心邀请全体老兵参加来年的开馆一周年仪式。我们届时再相会！座谈会后，大家合影留念，会议圆满结束。

五、续篇

2020年9月26日，百十多名七八十岁老战友在微信上历经将近一年的认真回忆、相互印证、斟酌讨论，鸿篇巨制《筑路天山》一书终于成功定稿。当书印发后，战友们相互转告，购买，喜极而泣，把《筑路天山》一书作为最珍贵礼品赠亲送友。在战友们沉浸在喜悦之时，本书主执笔成员之一高光生却在做着一件功德无量、感人泪下、令人难以想象的体现战友生死情的事。他想：我们部队是筑路天山的开拓者，从1970—1973年，轻重伤者无数，牺牲9名，分别埋葬在多处。现在，独库公路被《中国国家地理》誉为"纵贯天山脊梁的景观大道"，中外闻名遐迩，但烈士们从没见到现今独库公路的美景，应该让这些烈士享受到修筑独库公路的成果。如能将葬在各处的几位烈士战友葬在独库公路附近的烈士陵园，那该多好呀！高光生经与几位战友商量，经原部队同意，说干就干，经过几个月艰苦细致的努力工作，终于将几位烈士战友迁至独库公路旁边的部队烈士陵园，并筑了墓，立了碑，刻上了功绩，送上了花环，真正尽到了"筑路天山生死情"！在社会上引起巨大反响。

2022年8月29日，独库公路博物馆馆长毕鸿彬在讲党课《天山上的丰碑》时，讲得非常好，我引用她的开头与结尾，作为续篇的主旋律：在我国西部的新疆大地上，横亘着巍峨的天山，它将新疆分成南疆和北疆。在天山中部，有一条公路纵穿而过，它由北向南，一路会经过戈壁、雪峰、草原、森林、湖泊和峡谷，将沿途众多享誉国内外的自然景区连在一起，被《中国国家地理》誉为"纵贯天山脊梁的景观大道"，它就是闻名遐迩的独库公路。

独库公路是用筑路官兵的汗水、鲜血，乃至生命铸就的一座丰碑，书写了不朽的传奇。筑路部队中的共产党员群体是筑路的中坚力量，他们坚持真理、坚守理想，践行初心、担当使命，不怕牺牲、英勇斗争，对党忠诚、不负人民，践行了伟大的建党精神。独库公路，向世界展示了壮美天山的瑰丽画卷，吸引了国内外的游客，也向人们描绘了筑路官兵勇往直前的奋斗史诗。它是一条英雄之路，是一条民族团结之路，是一条造福新疆各族人民的幸福大道，它助推着天山南北经济带协调发展，必将在新疆丝绸之路经济带核心区建设中继续发挥重要作用。

如今的独库公路被人们称为全国最美公路，这条路上铁锤叮当的响声，隆隆的开山炮声早已消失。时光虽然远去了近半个世纪，但筑路官兵不畏艰险、不怕牺牲、顽强拼搏、无私奉献的天山筑路精神却依然值得我们去弘扬，它闪耀着民族精神的光芒，是一笔宝贵的精神财富。军民鱼水亲情重，战友生死友情真，筑路天山把亲情、友情也演绎得淋漓尽致。愿无私奉献的天山筑路精神永放光芒！

本篇原载于《党史博览》2021 年第 3 期

军垦战歌逸事录

人民军队忠于党，"三队"任务记心上；

屯田垦荒能种地，扛枪便能打豺狼。

"人民解放军永远是个战斗队，又是一个工作队。"自力更生，艰苦奋斗，自己动手，丰衣足食，这是我党我军的光荣传统，是依靠人民、团结人民、战胜困难、克敌制胜的法宝。在我党我军的发展历史上，垦荒造田，减轻人民负担，是传家宝，代代相传，从没停止。据1964—1986年这段时间，每个连队除每年自种地30亩、自养部分猪牛羊外，仅以36143部队下八户农场一个基本统计：总计产粮4500多万斤，售给国家3000多万斤，每年存栏猪、牛、羊一万余头（只）；肉、菜自给率达百分之八十以上。现在，我仅将1964—1986年在部队期间，对下八户农场一些见闻做些简略回忆。

一、继续发扬"南泥湾精神"

"南泥湾精神"是"延安精神"的一部分，是我党我军自力更生的典范，也是我党我军发展壮大的基石、根本。1962年，36143部队胜利完成了甘南剿匪、藏区平叛等重大历史任务。当年8月17日，兰州军区根据中央军委命令，令36143部队率部进驻新疆。36143部队到达新疆后，继续发扬南泥湾艰苦奋斗自力更生的精神。为提高部队生活水平，减轻政府和人民负担，在当地政府的大力支持下，36143部队在裕民县山区附近垦荒万亩办农场，简称裕民山农场。1965年因部队移防，36143部队向裕民县交回了裕民山农场，又在准噶尔盆地偏北方向的下八户垦荒一万三千多亩办农场，简称下八户农场。两处农场，部队都习惯统称为部队军垦农场。部队积极发展农副业生产，极大地改善了部队生活条件，减轻了当地政府与人民的负担，实在是一件利国利军利民的好事。

毛主席《五·七指示》传达学习之际，也正是我们部队下八户农场筹建之时。下八户农场经过艰苦创业，办得十分成功、出色，在军内外很有名气。1968年，下八户农场先后迎来两批200多名来自北京、上海、天津、西安等名牌大学"老三届"的大学生来农场学习锻炼。1971年，在新疆军区纪念毛主席《五·七指示》发表五周年会议上，下八户农场作为军区农场的先进典型，作了《高举〈五·七指示〉伟大红旗办好毛泽东思想大学校》的重点经验介绍，受到一致好评。

36143部队进疆垦荒办农场，经历了许多难以想象的困难，经历了酸辣苦甜咸的历练，既有过"火烧连营"的沉痛教训，又有过战天斗地的艰辛乐趣；既有过悲壮的叹息，又有过欢乐的笑语；既创造了丰富的物质财富，又增强了部队精神文明建设，可谓经过风雨，迎来彩虹，付出了艰辛的劳动，迎来了粮油丰收。1983年，下八户农场场长杜克仁代表36143部队参加了全军先进农场代表会议，并作了《引来天山水，灌溉万亩田》典型介绍。

二、经一事，长一智

人生在世，不可能一帆风顺，总会有挫折，有困难。有的人，面对挫折悲观失望，最后成为可悲的懦夫；有的人面对挫折，总结教训，克服了重重困难，取得了辉煌成就。失败是成功之母，挫折是成功之父，只有敢于直面挫折，永不言败的人，才会乘风破浪，永远前进。36143部队垦荒造田，虽然战果辉煌，但也遇到过严重挫折，且从不文过饰非。36143部队进驻新疆后，垦荒万亩荒滩办农场的第一站，便是裕民山下。这片土地最大的特点是：一片荒地，无人耕种，于民无争。再则，土地肥沃，看颜色，土地黑油油的；走在上面，如海绵地毯，弹性十足；更使人惊奇的是，这里天时地利人和均占。说天时，这里种地不用浇水，说地利，这里的地里只长庄稼，不长杂草。每年十月份，把地整平，把麦子播进去，不用浇水、施肥、锄草，第二年七月份麦子成熟，及时收割即可。这样优越的天时地利，乍一听，如天方夜谭，难以置信。其实，实事求是地讲，这是真的。当初，有人向我们探讨原因，我们只会老实地回答：我们不是科研人员，没进行过研究，究竟是什么原因使这里的土地如此奇特？不知道。也许，这就是大自然的神秘之处吧！

1965年6月中旬，裕民山农场万亩小麦已近成熟，这是36143部队进疆后第一次收获小麦，望着丰收在即的麦浪，人们喜悦的心情也在起伏不停，美丽的大好河山，一定能用血汗浇灌出更美好的未来。当年的麦收任务，经部队党委研究，决定由三营负责当年的麦收，由后勤处处长带部分机关干部，代表机关，成立了麦收临时指挥部，由后勤处处长及三营营长共同负责麦收任务。

七月份的裕民山农场，属于一年中最热季节。为了便于管理，增强收麦力量，临时指挥部决定：临时驻地，连与连南北纵向摆开，连与连间距30米，班与班间距3米。收麦期间，为赶收麦进度，每连炊事员可留在临时驻地，做好饭要送到收麦工地。每连除留一名值班员外，其余人员一律到收麦现场。并规定，收麦期间，将武器、弹药留在驻地，由值班人员巡回照看。

一日，全营与往日一样，趁早晨凉爽，吃过早饭，便整队到稍远的地块割麦去了，临近中午，突然起风，由南向北刮起，由小逐渐到大。谁都懂，冬日的火炉夏日的凉风，是人人喜欢的。正当为凉风高兴之际，忽然，不知什么原因，一顶帐篷冒出浓烟，火苗直往上蹿。正在值班的1964年入伍的新兵李锡谦见状，一边大声呼喊救火，一边跑进帐篷内救火，怎奈火大，既缺水又没灭火设备，仅用衣物及扫帚无济于事。李锡谦很精明，一看难以把火扑灭，便用力把班内的7支56式半自动步枪抱起就往外跑，跑出没几米，就听到手榴弹爆炸声。李锡谦把枪放在20米之外，又跑到其他帐篷抢出几支步枪及手榴弹。由于火仗风势，风助火威，火势十分凶猛，等李锡谦准备再去抢救枪支时，整个连队的帐篷全是一片火海，手榴弹的爆炸声此伏彼起，已经无法再救。在这期间，其他连队的值班员也抢出大部分武器、弹药……入伍不足一年的新兵郭向军是部队卫生队化验员，听到"救火"的呼声后，肩扛两支步枪，抱起化验设备冲出了帐篷……

这次事故，尽管没有人员伤亡，但影响极坏。开始，都不了解情况，当了解真相后，人们为此事大都摇头叹息。事后，在总结事故的教训时，后勤处处长、三营营长，两位党委委员痛心疾首地讲：产生事故的主要原因，一是重生产、轻战备，把枪放驻地，等于"刀枪入库，马放南山"，如带枪收麦便没这事了；二是没经验，如果帐篷间距拉大，也不会"火烧连营"，损失也不会如此惨重；三是管理不严，隐藏了事故隐患，直到现在，也没查出火灾原因。为此，请求党委严肃处理，甘愿受党纪政纪军纪各种处分。这次事故，后经部队党委研究，经上报批准，分别给后勤处处长、三营营长行政记大过一次处分；给李锡谦、郭向军等 7 名战士分别记三等功一次。

三、野餐露宿战戈壁

1965 年，36143 部队经与当地政府联系，便在准噶尔盆地的下八户垦荒一万三千多亩办农场，简称下八户农场。下八户，还有一个传说。据传说：在很久以前，下八户曾居住着八户人家，因为年年干旱、缺水，风大、沙大，不长庄稼不长草，牛羊多被渴死、饿死，八户人家在无法生存之际，便一齐迁移他乡。所以当地流传歌谣："下八户，下八户，不长庄稼不长树；鸟过不搭窝，人过不停步。颗粒都不收，来者都会溜。"

在部队决定进驻下八户农场之际，1966 年 5 月 7 日，毛泽东主席作出了重要的《五·七指示》。36143 部队党委进行认真学习后，决心克服一切困难，要将戈壁沙滩变成米粮川，将下八户农场变成小江南。为此，党委主要成员、全国战斗英雄、部队长杨清盛亲自带队，穿戈壁，翻沙丘，绘制图纸，规划土地，寻找水源，制订方案、措施等。团长的腿脚被日晒熏蒸、盐碱腐蚀，裂开了一道道血口，嘴上起了一个个血泡，他全然不顾，硬是坚持到底，找到最近的水源，规划出一处长宽各 3 公里的土地，计 13000 亩左右。在这块土地上，规划了防风沙林带、林荫大道、农田、养殖场、农场场部等。

庄稼一枝花，全靠水当家。在戈壁沙滩种地，水更重要，没水，不要说种地，就是人的生存也成问题。为此，部队长杨清盛、处长马生叶带领有关人员，经认真考察，终于选择了一处农场距离玛纳斯河比较近的引水口引水，说近，只是相对而言，仍有 15 公里多，需开渠 3 米宽。

有了水源就有了希望，有了信心。在部队党委的带领下，全体指战员吃住在风沙漫天的戈壁滩上。当时，挖渠没有机械设备，全是铁锤、铁锹、十字镐，一天劳动十三四个小时。饿了，啃口干馒头，蘸点盐水，能配半截咸萝卜就感到很不错了。渴了，就喝些个别低洼处积存的泥沙水或是从十多公里外用马车拉或马驮来的水。困了，便天当房屋地当床，在沙滩上和衣而睡几个小时。就这样，经过一个多月的艰苦奋战，终于修通了玛纳斯河通往下八户农场 15 公里的主干渠和农场 30 多公里的支渠，实现了当年建场、当年种植防风林带、当年播种冬小麦的任务，受到上级单位的肯定和表彰。

在"先治坡、后治窝，先生产、后生活"的年代，下八户农场建设也不例外，把生产任务都安排、处理好后，才考虑农场办公室、宿舍、厂房、仓库、生产连队等驻地建设。夏天，广大指战员顶着烈日修整农田设施；秋季，顶着蚊虫的叮咬打土块、垒土墙；冬季，顶着狂风暴雪，割芦苇、编芦席，自盖宿舍、厂房。这一年，有一件事特别有意思。这年的七八月份，总参谋长杨成武与总后勤部部长来部队视察，三营营部及七连、八连住在乌苏县委对面的路西，当杨总长走到八连连部门口，看到房前屋后、包括花池内都种着玉米，当时玉米正吐着红缨，十分喜人，杨总长故意指指玉米对总后勤部部长说："这个部队落实毛主席《五·七指示》太好了，你看，连花池都种成玉米了！"

四、排除万难战天灾

1967 年春，是下八户农场建成后的第一个春天，上天好像专门考验人似的，前期气温低、严寒，后期气温突然上升，这样，大量的盐碱泛上地面，不到三天时间，三千多亩小麦就死了一千多亩，剩余的两千多亩小麦也在生死线上苦苦挣扎。厂长刘明林看到此况，心急如焚，经向当地技术人员学习后，立即组织人员，分成三班，争分夺秒，昼夜不停，破冰引水，灌溉、洗碱、保苗。经过昼夜不停的奋战，终于战胜旱灾、碱灾。对已经死亡的麦苗进行了点种、补种，没死的麦苗也精神起来了，当年取得了较好的收成。

1968 年冬季，由于天气严寒，玛纳斯河水结冰严重，河水根本引不进下八户农场，一开春，五千多亩小麦几乎全部冻死。面对如此凄惨的局面，农场不少人员唉声叹气，感到像天塌了似的。农场经向部队党委汇报，党委一方面鼓舞士气，增强战胜困难的信心、勇气，另一方面立即向农场增派力量，增强补救措施。经补种"暴蛋"麦及秋作物，均取得好收成，特别是秋作物，还取得大丰收。

艰苦的农场条件，不仅创造了丰硕的财富，同时，也锻炼了广大指战员一不怕苦二不怕死的革命精神、坚强毅力、奉献精神。乌苏县政府西边是一条南北大道，是县内最宽最长最平的大道。县政府向北越过地质四队便是镇政府。紧靠镇政府北边有一条东西大道。当时，在乌伊公路南侧的东方红商场没建之前，镇政府东面的商店可是乌苏县的最繁华地段，商店北口直通三营九连及三营炮连。一日，1966 年入伍的胡丙全战士路过此地，忽见大街人员大呼大叫，乱窜乱跳，他定睛一看，见一辆马车飞奔而来，凭直觉，他知道马车失控，如不及时控制，势必酿成大祸。想到这里，他没再多想，飞奔上去，拦住前马，前马一跳，差点把胡丙全摔倒。胡丙全只有一个信念："向刘英俊学习，宁可自己筋骨碎，不让人民伤分毫。"胡丙全死死将马缰绳往自己怀中拉，牵制马向正前奔，当马转向变慢时，胡丙全倒在车轮下，但马缰绳始终不松手。这时，群众齐来帮忙，控制了烈马，但胡丙全却失去知觉，倒在车下。在医院，胡丙全醒来第一句话便问："群众受伤没有？"当听说群众都很安全时，胡丙全露出了满意的笑容。

胡丙全英勇拦截惊马救群众的事迹被军内外广泛传颂，乌苏县政府将胡丙全事迹列入乌苏县志，部队给记功一次，1967 年，胡丙全代表部队全体指战员参加了国庆观礼，幸福地受到毛泽东主席接见。

五、大学生来到咱农场

1968 年，根据中央知识青年接受再教育的指示精神，上级通知部队：最近有两批大学毕业生要来农场锻炼，要求农场按部队编制，以军事化行动、战斗化作风进行管理，确保学生政治、学习、生活、军训等全面提高。开始，农场确有不少顾虑，认为学生政治素质差、体质差、没吃过苦不好管理。其实，经我们与大学生相处一段时间，并不像前边说的那样难相处，而是相处十分融洽。当时，我们当兵的，文化水平确实较低。36143 部队几千人，只有一名大学生，还是第四军医大学分配给部队的，是个中尉，都叫他薛医生。当时的部队，高中生都很少，大部分是初中生、高小生，对大学生都没接触过，又何谈了解呢？

不过，大学生刚来农场，我们的一举一动还是温暖着大学生，感动着大学生，为大学生做出了好的样子。如大学生刚来到农场比较突然，没吃饭、住宿的地方，农场的同志便主动重新过野营露宿的生活，将伙房、餐厅、办公房、宿舍全部腾出来让给大学生使用，对大学生十分受照顾。

为使大学生尽快适应军人生活，农场将学生 200 多人分为学生一连、学生二连，每连 100 多人，每连分四个排，每排分三个班，均设排长、班长，由学生举荐产生，连长则由农场指派。每连设党支部一个，由农场特派，党小组若干，由学生举荐，两个连均设学生会，主席由学生举荐。整个学生连的管理井井有条。

学生连都是二十岁左右的年轻人，有知识、有文化、有力气，各方面进步很快。他们不忍心战士们野营露宿，便主动提出自建住房、厨房、活动室。农场同意了学生的要求，便与学生连领导一块研究规划建房地点、规格、样式，并额外为结过婚的大学生多建了十多间宿舍。学生连很能干，自打土块，自割芦草，自垒墙泥墙，利用一个多月的时间，便完成了简易住房任务。

下八户农场由于较有名气，所以，两个学生连的大学生，主要来自"北上广"及天津、西安等名牌大学。他们很有才华，知识面既有广度，更有深度。农场人员与大学生刚接触时，互相间还有点别扭。相处一段时间后，互相学习，取长补短，互相感觉反而十分亲切。农场人员教会了大学生锄草、间苗、耕地、耙地、打场、浇地、堵水等工作，每项听起来简单，干好可有大学问。大学生把书本知识运用到实践中去，教农场人员怎样给玉米授粉提高产量，怎样轮种、间种、选种提高单产。特别是以前，戈壁干旱缺水，不要说种水稻，就是想都没敢想。大学生运用学到的知识，敢想敢干，在戈壁沙滩、盐碱薄地，经试种，成功种出水稻。下八户农场能种出水稻，这本来就很稀奇，可碾出米后，米有口劲，韧性好，香甜可口好吃，在整个新疆更是出了名。

大学生性格一般比较活跃，给农场增加了新生力量，带来了知识、欢乐，很受部队欢迎。农场机耕队队长卫文彪，人高马大，十分能干，就是不爱蹦蹦跳跳，他当时任学生队队长。农场每年生产数百万斤粮食，除部队补贴外，全部上交国库。一日，用麻袋装麦送交国库，每袋标准重量是200斤。当时，有学生想让卫文彪唱个歌，乐呵乐呵，活跃一下气氛，便提议说："卫队长，咱们今日比赛装车怎么样？但有个条件，我们五个人一伙，你们三个人一伙，粮袋数一样多，先装完为赢，输者唱歌。"卫文彪听后，便爽朗地大笑道："好！好！"学生暗喜，心想："今天十拿九稳要听卫队长唱歌了。"学生鼓足劲，装满麻袋，便两个人抬住麻袋两头，一人抬中间，一人喊号子，三人齐用力，便将麻袋装在汽车上。卫文彪呢，不吭不哈，将所有麻袋装满粮后，一伸两条胳臂，左右臂各夹一个麻袋，到车边将两麻袋粮食放下，然后伸开双手，抓住麻袋两个角，向上一举，便将一麻袋粮食投入车厢内。卫文彪的举动，让学生们看得目瞪口呆。学生们笑道："今天听卫队长唱歌又没戏了。"卫文彪说："说实话，论文化，我比你们差很远很远，论干体力活，我一顿吃12个馒头，对自己的力气了解，对你们的体质也了解，所以，我才敢与你们比赛。"学生们听后，哈哈大笑着说："我们的卫队长，原来胜券在握啊！"

1969年9月中旬，骑兵第一师召开第六次学习毛主席著作代表会议，后勤机关、运输队、农场及学生连为一个代表队，大学生畅谈了他们来下八户农场前后的思想变化、劳动态度、生活习惯以及如何对待劳动、如何以苦为荣、如何以苦为乐的转变，大家听后，都为新一代的大学生感到高兴。时间长了，大学生对新疆、部队、农场都产生了浓厚的感情和兴趣，当地党政军也很欣赏大学生的才华，不少大学生留下来，为建设新疆作出贡献。

六、最美军嫂游"新城"

20世纪50年代初，经过抗美援朝，中国人民解放军被全国人民称为"最可爱的人"。在社会主义建设时期，解放军抗洪救灾、抗震救灾、抢险救灾等，都是冲锋在前，被广大人民群众誉为"新时代最可爱的人"。作为军嫂，大家都爱听《十五的月亮》这首歌，特别是"丰收果里有你的甘甜，也有我的甘甜；军功章呵，有我的一半，也有你的一半"，军嫂成了最美最可敬的人。说实话，军嫂受这一美誉其实一点也不过分，特别是战斗在军垦农场的军嫂们也是如此。

下八户农场，在农场没建前，那可是"鸟过不搭窝，人过不歇脚；风吹石头跑，遍地不长草"的戈壁滩、盐碱滩。军嫂们基本上是文化人、城镇人，为支持部队建设、支援边疆建设，远离父母、辞别亲友，放弃工作，来到农场。农场呢，方圆几十里没住户，没人烟，没商店，离最近的县城也有200里左右，离部队营区300多里，购些日常用品都十分困难。最使军嫂苦恼的是：自己没工作，孩子没托儿所、幼儿园上，都能克服、支撑过来，可孩子没学校上、耽误下一代人的前途，这可是军嫂们最难承受的。

军垦农场人员除场部固定人员外，一般是由各营连按年轮换，因此，所有困难并不是几个人的事。这些各种难题牵动着干部、军嫂的心，引起了部队、场两级党委高度重视。在部队党委支持下，在刘喜忠任场长时，一些主要问题都进行了比较好的解决。一，首先是教师问题，经与当地教育部门联系，选了部队两名优秀高中生为代课老师，一切按教育大纲办，后经考评，教学质量一直处于优秀行列。二，经与工商、税务、商业部门联系，农场开办了军人服务社，并开办了小作坊，解决了农场一般生活用品需求。三，给每名军嫂10亩地，种植棉花、红花、甜菜等经济作物，农场帮助其销售，使军嫂提升了价值观"我们也有一双手，不能坐等吃闲饭"。军嫂们劳动积极性特别高，春秋顶着沙尘暴，盛夏顶着烈日当头，严冬顶着寒风刺骨，脸晒黑了，皮肤冻裂了，经常一身泥土一脸灰，但她们却经常乐呵呵的，被称为最美的军嫂，为农场建设作出了贡献。

军嫂自食其力，腰包鼓了，也乐意消费了，只是交通太不方便。从1977年开始，场长刘喜忠定了个不成文的规矩，每年的"三八节""八一节"，农场派专车，军嫂掏油料、维修成本费，组织军嫂们去新疆最美的新城石河子游览、购物一次，把军嫂们高兴极了，齐夸党的政策好，要为军队建设再立新功。军嫂去一趟石河子市，来回需五六个小时，她们一路载歌载舞、欢声笑语，有钱了，自然就花钱大方，这次买了八一毛纺厂的呢绒布，下次就买毛毯。军嫂们的言行吸引了不少市民，当他们了解了基本情况后，一个个既羡慕又赞叹地夸奖道："真不愧是最美最受尊敬的军嫂啊！"

七、企盼明天更美好

1966年，下八户农场创建之初，那时，国家还穷，米面油盐肉等，包括萝卜、白菜都是定量供应。那时，每人每天主食定量1.5斤，油每月1.5斤，这样的标准，放在现在，可能还吃不完，但在当时，副食少，或者压根儿就没有副食，1.5斤粮根本不够吃。当时，1.5斤定粮标准，还要进行粗细搭配，一般情况下，七分细粮，三分粗粮，个别时候，粗细各半。粮食真正放开，是在1988年之后。因此，当时办农场，以生产粮食为主，在人们的认知中，只要能吃饱肚子就行，哪还想吃得那么滋润？

1978年12月党的十一届三中全会召开，重新确立了解放思想、实事求是的思想路线；作出了把党和国家工作重点转移到社会主义现代化建设上来和实行改革开放的战略决策。这之后，农场的经营也有了新思路：以只种小麦、玉米变为以粮为主，农牧并举，多种经营，全面发展。为此，农场种植业主要有

部队长王俊学（左三）与后勤领导研究多种咸菜制作

小麦、大米、玉米、高粱、大豆等；果类主要有苹果、梨、西瓜、哈密瓜、甜瓜等；蔬类主要有萝卜、白菜、土豆、包菜、辣椒、茄子等20多种；养殖业主要有牛、羊、猪、鱼、鹿等；经济类农作物主要有棉花、红花、葵花、甜菜、油菜等；另外，还办了白酒、啤酒、酱油、油、醋、豆腐等小作坊。特别是白酒，有纯高粱酒，也有纯大麦高粱酒，这些酒香醇，酒精度数高，深受广大牧民欢迎，牧民常常伸出大拇指，朗朗大笑，夸赞白酒："亚克西！亚克西！"

改革开放之初，年广久率先办起的"傻子瓜子"曾誉满神州大地，被称为私企"鼻祖"，是全国名牌食品、名牌企业，被称为改革的先锋、典范，多次受到邓小平的肯定。1984年12月，新疆军区后勤部华部长、杨部长主持召开军区师以上单位后勤领导茶话会，会议的中心内容是：一，肯定了改革开放的重大意义；二，全国都要支持深圳特区建设；三，军区在深圳特区办了《天马公司》，综合经营。军区的一大优势是牛羊肉、牛羊皮及羊毛，另一大优势是陆军第八师36143部队的下野地适合种哈密瓜，特别是打瓜子，是"傻子瓜子"的根基，还有葵花籽等，要求各单位要加大种植、出口、多赚钱、赚外汇……

这次会议，还闹了个笑话。会议宣布结束后，与会者都没离开，军区后勤领导感到奇怪，便很巧妙地问：同志们还有什么事吗？这时有的同志说：几点钟在什么地方吃饭应给大家讲一下。这一说，杨部长大笑起来，亲切地说：这是我们的失误，没讲清，按现在时兴的茶话会，是不吃饭的，这次没有准备饭，望理解。这一解释，大家都不好意思地大笑起来。

军区茶话会的召开，确实为部队农副业生产打开了思路，指出了广阔出路，原来不敢想、不敢干的事，后来也敢想方设法去干。如部队自产的牛羊肉、牛羊皮、粮棉油农产品等，都可以对外加工销售，部队还可以自办机械维修厂、煤炭开发厂、药材加工厂、白酒酿造厂等，特别是羊毛手织挂毯厂织出的挂毯，畅销二十多个国家，在改革开放政策的指引下，路子越走越宽广！

本文原载于新疆军区《军垦农场经验汇编》（1971 年 5 月）

第二故乡亚克西

我对世人讲实话，新疆腾飞变化大；

衣食住行今昔比，第二故乡美如画。

大家都知道，"亚克西"是新疆维吾尔族一个词语，"亚克西"译为汉语词语的意思为"很好""很美""很棒""很优秀"。

1964年9月，我应征入伍，在中国人民解放军36143部队服役，曾先后任士兵、班长、后勤处助理、股长、副处长、处长、36143部队后勤部部长、党委常委等职务。1986年3月，因百万军队精减整编，我转业到现在的央企大唐安阳发电厂。这样屈指一算，我在新疆生活了21年多。我完全可以这么讲：爱国为民忠于党，青春无悔守边疆。我对新疆、对部队怀有深厚的感情，我的老伴刘淑芳及长子马强1973年随军，女儿马莉及次子马平出生在新疆。因此，我们一家人始终认为：新疆山好水好人更好，都很热爱新疆，都把新疆当成了第二故乡。

2015年，在纪念抗日战争胜利70周年、新疆维吾尔自治区成立60周年之际，在八一建军节前夕，我与老伴刘淑芳携长子马强、儿媳妇孟春风、长孙马云飞及女儿马莉、外孙王琳琦，老战友靳爱元及其几个朋友，应战友杨旭宝、陈怀信、胡居泰及老街坊邻居李桂香、张书琴等人之邀，重返新疆，故地重游。

在去新疆之前，我思绪万千，想了很多：一是在新疆战斗了21年之多，对新疆颇有情感；二是当年留疆支边的战友，情深义重，终生难忘，在古稀之年，再叙叙旧；三是老伴及子女在新疆住了十多年，由于当时物质文化生活水平较低，人们的主要精力忙在"衣食住行"上，哪有心思旅游，甚至不少人连"旅游"二字都比较生疏。因此，对新疆的一些主要景区、景点，竟是"盲区、盲点"。守卫新疆、建设新疆、热爱新疆、向往新疆，很想再去新疆一游，怎奈岁月不饶人，怕路途颠簸，怕吃不好、休息不好，心里有些忧虑。之后，战友杨旭宝、马元昌多次打电话，讲战友的情义重，讲新疆的大好形势，讲新疆的工农业大发展，讲新疆各族人民的物质、文化、娱乐等生活极大提高。最后，定下决心，去第二故乡一游。经过紧凑的半个多月游览观光，亲历了新疆的巨大变化，心中不由得感慨万千。现在，人们富有了，生活水平极大提高了，新疆的方方面面已经发生了翻天覆地的变化。现在，我仅以日常生活中的食、衣、住、行为例，以我亲历及耳闻目睹过的一些事为依据，以叙家常的方式谈谈对第二故乡今昔情况的点滴感受。

一、食——从"有啥吃啥"变"吃啥有啥"

人活着不是专门来吃饭的，但人必须吃饭才能活着。因此说，民以食为天，吃饭第一，是天经地义的、是首要的。

"有啥吃啥"与"吃啥有啥"，字与字数一样，只是前后两个字的位置互换了一下，但其意义就大不一样了。"有啥吃啥"，是一种生活的窘迫与无奈，没有什么更多的选择；"吃啥有啥"则蕴含着生活的富有，具有广泛的选择性。

说实话，在改革开放前，我们的生活水平是比较低的，特别是在 20 世纪 90 年代之前，吃饭有定量、凭粮票购粮，就连买个萝卜、大葱、白菜都要定量、凭票，油与肉，一年几乎不见面。在这样的年代，人们不敢有过多奢望，只求不论好坏，能填饱肚子就行了，哪敢想"吃啥有啥"呢！

1964 年 9 月，刚到部队的第一天，见食堂的中午食谱是：大肉片炒莲花白。当时我想：这顿饭一定很好吃，大肉自不必说，这莲花白，光听这名字，一定很好吃。中午吃饭时才弄清，莲花白原来是洋白菜，是部队驻地额敏县的特产，吃不惯也得吃。1969 年，部队移防到天山深处的乌苏县喇嘛庙，那里由于一年四季较寒，什么菜也种不成，唯有盛产土豆。这里的土豆放在土窖内，能吃十个多月，是我们部队常年的主菜，我们给它取了个好听的名字，叫"万岁菜"。喇嘛庙几乎与世隔绝，除一个国营商品小店和一个羊皮收购店外，别无一个服务店，连最基本的馒头、面条店都没有。有时战友的亲属探亲或山下的战友来探望，只能"有啥吃啥"地拌个土豆丝、炒个土豆片，谁都理解个中难处。

在"先治坡，后治窝，先生产，后生活"的年代，艰苦奋斗、厉行节约是人们的口头禅。1967年的一个周末，军需股的郭助理路过农八师143团时，顺便买了几斤鸡蛋。星期六的晚上，郭助理邀了几名同志打扑克。在玩的中间，有位同志讲有点饿，郭助理便拿出买的鸡蛋在烧水壶里煮了几个。煮熟后，正在吃的时候，处长正好来，大家都有点不好意思，忙让处长吃。处长面色严肃，摆摆手坐下说："鸡蛋从哪里来？谁挑的头？"大家都知道部队不允许平时"开小灶"。都没正面回答地说："处长，我们错了，再不犯了。"处长仍旧板着面孔道："知错能改固然好，但更要知道错在哪里。我去过农村，接触过农民，农民的生活我了解。说实话，我们的伙食比农民强多了。你们的父母，面朝黄土背朝天，汗流浃背，辛辛苦苦干活，你们却打着扑克吃着鸡蛋，你们能咽下去吗？"处长越说越生气，最后让每人写份深刻检讨，并在后勤处干部会上点名批评了这件事。处长严厉的批评使郭助理等人面红耳赤，直冒冷汗。

1967年，我在塔城养路总段当"军管会"主任，行政属副厅级，管辖塔城和阿尔泰两个专区养路段。一次，我乘专车去各县属养路段了解情况，那时，路难行，且各县养路段相距很远，有时早晨从此段出发，晚上才能到达另一养路段，中途连个歇脚吃饭的地方都没有。当时的普遍情况是：一个县只有一个招待所，专门接待公务人员，一般情况，临时对口接待，除此情况外，各地没有什么旅社、宾馆、饭店、接待站，更没有个人开办的小饭馆、小吃部。一天，我与司机杨德富去布尔津，凌晨从克拉玛依出发，天黑才到达福海县。福海，盛产冷水鱼，你随便拿个筐从水中捞一下，便能捞几斤鱼。这时，司机讲："马代表，我们一天还没吃饭，到布尔津还远，再说，到那儿后，食堂门早关了，我们也吃不上饭了，不如在这里吃点饭再走吧。"我同意后，便到福海食堂，说明情况。食堂管理人员看了我们的有关证件，不好意思地说："你们远道而来，我们这里没有什么过多品种招待，只能有啥吃啥，我们这里鱼多，一角钱，蒸鱼随便吃。"一角钱可以放开肚子吃清蒸鱼，这恐怕是天下最便宜的一顿美餐吧？但在如此有特产、特色之地，一所食堂只有这一道只放了点盐的鱼，既是饭又是菜，这在当时，恐怕也是空前绝后、有啥吃啥了吧！

1981年，我与老伴带次子马平来独山子看望老战友王清慧、李桂香两口，在油、肉供应奇缺的当时，王清慧、李桂香想法特意买了些油条，次子马平很爱吃，清慧、桂香看在眼里，临走，把剩余油条装进了我们的提包。在我们返回部队的路上，马平一觉醒来便问："油条拿来没有？"在当时，人们的生活水平普遍较低，能吃顿油条，那可真是高规格招待，哪能像现在，想吃啥就有啥呀！

这次来疆，在老战友、原塔城军分区政委陈作明陪同下，特意观看了我的老部队、现在的厨房及厨房设施，询问了现在战士的生活等情况。现在的厨房都是钢筋混凝土结构，高大宽敞。厨房的地板砖锃光瓦亮，墙壁砖清洁明亮。厨房的厨具全是不锈钢制品，擦拭得锃亮。厨房的餐桌、坐凳排放整齐，餐桌上的花鲜艳夺目，餐具顿顿消毒。现在做饭全用天然气，有蒸煮锅、大炒锅、小炒锅，顿餐一般6~8个菜，外加小菜，基本做到了"众口难调调众口"。我原在的部队领导，那天特意招待我们一行人，从色、香、味、形，绝不次于一般宾馆水平。从听到、看到老部队这些情况，我由衷地高兴，不由赞道："变化之大，真可谓今非昔比啊！"

这次来疆，居住在乌鲁木齐军区干休所的原塔城军分区司令员陈作明及居住在独山子的老战友杨旭宝、陈怀信、胡居泰及老乡亲李桂香、张书琴进行了热情接待，他们在奎屯火车站接站，在独山子安排了最好的宾馆，开专车送我们看原部队老营房。在独山子宾馆，他们安排了丰盛的美味佳肴，仅羊肉，就做了几道具有新疆特色的烤羊肉串、熘羊肉片、炒羊肉丝、清炖羊肉块等，在用专车送我们回乌鲁木齐途经沙湾县时，又专门提前安排"舌尖上的中国"、具有新疆风味的"大盘鸡"，在昌吉市宾馆，老战友李学章又安排了丰盛的晚宴，每逢吃饭时，这些老朋友总会说："还想吃些什么可口的饭菜？现在和以前真是大不一样了，'有啥吃啥'的年代早已过去了，'吃啥有啥'的时代早已来临了。"

这次来疆，喀纳斯湖风景区是必去之地，这样，福海、布尔津是必经之路。1967年，我去福海、布尔津县时，从规模、人口、建设，根本不像县城的样子，倒像内地一个大些的村庄，当时，当地人对我说，整个县城还不足2000人。县城冷冷清清，连一个像样的服务社都没有，零星小吃绝迹，过往的人只有饿肚子。这次到布尔津，简直像到了另一个世界。我们住在宾馆，晚上去小吃一条街，"舌尖上的中国"名小吃，新疆特色名小吃，布尔津风味小吃，烤全羊、鸡、兔、鱼，几乎吃啥有啥。特别是名烤冷水鱼，更是一绝，是顾客必尝之美味，再也不是当年"有啥吃啥"的尴尬，而是想"吃啥有啥"的满足。在和小吃店经理闲聊时，他们说："现在，常住布尔津人员有五六万人，大多从事餐饮服务行业，每年5~9月为旺季，每人每月收入至少1万多元，感谢党的政策好。"我在新疆20多年，知道我们部队农场附近的下野地，盛产哈密瓜，且闻名于世。布尔津的水果格外脆甜，特别是哈密瓜，更是香、美、脆、甜。我在布尔津，品尝了一下哈密瓜，感觉味道鲜美，除当时美美地过了把舌尖瘾外，特地买了两个放在旅行袋中，想带回家中。不料，走到托里县附近，车一晃荡，瓜摔破了，我赶忙把瓜切开，分给同车人吃，大家一吃，赞不绝口："没想到布尔津有味道这么鲜美的哈密瓜，这一品尝，没白来一趟。"新疆的确在飞速发展前进，走遍全疆各地，再也看不到荒凉无际的戈壁滩了，呈现眼前的是绿洲、果树、米粮川。

二、穿——从"绿一色"变"多彩服"

常言说："马骏在于鞍、人美在于衫。"这就是说，爱美之心，人皆有之，外在的装饰、打扮，在一定的条件、环境下，对内在的影响也起着巨大作用。

我在新疆守边的20多年中，从新疆人的穿衣打扮来讲，几无变化，是"绿一色""老一套"。这一方面说明当时我国科技发展滞缓，国贫民穷，另一方面与时代背景、社会风气紧密相关。

1964年9月，在我们入伍乘坐的专列去新疆的路上，有两专列女兵与我们相影相随，每逢我们从军供站吃过饭休息，那两专列女兵则下车吃饭。当时有人问接兵干部："这些女兵到哪去呀？"接兵干部说："不该知道的不要问。"后来我们才知道，那两专列女兵是新疆军区生产建设兵团从上海、天津接的知识青年，她们响应毛主席的号召，自愿要到边疆锻炼的。新疆军区生产建设兵团1954年成立，是一支不穿军装、不吃军粮、不拿军饷的军垦部队，始终发扬着解放军战斗队、工作队、生产队的光荣传统，为新疆建设、稳定、发展作出了巨大贡献。

新疆军区生产建设兵团虽不属部队建制，但它全是按部队师、团、营、连序列编制管理，实行军事化行动，战斗化作风。20世纪60年代初，北疆就我们36143部队，与军区生产建设兵团北疆的几个工业师、农业师关系特别好。逢年过节，兵团慰问我们部队，地方既慰问我们部队，也要慰问兵团，兵团同志常乐观地对我们部队开玩笑说："我们可是军民团结的纽带啊！"当初，新疆军区生产建设兵团是由十多万解放军官兵转业、复员组建而成，对解放军有深厚感情，对军装有特殊感情，有许许多多同志的军装打了几十个补丁，仍当成宝贝穿着。特别是在"向雷锋同志学习""全国学习解放军""这样训练好"的号召下，军装几乎成了爱党、爱国、爱人民的标志。有不少人，在小孩一出生，就给小孩特制一套军装、军帽。各商场、商店，只要绿色布匹一露面，便被抢光，真可谓"中华儿女多奇志，不爱红装爱武装"。

其实，当时人们并不是不爱穿戴，一是没条件，穿戴不起；二是不敢穿戴，怕"戴资产阶级帽子"。这样的情况，不要说在地方，就是在部队也是一样。我们部队，有位营职干部，1949年入伍，一次，因探亲回队，穿着一双枣紫色皮鞋，之后，在党支部会议上，竟被指责资产阶级思想严重，讲究穿戴，"穿新鞋，走老路"，这位老股长在会上痛哭流涕，作了检讨。当时，这位股长不管是出自内心还是为了过关，反正是这么做的。一位 1961 年入伍的排长，提干已一年，因买了一块手表及两双尼龙袜子，在党支部会上受到批评，这位排长解释说："买手表是为了掌握全排训练时间，买袜子是因为当干部后，部队不再发放了。"其他同志则讲："买国产手表一样可以掌握时间，为什么买英纳格手表呢？这不是崇洋媚外是什么？至于买尼龙袜，就更说不通，部队原发的布袜穿烂了吗？就算穿烂了，也应向雷锋同志学习，补补再穿。我们当干部了，应以更高的标准严格要求自己，绝不能忘了普通一兵本色，绝不能忘了艰苦朴素的优良本质。'艰苦奋斗的思想松一松，享乐主义的思想就会攻一攻'，不警惕，就会滑入万丈深渊。"这位排长被批得大汗淋漓，不停地认错："感谢大家的诚恳批评，及时挽救我，我一定以同志们的批评为诚，绝不辜负同志们的帮助。"

当时，如果说穿军绿服装含有极大的政治色彩，那么，穿补丁衣裳可是一大奇观。在大街小巷，不穿补丁衣裳的人极少见到，特别是各式各样的新发工作服，也同样在两腿膝盖、手臂肘部、屁股上打着六个大补丁。打补丁的含义是这些部位易磨损，磨损一层还有一层，可以多穿一段时间。可谁也没想过，这样的穿法，从新穿到烂，等于没穿过一天像样的新装，难看极了。可在当时，人们确把穿补丁衣服当成一美。为什么？因为要学雷锋，一双袜子就补了 28 个补丁；要学焦裕禄，一件衣服补了几十个补丁；要发扬艰苦奋斗的优良作风："新三年，旧三年，缝缝补补又三年，一件衣服能穿几十年。""一衣穿四季，四季穿一衣"，也就是说，冬季的棉衣去掉棉花，留下表层与里层，便可当秋衣，供春季、秋季穿；秋衣去掉里层或表层，留下的一层便可供夏季穿。这样的情况，在当时可不是个别情况，而是普遍现象。

艰苦奋斗的优良传统，不管在任何时候都要发扬，这绝对正确。但在当时，这些情况，说到底，是当时我们国家穷，科技落后造成的。试想，在当时，吃饭要粮票，吃菜要菜票，穿衣要布票，在每年每人只发 6 尺布票，且布料又极易破损的情况下，不穿补丁衣服能行吗？我清楚地记得，在 20 世纪 70 年代末，我国与日本关系正常化后，日本向我国出口化肥，包装是尼龙袋，很结实。尼龙袋正面标着日本，背面标尿素，左边标着含氮量，右边标85%，当时，生产队在用化肥前，队长想方设法先把尼龙袋留下，然后把尼龙袋做成裤子，在少数人有权才能"享受"这份"待遇"时，当然会惹不少人羡慕。为此，民间曾广泛流传着一首顺口溜："大干部、小干部，大姑娘、小媳妇，都穿尼龙裤；裤前是日本，裤后是尿素，裤左是含氮量，裤右是百分之八十五。"

改革开放后，人们在穿衣打扮上也发生了翻天覆地的变化。首先，从色彩上看，再也不是"绿一色"，而是五彩缤纷；从样式上看，古今中外，各式各样，琳琅满目；从布料上看，从古代盛行的丝绸绫绢，到近代盛行的毛呢毛绒、现代时尚的化工产品，无所不有；从实用上看，现代的料十分结实、耐用，甚至防水、防火、防腐。确切地讲，现在的人们在穿衣方面一点也不犯愁了，一件衣服穿一二十年也不烂。现在的人，在穿衣上，讲究的是美观、漂亮、舒适、方便、轻巧，如果看到有人穿补丁衣裳，那倒真是人间奇观了。

三、住——从"地窝铺"到楼上楼

我从1964年9月入伍，到1986年3月转业，在新疆守边20多年。在这期间，因部队移防、"三支两军"、战备工作，我先后去过新疆省会乌鲁木齐、新疆绿洲石河子市、中国明珠克拉玛依市、赛江南春城伊犁市及阿尔泰、塔城、昌吉等地市。总之，整个北疆县级以上的地方跑了个遍。当时，给我的总体印象是，新疆尽管地域辽阔，占全国总面积六分之一左右；人口稀少，700万左右；但人们的居住条件多为"干打垒平房"或"地窝子"，条件极差，简单概括为八个字：简陋、阴暗、狭窄、低矮。

就说我们部队的住房吧，当时住的全是民房，一半以上是地窝子。"地窝子"，内地人可能听不懂是啥意思，新疆人一听就明白，那就是一种最简易的住房。地窝子以地面为基准，向地面以下挖约1.5米深，用土在地面上打土墙1米左右，房顶搭几根直径超过10厘米的木头，木头上铺些芦苇，芦苇上铺上黄泥巴即成。

部队进山，我们的住房全是自建的地窝子。不过，在山区建地窝子，因石头多，黄土少，尽管十分费劲，但质量还不如平地的地窝子。盖地窝子的最大好处是节省财力、隐蔽，我们初步计算，自建一平方米才用一元钱左右；最大缺陷是阴暗、低矮，通气不

原部队政治处主任李学白（左）及战勤参谋杨非察看前进牧场自建土块营房

好，进出门都必须弯腰。就是这样的地窝子，也不宽敞。我现在仍记得，我们班9人，住的地窝子是8米长，4米宽，睡木板搭的通铺，每人占用铺位的宽度约75厘米。整个房间，除通铺外，再放一个枪架，一个脸盆架，一张桌子，一个凳子，房间挤得满满的。我们写封信，只能趴在铺上写。

在执行野营拉练、访贫问苦等任务中，我亲眼看见了新疆军区生产建设兵团及各地市不少住宅，他们在"先治坡，后治窝；先生产，后生活"的号召下，一心扑在生产上，住房条件更差。不少人已是两个或三个孩子的父亲、母亲，仍居住在一间只有15多平方米的地窝子里，搭着通铺睡觉，有时家里来了亲属，只能在墙边挂块遮羞布凑合。当时，好就好在家里除了有几床破旧被子、一口吃饭锅外，其他一无所有，否则，就要有人长期露宿了。就这，当问到他们的生活情况时，他们总是充满希望地说："现在家家户户情况都差不多一样，有吃的饭，有穿的衣，有挡风遮雨的房就行了，现在苦些累些没有啥，以后的日子会好的。"这是多么的淳朴、善良，对伟大的中国充满着希望、信心。

在新疆二十多年，整个北疆走了个遍，除乌鲁木齐在20世纪六七十年代盖了栋8层高的宾馆外，简称"八楼"，还在距火车站约300米的东南盖了3栋4层高的军区招待所，除此之外，各地市基本是土木结构平房、半阴半阳的地窝子。那时，不要说在八楼开会、住宿、吃饭，就是在八楼转一转，都感到很荣幸，都能来个"吹破天"。军区招待所，是当时全疆条件最好的招待所，

可当你住上后，会给人名不副实的感觉。被子没有被罩，白色的被子上沾满了密密麻麻的跳蚤屎，在被子的缝隙处，虱子、虮子连片，在白色的石灰墙上，到处都有豆粒大的血斑，那是将臭虫打死后留下的痕迹。如果在别处的兵站、招待所，虱子、跳蚤、臭虫会更严重。当时，社会上广泛流传过一个防止虱子、跳蚤咬人的"好办法"：被子分被面、被里，人们睡觉时，通常被里挨身子，虱子、跳蚤藏在被里的一面，咬人是肯定的。如果睡觉时，将被面挨身子盖，虱子、跳蚤就不会咬人了。这个办法可以说具有一定道理，但以后知道的人多了，大多用这个办法，结果，被里被面都藏了虱子、跳蚤，"好办法"不灵了。

这次来新疆，我被眼前的一幕幕惊呆了，变化太大太大了！到达乌鲁木齐市，刚出火车站口，我本能地向四处眺望，只见四周高楼林立，我费了好大劲，也没看到当年新疆的标志建筑、高达近30米的宾馆——"八楼"。其实，"八楼"仍健在，名声仍没减，只是其高度早已被200多米、300多米高的高楼大厦给遮掩了。它再也不是新疆建设的标志物了，而只是人们茶余饭后、回味历史、对比今昔时的参考物，是盛赞改革开放的活教材。如今各地市的大小宾馆，再也找不到虱子、跳蚤、臭虫了。可以这么说，现在的年轻人，根本就没见过虱子、跳蚤、臭虫是什么模样。当年盛传的"被子反面盖，跳蚤比跳高；臭虫满墙爬，虱子昼夜咬"早已成为历史的笑谈了。提到"被子反面盖"，这是人们当时盛传的一条"经验"，有人讲，虱子都在正面，睡时正反翻倒换，虱子就不咬了。开始还很有效果，当人人都这样办时，正反盖被子就都一样被咬了，这真是一条苦涩的"经验"。

独山子，是在戈壁滩上建设比较早的炼油厂，20世纪70年代初，因自建山区营房需要，我在独山子陆续待过一年，那时，独山子除招待所、医院零零星星有几棵杨树外，其他居住区光秃秃的，给人的感觉就两个字：荒凉。独山子有我很多老乡、朋友、战友，他们的居住条件很差，一般人均4~5平方米，还有的临时居住在破旧仓库或煤球房中。这次刚到独山子，幽美的居住环境一下吸引了我。在大路两边，在高低错落、式样新颖的居民楼区，一行行观赏树、果木树、一排排绿篱、花草井然有序，基本达到春有花，夏有荫，秋有果，冬有青，居住环境园林化。据朋友介绍，为环境优美，矿区下了狠心，按规划，将要绿化的地带深挖三米，将鹅卵石运出去，再运其他地方的黄土回填，经过艰苦努力，创造了如今令人向往的环境。据朋友介绍，现在他们的居住条件都很优越，人均居住面积一般都在 50 平方米以上，以前的简易平房、地窝子，早已成历史、成古董了。

二十多年的部队生活，我对部队还是十分有感情的。20 世纪 80 年代末，我原在的部队、告别天山深处的山区，移防到独山子炼油厂矿区。这是我们部队从三原农民起义起，陆续住民房、平房、地窝子以来，第一次居住自建的正规营房。部队长领我们参观了现在的新营区、训练场、宿舍、食堂等。之后，我的两个小战友杨旭宝、陈怀信又驾驶他们自己的车，到天山深处前进牧场看了看我们原部队住过的老营房，新老对比，使我感慨万千。

新的营区，绿化、亮化、硬化、美化，样样达标。营房为三层楼房，钢筋混凝土结构，外形美观漂亮。室内布局合理，舒适大方，宽敞的宿舍内，战士们一人一床一柜，除正常铺盖外，冬有羊毛毡垫，夏有竹凉席，被褥整齐一致，桌椅、门窗干净明亮。食堂内，做饭用的是液化气、自来水，清一色的地板砖干干净净，锅灶全是不锈钢制品，不要说有油泥，就连一点油渍都没有，这样好的条件，这是我过去想都不敢想的。

四、行——从"无路走"变"路路通"

1964 年 9 月，我应征入伍，从河南安阳市乘坐火车，由于通往新疆的火车是单行道，时速慢，经过整整七天七夜，才到达新疆乌鲁木齐。出火车站，附近破烂不堪，杂乱无章，一片片低矮的土房，竟没有一条像样的路，全是坑坑洼洼、拐弯抹角的土路。从火车站通往市区的二道桥，污水横流，杂草丛生，垃圾如一座座小山，散发着臭气。在乌鲁木齐经简单休整，便又乘坐三天汽车，到达塔城辖区额敏县。从乌鲁木齐到沙湾县，在当时，应该说，这段路况还不错,接兵人员曾十分自豪地对我们讲:"这条路从乌鲁木齐通往伊犁,简称'乌伊公路',是世界上最长的一条柏油路,是中国最长最平最好的一条路。"其实,这条路当时很窄,只能对开两辆车,但在全国只有克拉玛依盛产石油的当时,全国其他地方自然无可比拟了。从沙湾县到额敏、塔城的两天乘车,没有一条正规路,全是凭感觉行驶的自然路。在茫茫的戈壁滩上,高低不平的沙石路是好路,行驶在黄土路上,一有风吹,尘土飞扬,遮天蔽日,呛得人喘不过气来。我们乘坐的是敞篷车,无遮无拦,每个人的脸上都涂了一层厚厚的土层,不说话,同车人都互相认不出谁是谁。新疆不少地段还有一种"翻浆路",弹性很大,平时看,很像正常路,可车一走到上面,立即深陷下去,你越加大马力想冲出去,车就陷得越深,最后只能用拖车把车拖出来。

刚入伍时,我们部队在塔城、额敏、托里、乌苏等地市县城驻防,这些地方的主干道,竟没一条像样的路,全是土路。遇到有风的旱季,几寸深的尘土飞起,百米之外看不清对面物体,遇上一场大雨或冬雪融化之时,半尺多深的泥浆常让人行走艰难。特别有意思的是,当时看不到自行车,更看不到摩托车、汽车,主要运输工具是马、骆驼,冬季还有狗拉爬犁、马拉爬犁,我们甚至还见到历史课讲的原始社会用的"二牛抬杠"车,好稀奇呀!当时,由于交通不便,人们消费低,人烟稀,路上基本无行人,就是公共汽车,也很少。一次,我和秦书吉在红山煤矿路口等车,这里离营房还有百里,天快黑了,也没等上,心里很着急。这时,秦书吉左耳紧贴地面,一会,他大叫一声:"老马!快!有车来了。"我说:"别穷高兴了,怎么看不见车呀!"秦书吉讲:"真的,车马上到。"停了一会,果然来了一辆拉煤车,秦书吉跑上前,"啪"的一声立正,敬了个礼,司机立即停车,问明情况后,把我们送回了部队。后来我问秦书吉:"你怎么知道车来了?"秦说:"耳朵贴地,地声传播呀!"我一听有道理,并趁机给秦开了玩笑:"狗夜晚看家护院特别机灵,都是有一只耳朵贴地,老远的细微动静听到后,便迅速准确地'汪!汪!'起来,传递信号,你的耳朵真是跟狗的耳朵一样灵。"秦书吉一听,哈哈大笑地骂我:"你真不够意思,学了本事还骂人！"现在的人们，外出可方便、可随意啦！公路四通八达，各种车辆川流不息，家家都有自己的小轿车，自驾上班、下班，探亲访友，就连节假日，不少人都自驾出游。

我们部队一营原在小李庄驻防，距"乌伊公路"只有4~5公里，凹凸不平的道路加之"翻浆"，乘车单程往往要走45分钟，乘车没有步行快，这可不是瞎胡说，是千真万确的。我在此路上行走，至少也有几十趟，每趟都要把人急死。我1964年在新疆当兵，农七师奎屯、农八师石河子都有我们部队驻扎。1965年7月，周恩来总理在视察新疆生产建设兵团农八师所属143团和145团时，由于道路难走，尘土太大，石河子垦区出于对总理的尊敬、热爱，怕总理因道路难走受苦，因此，根据预定路线，在总理必经之路，专门用玉米秸秆及麦秸秆进行铺垫。1967年，我任塔城、阿尔泰两个养路总段军管会主任，那时，道路难走，有不少地方基本没路，特别是我从布尔津向北屯、阿尔泰去时，几次都被风沙、泥泞的道路阻隔，有次竟在泥潭中深陷5个多小时。试想，一个专门管理修路、养护路的单位都能遇到如此尴尬的情况，可见，当时的道路是何等难行？其实，当时要说行路难，当数独库公路了，可谓"难于上青天"了，这并非夸大其词。当时，从独山子到库车，中间隔着几百里宽的天山，根本无路可走，只能绕道乌鲁木齐。

改革开放以来，新疆的公路交通事业发生了翻天覆地的变化。这次来新疆，乘火车用了两天三夜便到达乌鲁木齐火车站。火车站周围，高楼林立，商业网点井然有序，硬化、净化、亮化、绿化层次分明。在通往我原去过的阿尔泰、塔城、伊犁等地，道路纵横交错，有铁路、高速公路、高等级公路，乘坐在车上，平稳、舒适、快捷，当年引以为豪的"乌伊公路"，现已处于"半工作半休息"状态。当年我们部队住在喇嘛庙，距"乌伊公路"49公里，从来没路，乘车单程需两个小时，现修建了一级公路，单程只需不足1个小时；当年去我们一营驻地小李庄，只有4公里多路乘车要用45分钟，现在只需5分钟；当年从巴音沟到库车需绕行一天，现在只用4个小时；当年从乌苏去阿尔泰需要3天，现在只用 1 天。这几组数字我都亲历过，这几组简单的数据对比，是对今昔公路建设飞速发展的最好说明。

我的第二故乡，太美了，变化太大了，这是我做梦也没想到的。改革开放后，人们的物质文化水平得到了极大的提高，衣食住行再也不是当年的"穷过渡""穷凑合"了，而是"穿衣讲漂亮，吃饭讲营养；住房讲宽敞，行走讲快挡"。发展才是硬道理，时代在前进，社会在发展，历史的车轮不可阻挡，在实现中国梦的伟大征途中，只有坚持中国共产党的绝对领导，坚持中国特色的社会主义道路，坚持改革开放不动摇，我的第二故乡，一切的一切，今后一定会更加美好！

2015 年，新疆维吾尔自治区成立 60 周年"衣食住行"巨大变化征文

谈笑风生赞改革

东西南北趣事多，孤陋寡闻费琢磨；

放开眼界见识广，谈笑风生赞改革。

奇闻趣事，幽默笑话，古今中外，浩如烟海，数不胜数。这事今天发生在我这里，明天也许发生在你那里，究其原因，主要是受各种主客观条件制约，孤陋寡闻，少见多怪而已。如果经常走南闯北，见多识广，便可最大限度地避免或减少一些不是笑话的笑话趣闻。现在，我有选择地讲几件在接送兵中的笑话趣事，你便可以在笑谈之中领略到：改革开放就是好。如果这些事放在改革开放、物质生活条件极其丰富的今天，这些看似笑话的趣闻，你可能就看不见听不到了。

话又说回来，常言说："吃不完的谷，读不完的书；数不完的星，走不完的路。"偌大个地球，恐怕没人能事事精通。这样，闹出点笑话、趣闻也在情理之中，今天你笑话我，明天可能我笑话你，笑来笑去，笑出风趣，笑出了知识。笑出了智慧。人只有学而知之，没有生而知之。问题的关键是：知之为知之，不知为不知，不知者能谦虚谨慎，不耻下问，便能博学多识，反之，不懂装懂，会成为永世饭桶。

有些看似笑话之事，但在人们捧腹大笑之后，细细琢磨、品味，不难发现，这些笑话趣闻中常常蕴含着大哲理。在我见闻的众多笑话中，我今天仅讲几个接送兵当中发生的笑话，这些笑话趣闻，让人们读后、笑后，从中了解一下当时的历史条件、背景，得出一个结论：发展才是硬道理，改革开放就是好。

一、麻子接兵团

1964年9月，我从安阳县应征入伍。当时，接兵团的团长是个麻子，最有意思、笑死个人的是，他这一次接了12个麻子，据说，这样的情况在义务兵接兵团中恐怕是空前绝后的一次。因此，无论部队还是地方，都称之为麻子接兵团。

接兵团的团长叫徐改明，河南人，1953年入伍，他人高马大，性格开朗乐观，军事、政治素质很高，干群关系融洽，在部队进步很快，深受各级好评。这次征兵开始，他就到各乡镇了解情况，有些群众见他是个麻子，便三五成群、连说带笑地议论："麻子也能当兵？"徐团长听后，很有礼貌地走上前，自我介绍说："我是接兵团的团长，叫徐改明，徐是双人'徐'，改是改革创新的'改'，明是明天的生活更美好的'明'，我这个人，有一个最大的特点，就是满脸麻子，好认。因为好认，老天爷叫我光做好事不做坏事。"徐团长这么一说，议论他的人反而不好意思了，都夸徐团长性格开朗，联系群会。徐团长紧接着说道："麻子不仅能当兵，还能当官，您看我这大麻子，还当了接兵团团长呢！"说得老乡都大笑起来。

当时，一般老百姓都认为麻子是大缺陷，当兵不成，找个对象也难，还常受人歧视。徐团长常坐下来与群众亲切交谈，徐团长常讲："我从来不怕别人说我是麻子，为此，我还为自己是麻子给自己编了几个歇后语：麻子照镜子——自我观点，麻子探家——老乡观点，麻子上街——群众观点，麻子上战场——敌对观点……"徐团长的自我介绍，让人一阵阵笑得肚子疼，都感到徐团长十分亲切、随和、善良、可爱，是受人尊敬的人。这之后，老百姓一传十、十传百，把麻子也能当兵、还能当军官当成一大新闻迅速广泛传播，麻子也不感到自卑了，积极踊跃报名参军。

新兵集中后，徐团长第一次给新兵训话时，还没开口，新兵便大笑起来。徐团长胸有成竹地说："我知道你们笑什么！是笑我是个大麻子。那没关系，大家都爱说一个麻子一个点，因为我是麻子，所以爱讲'点'。"今天，我主要讲三点："第一点，要讲五湖四海；第二点，要讲实事求是；第三点，要讲容忍谦让。"

讲第一点时，徐团长首先背诵了段毛主席《为人民服务》中的指示："我们都是来自五湖四海，为了一个共同的革命目标，走到一起来了。一切革命队伍的人都要互相关心，互相爱护，互相帮助。"接着，徐团长放大声音讲："我们入伍当兵，共同目标是什么？就是保卫祖国，保卫人民，保卫社会主义江山。我们从不同地方走到一起来，从不认识到认识，从不同目标到共同目标，以前是陌生人，现在是战友，是同志，是人民子弟兵，是阶级弟兄。旧社会、旧军队那种立山头、拜把子、搞宗派的思潮，在人民军队中是不允许存在的，就是搞同乡会、小帮派、哥们义气、小团体主义等，也是不允许存在的。因此，我们必须讲'五湖四海'，讲大局，讲团结，讲友谊。"徐团长的讲话被报以热烈的掌声。

第一点讲完，徐团长笑了笑接着说："第二点，要讲实事求是，我要结合自己的实际讲。刚才，我给大家介绍了，我有个最大的特点，就是脸上有麻子，而且麻子还特别大。"说到这里，新兵"哄"地笑了起来。徐团长继续说，"我到哪里都是这样先作自我介绍，这就是实事求是。我这次来接兵，有些人窃窃私语：'你看！麻子还来接兵？麻子还能当兵？'我听后既没脸红，更没发火，反而微笑着反问说：'《宪法》《兵役法》没有规定麻子不能当兵啊！你们看我这个大麻子，还当了军官，说得大家都笑了。咱们部队，以前只有我一个麻子兵，这次我接了12个麻子兵，都快成麻子排了。'"说到这里，新兵又是"哄"地一笑。徐团长说："刚接了麻子新兵，不管走到哪里，总有人笑话，把我们个别麻子新兵笑得面红耳赤，抬不起头来。我给麻子新兵说：别怕，抬起头，挺起胸，麻子是旧社会贫穷落后造成的，新社会并没有歧视我们，再过几年，恐怕再也找不到麻子兵了，这都是共产党好，毛主席好。我还鼓励过麻子新兵：麻子多，点子多，一个麻子一个点，满脸麻子全心眼。"新兵笑过之后，徐团长接着讲，"麻子是客观存在的，不要怕人说，你越怕，狼来吓，你不怕别人说了，谁再说就自讨没趣了。"说到这里，徐团长突然话锋一转、有针对性地说，"比如说：我们在一起生活，放个屁是客观存在的，但要尽量避讳一些场合，实在没法避，要实事求是，敢于承认，可以说句'不好意思了'的歉意话，也可以说句'屁是五谷神，不放憋死人'之类的笑话，大家知道后，会一笑了之。闻到臭味的人，也要有容人之量，不要嘲笑、讽刺、恶语伤人。人人都会放屁，只不过场合、响声、臭味略有不同罢了。什么放狗屁、臭狗屁、狗放屁、放屁狗等，这些语言都是不文明的，若因为一个'屁'动手动脚，是绝对不允许的。"徐团长讲到此，现场鸦雀无声，不少新兵还羞愧地低下了头。

徐团长接着说："我讲的第三点是，要讲容忍谦让。"说着，徐团长比画着自己说，"我身高一米八，体重160斤，一不胖，二不瘦，腰不弯，肩不倾，穿上马靴，扎上武装带，佩上肩章，戴上大盖帽，仅看背后，从军容、军姿、军人风度上，我可以毫不自夸地说，我也算一表人才。"徐团长的自我幽默，逗得新兵直笑。徐团长笑了笑说："一次节日期间，我全副武装，跟着老伴上街，我的军人军姿引来许多眼球关注。这时，有俩女青年手拉手跑到我前边停下来，然后回头看我。看就看吧，这也没啥。谁知俩女青年看后，哈哈大笑起来，一人笑道：'我原以为是个美男子，没想到，从后看仙桃仙果，从前看又麻又撮。'另一人笑道：'我也是这样想的，谁知道，从后看一枝花，从前看满脸麻。'"这时，会场又是一阵哄堂大笑。笑罢，徐团长说："当时，俩女青年正笑得开心，我老伴不干了。老伴上前揪住一女青年说：'你们笑啥！我还不嫌他麻，你们……'周围群众也纷纷指责两位女青年。这时，两位女青年满面通红，羞得无地自容。我知道打人没好手，骂人没好口，如果不立即制止，两位女青年会下不来台。于是，我赶紧拉住老伴的胳膊说：'老伴，你先松开手，你看谁来了。'在老伴左瞧右看时，我向两位女青年挥了挥手，示意离开，两位女青年很识趣地向我鞠了个躬，表示歉意，便迅即离开了。老伴正在气头上，看我有意放走俩女青年，把火气全集中到我身上，不依不饶。我说：'老伴，你消消气，听我说。我其实和你一样，开始也很恼火，也很生气，后来一想，我还乐了。'老伴听我说还乐了,便疑神疑鬼地问我乐啥。我说:'金无足赤,人无完人。我满脸麻子,虽回头率不高,但却有人追着看我,这说明我还有许多被人欣赏的地方,能不乐吗?特别是你,当初你很有眼光,一眼就看中了我。'老伴一听,'扑哧'一声笑了,气也消了。"大家听后,笑得更厉害了。之后,徐团长郑重其事地说,"我们新兵刚到一起,互不了解,平时说话、办事,难免会碰着谁的痛处,伤着谁的痛处。因此,遇到这样的情况,要讲宽容忍让,要学会灭火,不能煽风点火,火上加油。"

徐团长一席话,结合实际,深入浅出,诙谐幽默,使新兵在欢声笑语中懂得了许多做人的道理,平安愉快地到达军营。至今几十年过去了,每当战友聚在一起,谈及这些事,仍开怀大笑不止。在笑声中,大家还都赞赏徐团长说过的一句话:"以后再也接不到麻子兵了。"这话讲得不错,随着党对人民健康的巨大关心、投入,麻子在全国都没了,哪还有麻子兵呀?!

二、错把莲藕当土豆

1968 年,我们部队在送河南安阳籍复员兵后,安阳籍军需助理员靳爱元顺便探亲。当时回队时,便带了些莲藕。一日,靳爱元叫同事喝两盅,弄了几盘下酒的菜,其中就有家乡特色菜莲藕。靳爱元入伍后,当过上士、司务长,本来就十分聪明的他,加上刻苦学习,又受过专业训练,在烹饪上有一手绝活,饭菜在色、香、味、意、形上,堪称一流。这次请客,靳爱元特别注重在莲藕的烹饪上下了点功夫,吃起来鲜嫩可口、脆香味美。在客人中,与靳爱元同一办公室办公的助理员朱殿书,是 1959 年兵,甘南人,为人忠诚憨厚,忠于职守,乐于奉献,特别是对一些新鲜事,总爱研究个透。朱殿书把每个菜品尝了一下后,莲藕引起了他极大的兴趣,他用筷子操起一块莲藕,左看看,右瞧瞧,然后放入口中,慢慢咀嚼一番,大加赞赏:"好脆!好嫩!好香!好吃!"之后,朱殿书用筷子夹起一片藕,若有所思地半眯缝着眼睛,一边细细品味,一边不时赞叹:"这道土豆菜做绝了,别有风味。"朱殿书的赞扬,使靳爱元吃了一惊。靳爱元想："这明明是莲藕，怎么朱殿书一直说是土豆呢？看来，朱殿书还不认识莲藕。"靳爱元几次想说："这不是土豆，是莲藕。"但转念一想："当面纠正，会伤朱殿书的面子，反而不好，不如将错就错，等以后有机会讲清，效果更好。"

朱殿书自从在靳爱元家吃了这次"土豆菜"后，着迷了，他暗暗下定决心，也要做出这样脆甜的菜来。周日，朱殿书拿出几个形态好的土豆，照靳爱元说的程序，先切成片，再用水泡十分钟，然后把水烧沸，将泡过的土豆片放锅内，煮个七八分熟，捞出，再放入凉开水中浸泡，捞出后，用准备好的油、盐、酱、醋、蒜等调料调拌。可一品尝，自己做的凉拌土豆片，没有一点在靳爱元家吃的味道。朱殿书想："可能是切的片太厚吧，怎么没一点脆甜香味呢？"于是，朱殿书又找来一把薄刀，把刀磨得特利，把土豆片切得薄薄的，按前面程序进行完，土豆片仍没一点脆甜香味。两次试验失败，朱殿书陷入沉思中。突然，他两眼一亮，好像找到了失败的原因。他想："靳爱元凉拌的'土豆片'，每片上都有几个孔洞，我切的土豆片，都没孔洞，这可能就是失败的原因。"想到这里，朱殿书跑到军马所，借了一把专门给皮革打孔洞的冲子，他把每一片土豆都冲了几个孔洞，满怀信心地再次试验，结果和前两次一样，再次失败。朱殿书不甘心就此失败，他变得聪明了，不耻下问。一日，朱殿书给靳爱元畅谈了自己制作凉拌"土豆片"的前前后后，请靳爱元教教办法。靳爱元听后，谦虚笑道："我不比你强，能有啥好办法？"朱殿书淡淡地说："你的绝招对我也保密吗？"靳爱元一听，大笑着说："我哪有什么绝招，我用的材料不是土豆，是河南的莲藕，你用的材料是新疆的土豆，两种不同的材料，谁也做不出同样的菜。"讲到这，朱殿书嘿嘿一笑，略微不好意思地说："哎呀！原来如此！莲藕这东西，说实话，我真没见过，更别说吃过了。你今天不说，我还真不知道那天吃的是莲藕呢！"

三、聪明的尹翻译

尹刚军，锡伯族，他聪明好学，知识渊博，思维敏捷，精明能干，他不仅能流利地讲新疆多个民族的语言，也能讲几国外语。他多才多艺，与人为善，深得众人喜欢。他常讲祖辈历史，原住东北，清朝时，为维护新疆各民族团结，奉诏来新疆垦荒守边。由于尹刚军精通新疆各民族语言、风俗，是我们这个多民族部队很有名望的翻译。他刚当翻译时，也遇过一些难题，但都被他的聪明好学一一化解。在批判林彪时，他曾把林彪披着马列主义外衣讲成林彪偷披了马克思的皮大衣。后来有人问他："尹翻译，你常讲马克思是无产阶级，可你在讲课时，常讲这个偷披着马克思的皮大衣，那个也偷披着马克思的皮大衣，马克思哪有那么多的皮大衣呀！难道他家开着皮大衣工厂吗？"尹刚军一时难以回答，便虚心请教其他同志，从此再没出现类似口误。

我们这个部队是由多民族按建制连队组建的，过春节时，汉族连队请少数民族连队领导一齐过节。过"库尔邦节"，少数民族连队邀兄弟的汉族连队一齐欢度节日。少数民族连队不吃猪肉，便杀了几只公鸡热情招待汉族连队，各民族欢聚一堂，亲如一家，热闹非常。由于彼此熟悉，亲如兄弟，常常互逗乐趣。宴席间，有人故意指着鸡肉问道："这是什么肉呀？"谁知经常不吃鸡肉的民族连队领导竟一时回答不上来。这时，聪明的尹刚军翻译略思片刻便回答道："这是鸡蛋妈妈的爱人。"尹翻译的回答令在场的人员一时竟晕头转向、摸不着头脑，可等汉族连队的同志回过神来，个个都为这一经典回答笑得神魂颠倒，人仰马翻。真逗人，鸡蛋妈妈的爱人不正是公鸡吗？

四、土语方言惹尴尬

1971 年，我们部队去陕北米脂、子洲接兵，在接兵团中，军马所医生张中效也在其中。张中效祖籍西安，1956 年参军，1962 年从甘南剿匪转战新疆。在新疆十年，因各种原因，还没探家。这次接兵，途经西安，经领导批准，给两天假期，顺道探亲，张中效心里甜蜜蜜的。探亲，总不能空手吧，便想买几斤糖果，作为与乡亲的见面礼。走进西安一家商场的柜台前，张中效很恭敬地讲："买两公斤糖果。"服务员一听"公斤"二字，心中好生不乐，以为是故意戏弄自己，但看在解放军的面子上，也没发难，便怏怏不乐地走开，不再理会张中效了。张中效并不知其中缘由，以为服务员忙，便静心地等。等服务员没事时，张中效再次走近服务员说："请称两公斤糖果。"服务员还是不理睬。这时，张中效略带不满意的口吻说："我等半天了，请你给称两公斤糖果。"服务员一脸不耐烦的样子，面无表情地冷冷说道："什么公斤母斤的，你说的话我听不懂。"服务员冰凉的话语，张中效立即意识到，在新疆只讲公斤不讲市斤，来内地再讲公斤，被人误解了。于是，急忙赔笑道歉："姑娘，请你不要肚子胀，刚才是我不对。"这一道歉，服务员立即羞容满面，涨红着脸，愤愤地责问张中效："你说谁的肚子胀？"旁边的服务员也插嘴说："你这个解放军，怎么那样不会说话，人家还是个大姑娘，没结过婚，你怎么说人家肚子胀？"至此，张中效才明白，又是新疆口语惹的麻烦。此时，张中效也不知该咋解释了。正在尴尬之际，商场的主任来了，张中效才不慌不忙地把前后经过说了一遍，当说到"肚子胀"三个字，用少数民族的话即为生气的意思时，主任拍手大笑起来，赶忙对张中效说："应该道歉的是我们，公斤是世界通用计量单位，我们却不懂、不用，这是我们的知识狭窄；二是我们缺乏耐心的沟通技巧，是我们没有做好一心一意为顾客服务，我们一定引以为戒，更好地为顾客服务。"张中效见主任如此真诚，便给主任又讲了两件同类型小事："1959 年，我们在甘南剿匪时，土匪把老百姓家的粮都抢走了，我们部队用汽车拉粮食分给老百姓，老百姓十分感动。一次，许多藏民老百姓抱来很多草放在汽车前头，我们大惑不解。心想：'我们为老百姓做了好事，他们是不会抱草来烧车的。但是，必须提高警惕，防止坏人在背后教唆。'"正在这时，当地翻译微笑地过来说："老百姓把汽车当成了牛，他们说，这头'牛'比我们的几十头牦牛劲都大，一顿一定要吃好多草，我们大家都抱些草喂'牛'，表示一下感谢的心意。"1964 年 9 月，我们去陕西礼泉接兵，在新兵集合齐后便编了班。第二天早晨，全班洗漱完毕，唯独班长有事没在。一新兵见班长回来，急忙迎上说："班长，全班都死（洗）了，就你还没死（洗），你死（洗）不死（洗）？你要不死（洗），我就要杀（撒）了。"班长一听，大惊失色，赶紧跑回班，一看，全班都好好的。之后才知道，礼泉方言把"洗"叫"死"，把"撒"叫"杀"。说到这，服务员也破涕为笑了。

这件事过去近半个世纪了，当年的战友们汇聚一堂时，还时不时地津津乐道着，在人们的笑声中，不少人曾思索："改革开放前，公斤、千克、克只是书本知识，在实际工作中并不常用，现在走遍全国，人人都懂公斤、克与市斤、两的换算，若放在现在，这样的笑话是绝对不会发生的。"

五、从吃螃蟹说起

1973年，我们部队接湖南常德、石门等地兵，接兵团团长是郝效孔。郝团长性格开朗，平易近人，与官兵关系相处十分融洽。一日，郝团长带接兵团的同志去饭馆吃晚餐，见不少客人饭桌上放着一碟一碟的螃蟹，螃蟹全身通红发亮，煞是喜人、诱人。又见客人拿起螃蟹，掰下一只蟹腿，放入口内咀嚼，再呷一口酒，好像味道美极了。郝团长看了一会说："今日晚餐，咱们放开一下，各人根据各人的口味，自己选择一些自己爱吃的饭菜吧！"大家一听，都乐了。大家都在想，团长见多识广，一定选得不错，团长吃啥咱吃啥。于是，大家都把注意力集中在团长的选择上。常言说，尝了鲜蟹百味淡，团长选个位置坐下，要了一碟螃蟹，又要了一瓶啤酒，便学着其他客人的吃法，掰下一只蟹腿放进口内，用力一咬，"啊"了一声，刚才喜笑的面孔立即绷得紧紧的，好像十分痛苦的样子。原来，郝团长是甘肃人，家乡常年缺水，不要说是吃螃蟹，这还是第一次见螃蟹。这次见别的客人吃得香甜，也就买了份螃蟹想尝尝鲜。别人吃蟹腿时，是把蟹腿放口内，慢慢把蟹腿咬裂，然后取腿内肉吃，尽管肉不多，但就是吃那个风趣、味道、感觉的。郝团长第一次吃螃蟹，哪能知道这个吃法，但又不好意思问人，生怕人家说自己是"土包子"。于是，只好照葫芦画瓢。郝团长以为吃蟹腿与吃肉一样，便把蟹腿放口内，使劲用力一咬，差点把牙板掉，疼得眼泪都快流出来了。看着团长那个难受劲，大家想笑又不好意思笑，又不好讲团长吃蟹腿的方法不对，否则，团长会很没面子的。可是，其他食客并不认识郝团长，见郝团长刚才那个吃法及现在的难受劲，一些好心的人便给郝团长讲螃蟹的吃法，也有些人趁机寻开心，取笑道："你们看这个当兵的，连螃蟹都不会吃，还差一点把牙弄掉。"其他同志一听，也不好多说什么，都暗暗替团长难为情。郝团长不愧是久经沙场的战将，面对食客的议论，他既无反驳，也无怒色，反而略带微笑、若无其事地对其他同志说："这次接兵，老胃病又犯了，昨日去看医生，医生说，若长期坚持把蟹壳嚼碎咽肚，可治胃病及其他一些疾病，于是，我便想试试看。"郝团长这么一说，接兵团的同志也半信半疑，可那些食客却是坚信不疑，他们相互凝视片刻后说："刚才我们还笑话人家解放军不会吃螃蟹，实际上是我们知识太浅薄，懂的太少了。"

回住地后，大家都很关心郝团长的病。郝团长说："其实我讲有病是假，不会吃螃蟹是真，在我们老家，吃水都困难，哪见过螃蟹呀！但又不至于失解放军的面子，故编了段看病的情况。"接兵团的同志听后，笑得前仰后合，都夸郝团长反应敏捷迅疾如神。郝团长接着含笑说："当年，林则徐在广州禁烟时，常和英国人打交道。夏季的一日，一英国人请客，拿出冰激凌招待林则徐。林则徐没见过冰激凌，见这东西冒着气儿，以为很烫，就呼呼地用嘴吹，那些英国人看后，一个一个笑翻了天。林则徐虽然知道现丑了，但也不好说什么。几天后，林则徐礼尚往来，也请英国人吃饭，并同样拿出了'冰激凌'招待。英国人一见，马上就用嘴舔，结果，一个个立即惨叫起来。原来林则徐让厨师拿芋头弄成糊糊，再做成类似雪糕的样子，滚烫滚烫的也冒着气儿。那些英国人真没想到，在中国人面前出了个大洋相，把中国人一个一个也笑翻了天。林则徐一品大员没见过冰激凌，大洋人没吃过中国的'冰激凌'，都闹了大笑话，咱一个小小的芝麻官，没吃过螃蟹也不丢人吧！"

这次湖南接兵，如果说郝团长吃螃蟹是一段佳话，那么，在接兵后期，也衍生了其他方面的"笑话"。在湖南接兵，正处金秋九月，艳红色的橘子，金黄色的香蕉，正是成熟季节，颜色迷人，清香诱人，不由得使人浮想联翩。新兵启程前夕，郝团长给接兵团的同志讲："来湖南接兵，对我们部队来讲，这是第一次，以后的次数也不会多。湖南盛产蜜橘、香蕉，我们部队驻地，不要说吃过这些美味，许多同志恐怕连见也没见过。现在国家不准长途贩运，长途贩运那是投机倒把行为。现在，我有个想法，利用接兵专列便利条件，我们可以采购些橘子、香蕉带到车上，让新兵饥渴时吃些，吃不完，可让部队其他同志见识见识、品尝品尝湖南特产的风味。"郝团长的一番美意，不用说，当然受到大家一致称赞。

从湖南常德市到新疆的天山脚下，汽车倒火车再倒汽车，到部队足足用了一周多时间，携带的橘子、香蕉，由于当时没保鲜剂、防腐剂，有的香蕉开始变色，香蕉的皮已发黑，初看，此时的香蕉与新疆的"洋茄子"一模一样，毫无差别。金黄色的橘子去掉皮后，裸露的橘体与大蒜的形态、排列也完全一样。到部队后，每个连队分到橘子、香蕉各两箱。吃饭时，连长、指导员欢天喜地地拿出香蕉、橘子招待留队官兵，许多官兵却不领情地说："从湖南不远万里，带来些'大蒜''洋茄子'招待我们，又辣又涩，谁爱吃呀！"连长、指导员笑容满面但又故意不露声色地说："你要知道梨子的滋味，必须亲口尝一尝。不怕不识货，就怕货比货。来！大家亲口尝尝湖南的'大蒜''洋茄子'，便知是辣，是涩，是酸，是甜？"官兵们每人拿了个橘子、香蕉，一品尝，立即雀跃起来，兴奋地说："湖南的'大蒜''洋茄子'就是好，不辣，不涩，香甜香甜的。"这时，接兵干部们大笑起来说："我们的团长在湖南因吃螃蟹当了一次'土包子'，团长专门让带些橘子、香蕉来，早已料到你们会接他'土包子'这个班"，此话一出，在场官兵哄然大笑，满堂皆彩。

这事传到郝团长耳里，郝团长憨厚地笑了笑："我早知他们会出我的'洋相'，其实，大千世界，无奇不有，由于人们认识世界、认识事物，都具有一定的局限性，一个人，不可能懂得万事万物，更不可能精通万事万物，这些'不可能'，都有可能在某一方面成为别人谈论的笑话趣事。谁都知道，犹太人是世界上最聪明的民族，但有几件不经意的小事，竟成为我们茶余饭后的笑谈。一次，几名犹太人在华人饭厅吃饭，竟被厨师的'拍蒜'佩服得五体投地。犹太人惊讶地对厨师说：'哎呀！你实在了不起！我们犹太人吃蒜头都吃了几千年，都是用手剥或者用刀切，慢死了，而你只是用菜刀拍了两下，蒜头就跑出来了。'此事传出后，饭厅生意更火，'拍！拍！拍！'竟成了赞扬中国厨师技术高超的代名词。还有几名外国人在这家餐厅吃饭，点了份芝麻饼。当看到芝麻饼的时候，大为惊叹道：'这芝麻撒得密密麻麻、整齐有致，这需要花多少时间啊！且价格又这么便宜，真了不起！'当一些外国人看到这家餐厅的师傅'摇元宵'时，大气都不敢出一声。外国人见厨师把一团团豆泥、枣泥等放在装有糯米粉的大箩上摇来摇去，不用多久工夫，数十粒元宵就摇成了，每一粒元宵的大小都一样，又都是那么圆，外国人一个个看得目瞪口呆，赞不绝口。"

郝团长最后用了一段毛主席的话作为总结："人的正确思想是从哪里来的？是从天上掉下来的吗？不是。是自己头脑里固有的吗？不是。人的正确思想，只能从社会实践中来……无数客观外界的现象通过人的眼、耳、口、鼻、身这五个官能反映到自己的头脑中来，开始是感性认识。这种感性认识的材料积累多了，就会产生一个飞跃，变成了理性认识，这就是思想。"

六、虾米蛆虫分不清

1968年，我们部队接了一批甘谷、武山、天水兵。甘谷、武山，许多村庄不仅地理位置偏僻，且那里十分干旱，有些山上连草都不长，主要原因是缺水。在接兵时，当地农民给我们讲：这里的水贵如油，平时人们的饮用水，主要靠天下雨时，在低洼处积存一些窖水。他们对水十分珍惜，一般要经多种流程才消耗掉，如洗罢手脸再洗菜，洗罢菜后再洗锅碗，洗罢锅碗后再喂牲口，滴水不浪费已成习惯。由于缺水，许多青年找不到对象，被迫流落他乡。在如此缺水之地，不要说养殖水产品了，能靠天吃饱饭就谢天谢地了。

一日，新兵到达部队，新兵训练大队为欢迎新兵，做的是大米饭、红烧肉、牛肉炖土豆，外加番茄虾米汤。结果，吃饭时，有几位新兵闹情绪，不吃饭。这下可急坏了训练大队的领导，经初步分析，训练大队领导认为：新兵刚到部队，想家在所难免，便分头找新兵谈心、做思想工作。经谈话得知，新兵想家，这几乎是通病，这次不吃饭的主要原因是认为西红柿汤太不卫生，汤中虫子太多，看见就反胃、恶心。当训练大队领导查看了西红柿汤后，一下便明白了。于是，指导员把这几名新兵叫到一处讲：番茄虾米汤中的虾，产自山东、营养丰富，平时不舍得吃，是专为新兵特别准备做的一顿美味佳肴汤时，几位新兵竟激动得流出了眼泪，新兵抢着说："我们在家，只见过蛆虫，没见过虾，都怪我们不识货，错怪了领导的关心，我们一定努力学习，积极工作，不辜负领导的关心。"这件事看后，许多人难以相信，但这是实事，当时各连队都不同程度地发生过类似情况。不过，这也难怪，在滴水贵如油的山区，在当时流通不畅、环境封闭的条件下，连虾都没见过，又怎么能吃过呢？在此后的日子里，每逢再吃虾仁、虾米时，总有人逗笑说："这么多虫子，怎么能叫人吃呢？"顿时便传来欢快的笑语。

七、乘坐飞机出"洋相"

1975年，我们部队接了一大批四川绵羊、宜宾、南充等地市的新兵，直到1980年，这部分兵员，大部分才得以复员。负责退伍军人沿途军供工作的参谋张清太完成任务后，恰巧接到一封电报："因有急事，可乘飞机回队。"张参谋接到这封电报，心潮澎湃，异常兴奋。因为当时，不要说乘飞机了，就连停在地面上的飞机是个啥样也没见过，能乘次飞机，体会一下感觉，可是人生中的一大幸事，怎能不高兴呢！

乘坐飞机，给人的第一感觉是，飞机为什么能飞那么高又飞那么快？飞机刚起飞，给人的第二感觉是，坐飞机太刺激了，人的心都悬在半空。飞机升空飞稳后，给人的第三感觉是，飞机在空中飞那么快，但比乘坐汽车、火车还稳，端杯水都不外溢，太奇妙了。飞机飞稳后，乘务员首先给乘客讲了些乘机知识，当讲到紧急情况跳伞知识时，张参谋一阵紧张：心想："天啊！坐飞机还有危险呀！"但也无可奈何。之后，乘务员给每位乘客送来一杯茶水、一包口香糖、一盒火柴、两盒五支装中华烟及一个模型飞机纪念品。张参谋坐在飞机临窗的座位上，心情慢慢平复下来，时而向窗外张望，飞机在云上飞翔，自己像传说中的神仙，腾云驾雾，心里不由得产生一种美滋滋的甜蜜梦幻。

飞机飞行约一个小时后，张参谋突然感到有点内急，他两眼急忙巡视机舱，根据他查看的情况，认为飞机这么小，不可能有厕所。这时他想：坐飞机其实只是图个新鲜，还不如乘火车好，火车上有厕所，又能来回走动，还能不断地在车站停车，飞机能临时停吗？正在此时，乘务员走过来了，张参谋不好意思地问："乘务员同志，请问飞机上有厕所吗？"乘务员微笑着说："有呀！你是第一次乘飞机吧！"说完，乘务员用手指了指，示意厕所的方位。张参谋顺着乘务员指的方向，找到了厕所，进去一看，"啊"了一声，赶紧退了出来。心想："这哪是厕所啊？厕所比宾馆的厨房还干净呀？"再看看门口指示牌，确实是厕所。于是，张参谋再次走进厕所，仔细看了看，心想："不对劲啊！厕所有这么干净吗？四壁的墙面及顶部、地面都是锃亮锃亮，空气中没有一点臭味，四壁没有一点脏污痕迹，如果是厕所，脏污都跑到哪去了？万一脏污飞溅满身，多狼狈啊！"想到这里，张参谋再次从厕所退出来。他本来想找乘务员问个究竟，但又怕人家笑话他太"土"，不问吧，又无法"卸货"，感到浑身不舒服。他思来想去，犹豫不决。

飞机上就那么点地方，根据乘务员多年的经验，乘客的一举一动几乎都在乘务员的掌控之内。乘务员看到张参谋三进三出厕所又面带难色，心想："如果说他内急，早应解决了，如果说他没事，老进进出出厕所干啥呀？"于是，乘务员便走到张参谋面前问："同志，有什么需要帮助吗？"这时，张参谋已顾不得羞怯了，手指厕所直接说道："这是厕所吗？"乘务员干脆地回答："是！"张参谋又说道："我怎么看不像呀！如是厕所,那怎么使用啊！"乘务员听到这里，心里的疑惑方才解开。于是，乘务员耐心地给张参谋讲了讲厕所内所有设施的功能及操作方法，张参谋大开眼界，开了次"洋荤"。回队后，张参谋津津乐道地讲起乘坐飞机的前前后后，当讲到他三进三出厕所，乘务员差点把他当成"特务"进行密切监视时，在场的人早有人笑晕了。

林语堂说，人生在世，还不是有时笑笑人家，有时给人家笑笑。这话说得极好。因为，道出了生活的真谛。不过，大多数人都有一个习惯，常常喜欢笑话别人，却不愿被别人笑话。其实，这种心态完全没有必要。必须懂得，当你从事某项工作时，由于知识的欠缺，对事物的客观规律不够了解，出些"洋相"不足为奇。当别人笑话你的时候，也正是你增长知识之时。所以，在一定的条件下，敢于探索，不怕别人笑话你，正是你成才的阶梯。古人说：人只有学而知之，没有生而知之。俗话说：一回生，两回熟，经过三次成师傅。实践是检验真理的唯一标准，只有亲身经历实践，才能认识掌握事物发展的规律，了解事物内在的真谛。

前边，仅仅讲了接兵、送兵中的几则笑话趣事，其实，还有很多很多。讲的这些笑话趣事，虽然时间、地点、内容不同，但有一点相同，讲的都是一些稀松平常的小事，这些事放在现在，笑话根本不会发生。我写本篇文章的真实含意，不是为了逗笑取乐，而是为了使人们在笑中明白：在当时的条件下，由于认识事物的局限，产生这些笑话趣事是不可避免的，如果不是改革开放，这些笑话还会重复发生。改革开放后，人们的思想解放了，视野开阔了，生产力极大提高了，物质极大丰富了，东西南北流通了，上述这些笑话再不会发生了。说到底，还是改革开放好。

本文原载于《读此书益人生》中国言实出版社（2015）

心底无私天地宽

职务犯罪万千篇，成因皆为一个贪；

对症下药方治病，心底无私天地宽。

在我任大唐安阳发电厂纪委书记的十多年中，电厂没发生职务犯罪与严重违纪问题。任纪委书记时，曾积累、阅读、分析、整理职务犯罪案例一万余例，理出了职务犯罪一些规律，先后出版《警钟长鸣话清廉》《职务犯罪成因剖析》等书，被安阳市、河南省电力系统、中国大唐集团公司作为廉政教育资料。现将职务犯罪的部分原因进行概略分析，以期引起人们重视，对症下药，避免职务犯罪。

1. 理念动摇是滋生腐败的总病症

现在有些干部为什么犯错误，甚至堕落为社会的蛀虫和罪犯，归根到底，是理想动摇了，信仰滑坡了，为人民服务的思想淡化了，革命意志衰退了。把为人民服务变成为人民币服务，思想的扭曲导致了犯罪。理想信念是人的灵魂，是思想与行为的"总开关"，"总开关"出了问题，理想信念便会动摇、滑坡。理想信仰缺失或者迷茫，必然导致行为失范，最终堕入人生毁灭的深渊。

2. 放松学习是滋生腐败的顽症

许多大案要案证明，一些领导干部之所以堕落成为罪犯，一个重要原因就是放松了学习，放松了思想改造，放松了警惕，抵挡不住腐朽思想的诱惑。铁的事实证明，只有认真学习马列主义、毛泽东思想，树立正确的世界观、人生观、价值观，才能实践全心全意为人民服务的宗旨，才能经受住改革开放和发展社会主义市场经济的考验，过好权力关、金钱关、美色关、人情关，永葆共产党员的先进性和人民公仆的本色。反之，不读书、不学习，凭拍脑袋决策、拍胸膛保证、拍桌子下令，就会头脑不清、方向不明、违法乱纪、脱离群众，最终成为人民的罪人。

3. 忽视教育是滋生腐败的危症

使领导干部自觉拒腐防变，带头廉洁自律。必须要从思想道德教育这个基础抓起，不断夯实廉洁从政的思想道德基础、筑牢拒腐防变的思想道德防线。经对数千例职务犯罪案件进行分析研究，尽管其犯罪手段、特点多种多样，但其共同规律是：在实施犯罪的前、中、后，都有不同程度的心理矛盾和斗争，而这种心理矛盾和斗争又往往决定着是否犯罪或犯罪的大小。因此，在一些人实施犯罪前，如果能够通过现象，及时掌握思想情况，适时进行思想教育，有的放矢地采取一些行之有效的措施，及时遏制犯罪心理、犯罪行为的产生、发展，对遏制腐败的滋生和蔓延无疑会起到积极而有效的作用。

4. 失去监督是滋生腐败的死症

失去监督的权力必然导致腐败，绝对的权力必然导致绝对的腐败。严格监督的目的就是要制约权力的滥用，保证权力的正常运行、正确运用。分析一些大案要案原因，缺乏有效的监督是一个关键因素。造成监督不力的主要原因是，一些干部民主意识差，不愿接受监督；自身不廉洁，害怕监督；办事透明度低，不便监督；怕打击报复，不敢监督。试想，一个"上级监督不到，同级监督不了，下级不敢监督"的"一把手"，怎么能不产生腐败？

5. 制度缺乏是滋生腐败的绝症

制度适时而生，一般具有适时、超前、滞后的特点。对于当前，它具有适时性和一定程度的超前性，对于今后，往往又具有滞后性，其原因是，由于制度的相对稳定性和长期性，它不可能一成不变地适用于迅速发展的形势。因此，要与时俱进，让制度适应时代发展，必须不断建立健全、完善制度。制度的适时性、超前性为人们按章办事提供了依据，使人们的工作更加规范化、制度化、条理化，制度的滞后性不可避免地又为一些爱钻空子的人创造了条件和机会。任何腐败现象，从需要的产生到动机的实现，必须具备一定的条件和机会。这些条件和机会常常表现为制度的缺失、漏洞、执行不力等，但更可怕的是有章不依。

6. 疏于管理是滋生腐败的重症

疏于管理的主要原因：一是领导班子软，对出现的问题不仅不能见微知著，甚至还包着、护着，该批评的不批评，该查处的不查处；二是领导班子懒，高高在上，不深入实际，官僚主义严重，根本就发现不了问题，等闹出乱子才仓促应对；三是领导班子臭，自己的屁股不干净，不敢大胆管理严格要求，只怕拔出萝卜带出泥；四是领导班子差，思想水平差，工作能力差，难以驾驭全局；五是领导班子散，对存在问题的"熟人""能人""名人""要人"等，在处理时形不成拳头，瞻前顾后，不敢管理，疏之于宽，甚至迁就、姑息养奸。疏于管理的要害是怕得罪人，怕伤和气，怕丢选票，唯独不怕党的利益受损。疏于管理是十分有害的，他不仅损害了党和人民的利益，败坏了党风，同时也助长了腐败分子有恃无恐地犯罪。

7. 权钱交易是滋生腐败的重型炸弹

历史上的腐败现象，为害最烈的是吏治的腐败。权钱交易主要表现在买官卖官、官商勾结、办事收钱等方面，它严重地破坏了人力资源正常的、合理的使用调配；严重地破坏了市场经济公平的、公正的竞争秩序；严重地破坏了党与人民群众的血肉联系，破坏了为人民服务党的这一根本宗旨。贪官为什么热衷于买官卖官、官商勾结？根本问题是利益驱动。卖官者通过提拔、调整干部，政治上获得了敢于使用人才的"好评"；经济上大发了不义横财；组织上笼络了亲信、走卒。这等美事，何乐而不为？买官者通过升迁、重用，政治上提高了社会地位；经济上可以通过权力几倍地捞回成本；组织上有了靠山、保护伞，可谓一本万利，何乐而不买官？"用我的钱买你的权,用你的权为我捞更多的钱"。这是官傍大款、大款傍官、官商勾结的根本利益所在。

8. 权色交易是滋生腐败的糖衣炮弹

古往今来，一切有志有识之士，都能够把握自己，以沉醉于权力、金钱、美色为诫，而凡是沉迷于声色犬马，没有不玩物丧志的。权色交易、玩物丧志，这是腐败分子无法逃脱的一条铁律。一个善于行贿的案犯曾坦白地讲："对于不爱钱的干部，最好的行贿方式是先把女色塞进他的怀中，他有可能不爱钱，但有可能爱色。一旦接受了女色，他的权力就肯定要为女色而疯狂！这虽然是行贿的最阴险、最毒辣、最卑鄙的伎俩，但可悲的是这种伎俩往往得逞。因权而得色，因色滥用权，权、钱、色'三结合'，不知葬送了多少人的政治生涯，甚至连身家性命也搭了进去。"

9. 行贿之言是滋生腐败的定时炸弹

行贿与受贿是一对孪生兄弟，二者互相依存，行贿引发受贿，受贿后又引发渎职、滥用职权，形成衍生腐败的"犯罪链"。一行贿者曾公开讲：你有权，我有钱，你用手中的权捞我手中的钱，我用手中的钱买你手中的权，然后再用买到的权赚取更多的钱。一受贿者曾悲痛欲绝地讲："那些行贿人送来的不是钱，而是定时炸弹！这些人为了搞钱，不惜让别人家破人亡！希望各级领导干部认真吸取我的教训。"

10. 节日送礼是滋生腐败的隐形炸弹

中国是一个具有悠久历史文明的古国，向来讲究礼节，礼尚往来。然而，在新的历史形势下，有些人出于私利，充分利用逢年过节这一传统节日，行贿受贿，形成了"节日腐败病"，这是十分有害、十分可怕的。众多案例证实，这是行贿受贿者经过处心积虑的刻意谋划、导演、伪饰而成：节日送礼，一般被人认为人之常情；节日送礼，人来人往，一般不易被人察觉；节日送礼，有一种对违法犯罪冲淡的安全感；节日送礼，对行贿者或受贿者都有一个很好的"托词"，一般能达到送者泰然、收者安然，逢节必送、逢送必收的效果。

11. 不讲正气是滋生腐败的危险信号

中医理论著作《黄帝内经》中讲："正气内存，邪不可入。"对于腐败而言，只要一身正气，就能抵制住腐败的侵蚀。邪气主要有三：一是见钱就收，收"邪钱"；二是见色就迷，进"邪门"；三是见权就争，走"邪路"。结果是：收"邪钱"丢了骨气，进"邪门"堕入腐化，走"邪路"失了尊严，葬送了人的美好一生。坚持正义，树立正气是中华民族的优秀文化传统，是共产党人的政治本色、革命气节和精神支柱。正气是"防弹衣"，有了它，就能顶住"金弹""银弹""糖弹""色弹"进攻，就能永立不败之地。不讲正气，必然禁不住权、钱、色的诱惑，被歪风邪气所击倒。

12. 玷污小节是滋生腐败的慢性毒药

张瀚在《松窗梦语》中讲了这么一样事：张瀚初任御史，去参见都台长官王廷相，王廷相给张瀚讲了一个乘轿见闻。说他乘轿进城遇雨，一轿夫穿了双新鞋，开始时小心翼翼地循着干净的路面走，"择地而行"，后来轿夫一不小心，踩进泥水坑里，由此，便"不复顾惜"了。王廷相说："居身之道，亦犹是耳，倘一失足，将无所不至矣！"张瀚听了这些话，"退而佩服公言，终身不敢忘。"纵观许多贪官犯罪，也都曾是偶尔"湿了脚"，便"不复顾惜"了，最后走向犯罪。所以，欲善终，当慎始，就在于此。谈小节，要谈防微杜渐。微，是小的意思；渐，是逐步的意思。天下大事，能成之于"渐"也能败于"渐"。莫要小看这个"渐"字，其功力很深、很强。一些人往往对剧变看得清，对渐变看不见，认为细小不足道，小节不足拘，却不知小是大之根，大是小之果。

13. 晚节不保是滋生腐败的黄昏悲剧

现在有一种现象，在接近退休年龄，有的人感觉到自己快要退下来了，就放松对自己的要求，认为可以抓紧捞一把了，不然就没有机会了，结果走上了违法犯罪的邪路。主要原因是"有权不用，过期作废"的心理在作怪。一是认为已快到退休年龄了，政治上差不多已到头，趁有权之际在经济上捞一把，为自己留点后路；二是认为辛辛苦苦干了几十年，但过得太寒酸了，心理不平衡，想趁在位时捞些，做点补偿。因此，老同志要站好最后一班岗，保持晚节，留下优良传统；要珍惜自己的历史、荣誉，自重、自省、自警、自励，自觉保持晚节，"春蚕到死丝方尽""要留清白在人间"。各级领导干部一定要树立正确的世界观、人生观、价值观，永葆共产党员的先进性，把一生献给党。否则，奋斗一辈子，临老丧晚节，实在是人生最大悲剧。

14. 骄傲自满是滋生腐败的宜生土壤

在党的七届二中全会上，毛泽东主席向全党发出"务必使同志们继续地保持谦虚、谨慎、不骄、不躁的作风，务必使同志们继续地保持艰苦奋斗的作风"的号召，指导全党、全国人民取得了一个又一个的伟大胜利。坚持"两个务必"教导，不仅具有历史意义，更具有现实指导意义。春秋战国时代魏公子牟曾总结出"官周率"，大意是：当了官就有了权力，有了权力就有人巴结、送礼行贿，送礼行贿的多了就必然要发财，财大气粗必然要骄奢淫逸，骄奢淫逸必然要走上犯罪的道路，罪大恶极必然要被判处死刑。骄傲和放肆，必然会把自己害死。

15. 贪图安逸是滋生腐败的舒适温床

"历览前贤国与家，成由勤俭败由奢。""古往今来，一切有志有作为之士，都能够把握自己，以不沉醉于权力、金钱和美色为诫，而凡是沉迷于声色犬马，没有不玩物丧志的。"1936年美国名作家斯诺到延安采访，当他看到毛泽东住在十分简陋的窑洞里；看到周恩来睡在土坑上；看到彭德怀穿的背心竟是缴获的降落伞改的；看到林伯渠的眼镜腿断了，用绳子系在耳朵上还是将就着戴……斯诺从革命家俭朴的生活上，发现了一种伟大的力量——"东方魔力"。于是，他在《西行漫记》书中断言，这种力量是兴国之兆，胜利之本。从古至今，大量铁的事实告诉我们：艰苦奋斗与清正廉洁为伍，贪图享乐与腐化堕落为伴，艰苦奋斗是我党的传家宝，只有不断发扬党的优良传统，才能永立不败之地。否则，必腐无疑。

16. 亲情扭曲是滋生腐败的家庭挽歌

唐代诗人罗隐的两句诗："国计已推肝胆许，家财不为子孙谋。"在改革开放的大潮中，有些人被亲情扭曲，过不了"亲情关"，有的利用职权直接为子女谋财聚钱；有的"曲线"为子女谋取钱财；也有的子女利用老子的权势，公开谋取私利，收受贿赂；还有的父子合伙弄权谋财演"双簧"，子女前台"表演"，老子后台操纵、纵容、支持、庇护；更有甚者，有的为给子女留取不义钱财，不惜冒杀头坐牢之风险，甚至狂妄地讲："杀头不要紧，只要主义真，死了我一个，幸福几代人"。这些人视党纪国法如儿戏，其结果，老子犯了法，子女犯了罪，败坏了党风，坑害了国家，毁了家庭，害了子女，也害了自己。

17. 放弃批评是滋生腐败的黑色空间

一个革命政党，就怕听不到人民的声音。北宋时苏东坡有句名言："千夫诺诺，不如一士之谔谔。""良药苦口利于病，忠言逆耳利于行。"好人主义与好人则有原则性区别，好人主义的实质是自由主义，要害是不讲原则、放弃原则，事事奉行"好、好、好，是、是、是。"它的主要表现是：多栽花，少栽刺，留点人情好办事；多吃豆腐营养好，少提意见印象好；讨好领导保官帽，讨好群众为选票。由于有种种错误认识，从表面看，往往是一团和气，你好我好大家好。它奉行的规则是：对下级的问题，总是捂着、盖着、瞒着、包着；对上级的问题，总是捧着、吹着、拍着、溜着；对同级的问题，则是护着、抬着、让着，抱着事不关己，高高挂起，明知不对，少说为妙的态度。它的危害是以牺牲党的原则为前提，把个人得失放在党的利益之上，其结果是损害了党的形象，损失了国家钱财，使个别同志的错误因没及时得到纠正而一错再错，甚至跌入罪恶的深渊。

18. 求神拜佛是滋生腐败的精神鸦片

共产党人应坚信马列主义，坚信共产主义，坚信党的根本宗旨。求神拜佛，虽然佛不佑腐，但助长了贪婪、侥幸心理，损害了党的形象，败坏了社会风气，个人在腐败的泥潭里只会越陷越深。我们是无神论者，世上从来就没有什么鬼神，贪官信神信鬼，求仙拜佛，剥开他们的画皮不难看出，他们并不是真正崇拜鬼神，他们真正崇拜的是升官、发财，他们想借助鬼神这种虚无的梦幻，来实现当大官、贪大钱，侵吞人民的血汗，这才是他们崇拜鬼神的真正目的。现将一些案例向人们昭示，你便会相信：神鬼自古不存在，苍天从来不佑"腐"。

19. 财色诱惑是滋生腐败的温情陷阱

诱惑，古今中外，在政治、经济、军事等领域，从没停止使用。诱惑，是实施某一计划的温情陷阱，它具有更大的隐蔽性、欺骗性。抗拒诱惑，它的实质是一场意志与欲望的较量。在当前市场经济的大潮中，一些别有用心的人，为达到个人目的，不惜用金钱、美女引诱，使一批批干部前"腐"后继，足以引以为戒。古人云："贪如火，不遏则燎原；欲如水，不遏则滔天。"因此，禁不住诱惑走向犯罪，根本原因是自己打败了自己。

20. 有法不依是滋生腐败的并发症

要讲法制，真正使人人懂得法律，使越来越多的人不仅不犯法，而且能积极维护法律。纵观当前一些大案要案，确有不少不学法、不知法、不懂法而犯法者，有的甚至犯了罪还不知道触犯了哪条法律，像这样的情况不是个别，实在是一种悲哀。

21. "官本位"是滋生腐败的冷面杀手

"官本位"，一般来讲，是以"官"作为基本的价值尺度来衡量一个人的自身价值和社会地位。"官本位"是封建社会官职制度的产物，"学而优则仕"是"官本位"的根本特征。现在，人们眷恋"官本位"的基本原因：一是以官划线，"官位"升值；二是官的待遇高，含金量高。由此，诱导了一些人"跑官""买官""混官""争官"等。现在，个别领导干部官僚主义十足，不体察民情，不倾听民声，却十分喜欢下属谄媚的笑声、台下如雷的掌声、金币悦耳的撞击声、女人放荡的淫笑声。而对于人民群众，则横眉冷对，百般刁难，失人心，失民意。高高在上，脱离人民，当官做老爷，必将为人民所唾弃。

22. "小金库"是滋生腐败的无底黑洞

"小金库"俗称叫账外资金。1995 年，财政部、审计署、中国人民银行联合下文规定：凡违反国家财经法规及其他有关规定，侵占、截留国家和单位收入，未列入本单位财务会计部门账内或未列入预算管理，私存私放的各项资金，均属"小金库"。社会曾流传："小酒盅"乱党风，"小秘书"乱家庭，"小金库"

乱财政。实践证明，"小金库"的确危害很大，害人、害己、害国家，是滋生腐败的温床。"小金库"有直接联系。"小金库"已经由"灰色腐败"转化为"黑色腐败"，它不仅加剧了不正当竞争，而且极易引发腐败现象和职务犯罪。"小金库"像臭豆腐，闻起来臭，吃起来香。"小金库"用起来方便，不受制度约束，不受财务监督，上能讨好领导，下能笼络感情，更为个人贪占大开了方便之门。"小金库"是肌体上的"恶性毒瘤"，是财经管理上的"黑客"，是诱发职务犯罪的土壤和温床。因此，根除"小金库"，必须像割除身上的毒瘤一样，痛下决心，斩草除根，否则，它就会威胁健康的肌体，甚至危及生命安全。

23. "一把手"腐败是滋生窝案的防空洞

"龙头怎么甩，龙尾怎么摆"。"一把手"的言行是下属的向导、示范，如果"一把手"腐败，下属就会效仿；如果"一把手"廉洁，下属就不敢腐败，就是极个别腐败，也很难形成窝案。当前，为什么一些单位的腐败现象一窝窝、一串串、一条条、一片片？主要是"一把手"为政不廉，带坏了班子，带坏了队伍。如买官、卖官，买官者掏钱买了官，当了官后就要拼命捞回来，并且依靠保护伞毫无顾忌地捞；卖官者卖官挣了钱，又搜罗了一批心腹，贪污的胃口更大，这样势必造成行贿受贿恶性循环。大小都是官，你贪我也贪，一旦出了问题，便会官官相护，一旦拔出萝卜，便会带出泥来，查出一个，带出一窝。"兵坏坏一个，将坏坏一窝。""一把手"的示范作用十分重要，绝不能等闲视之。

24. 交友不慎是滋生腐败的加速器

明代学者苏浚在《鸡鸣偶记》中把朋友分为四类："道义相砥，过失相规，畏友也；缓急可共，生死可托，密友也；甘言如饴，游戏征逐，昵友也；利则相攘，患则相倾，贼友也。"这是古人对交友的实践总结。作为领导干部，更要慎重交友，冷静交友，从善交友，择廉交友，否则，便会被别有用心的所谓"朋友"拉下水，遗恨终生。"朋友害朋友，害得更得手。"对于狐朋狗友来讲，他们看中的是你的官位，有的想升官，有的想发财，有的求你办事，有的靠你的权势胡作非为，哪里有什么真正友谊可言。因此，结交朋友，交之不慎，就会成为走向腐败的加速器。官员傍大款，大款傍官员，说穿了，这根本没有什么真正友谊，只不过是权钱交易的一种"黑色人情"。

25. 为妻不廉是滋生腐败的助推器

广州市海珠区检察院历经近一年时间，抽样调查了85名行贿人和70名受贿人，调查结果显示：行贿人在给行贿对象的家属钱物时，如遇家属拒绝，77.8%的人会放弃继续行贿。领导干部贪污、受贿、挪用公款等经济领域里的犯罪，不可否认的主要责任在自身，是自己打败了自己，但大量案例证明，管好家人也是一个不可忽视的重要问题。有不少干部的家属常吹"枕边风"，甚至助纣为虐、推波助澜，以自己的贪婪打倒了自己的丈夫，不能不引起各级领导的极大关注。一市委书记因受贿被执行死刑，在被枪毙前半个小时说："我如果有一个好的爱人的话，如果她及时提醒我，我不会落到这个地步。"贪婪的爱人是可悲的、可怕的、可恶的，她不仅是另一半的掘墓人，也是家庭悲剧的导演。

26. 不良嗜好是滋生腐败的敲门砖

人有七情六欲，嗜好，把握得当，可助人身心健康，提高工作和生活质量，反之，则适得其反。有则《酒色财气歌》曰："酒色财气四堵墙，围成牢笼把人装，谁能跳出墙外边，平安无事乐无疆。"古人曾讲：贪权落陷阱，贪财入孔方，贪色入圈套，贪名要遭殃。一个人，一旦对权、财、色过分痴迷，欲壑难填，迟早会身败名裂。福建惠安县有位臭名远扬的包工头，仅上过三年小学，当初怀揣5000元到湖北闯天下，他以"爱财者送钱，猎艳者送色"，先后将湖北省42名干部"击"倒，他总结出："不怕工程搞不到，就怕领导没嗜好。"

27. 吃喝玩乐是滋生腐败的突破口

广州市海珠区检察院历经近一年时间，抽样调查了85名行贿人和70名受贿人，调查结果显示：56.2%的行贿人选择约请对方外出吃饭或参加其他娱乐活动，在这些地方氛围轻松，容易沟通，受贿对象更易放松警惕。这一调查结果明确提示，不要以为吃一顿、玩一会、乐一阵没啥关系，其实，吃喝玩乐正是极易滋生腐败的温床、突破口。现在有些人的精神似乎不正常，将吃喝玩乐搞得非常邪乎，吃得胆战、喝得心惊、玩得肉麻、乐得下流。因此，"革命小酒"天天醉的酒场，生猛禽兽不惜胃的吃场，朝秦暮楚都是爱的情场，暗无天日不嫌累的赌场等，是到该清醒该结束的时候了。

28. 歪理邪说是滋生腐败的遮羞布

鲁迅所作的《阿Q正传》，寥寥几笔，便把阿Q的丑恶心理刻画得淋漓尽致。如今的腐败分子，"阿Q谬论"不仅仍然存在，还有所创新发展，成为腐败分子的遮羞布。如行贿者说："不行贿就办不成事。"受贿者说："不受贿，关系僵了无法开展工作。"这与"和尚动得，我动不得？"有什么两样？贪官，都曾有一番歪理邪说，用意无非有两种，一是案发前的遮羞布，二是案发后的狡辩。这些歪理邪说有的是有感而发，有的是真情流露，有的是装疯卖傻。不管属于哪种情况，最终难逃法律制裁。

29. 丧失人格是滋生腐败的跟屁虫

一些名人志士常讲：一个国家要有名气，一支军队要有士气；一个民族要有骨气，一个人要有志气。金钱如粪土，人格值千金。一个人活着，如果连起码的人格都不要了，还有什么面目活在世上？然而，现在确实有一些人要钱不要脸，丢国格、丧人格，演绎出一幕幕遗臭万年遭人唾骂的丑闻。"诱饵之下，必有死鱼"。给你送钱、送色，都有不可告人的目的，他们讲得再动听，也是一个"诱饵"。"诱饵"一旦把你咬住，你就摆不脱、甩不掉，违法违纪的事也得给人家办，刀山也得上，火海也得冲，陷阱也得跳，叫人摆布，任人宰割，哪还有一点人格可讲！

30. 丧失自由是腐败者的最终结局

生命诚可贵，爱情价更高；若得自由故，二者皆可抛。裴多菲的这首诗虽只有二十个字，但却深刻道出了人生真谛，丧失了自由，就丧失了一切，自由比什么都宝贵。失去的东西才知道是最珍贵的东西。有些贪官污吏，弄权弄钱，贪赃枉法，触犯党纪国法，受到法律制裁，失去自由，才深刻体会到：最大的痛苦是丧失自由，最渴望的东西是早日自由，他们深感："最宝贵的莫过于自由。"

"自由比什么都好"。现在读读罪犯在狱中的忏悔，也许你真能体会到：自由是人生最宝贵的，失去自由是人生最痛苦的。假如你真能读懂这一点，也许你就不会犯罪了。

本文获 1999 年全国电力系统纪检监察论文二等奖

惩防并举防为先

万恶之源皆因贪，人民利益重如山；

教育监督与惩处，惩防并举防为先。

1986 年 3 月，我转业到安阳电厂，先隶属于能源部，后隶属于中国大唐集团公司。先后任副厂长、纪委书记。在任纪委书记的十多年中，安阳电厂由于党政齐抓共管，教育、制度、监督并重，坚持"四色教育"：红色教育（参观革命圣地、学英模事迹）、黑色教育（参观监狱、犯人现身说法教育）、粉色教育（捐助希望小学）、绿色（到农村访贫问苦），教育形式多样、灵活，易接受，效果明显，连续十多年没发生职务犯罪问题。与此同时，还开创了外部人员来厂干活先进行遵纪守法教育及共签廉洁合同教育；并先后开创"职务犯罪现身说法教育""参观监狱教育""经济犯罪庭审教育"等先例，曾先后被《中国纪检监察报》、河南《午间新闻》、安阳《剑与盾》刊载、播放，为廉政教育开创了新途径。曾被安阳市、河南省电力系统、大唐集团公司多次评为先进单位。

腐败是社会的一大毒瘤，是人民的公敌，是党的优良作风的腐蚀剂，腐败不除，党无宁日，国无宁日。经认真学习党的反腐败历史、反腐败理论、方针政策、法律法规及反腐败实践和成果，现浅析遏制腐败的点滴体会。

一、"讲学习"是遏制腐败的前提

中央反复号召："全党的各级干部，首先是领导干部，在繁忙的工作中，仍然有一定的时间学习，熟悉马克思主义的基本理论，从而加强我们工作中的原则性、系统性、预见性和创造性。只有这样，我们党才能坚持社会主义道路，建设和发展有中国特色的社会主义，一直达到我们的最后目的，实现共产主义。"在新的历史条件下学什么，怎么学，更重要的是指出了学习的最终目的。领导干部要讲学习、讲政治、讲正气时，是把学习放在第一位来强调的。学习是个前提，不学习，政治上就不可能成熟，就不可能自觉改造自己的主观世界。许多大案要案证明，一些领导干部之所以堕落为罪犯，一个重要原因就是放松了学习，放松了思想改造，放松了警惕，抵挡不住腐朽思想的诱惑。原江西省副省长胡长清因行贿、受贿等被判处死刑，在谈到犯罪原因时曾说："搞学习是为了应付工作，装饰自己，看文件一目十行，听文件一听了之。由于学得少、学得浅，头脑空虚，思想就贫乏。"台州市原市长孙炎彪曾是"全国百名人民好公仆"，因犯受贿罪被判处死缓，在悔过书中写道："犯罪的原因，是放松了学习，放松了对自己的思想改造。对党章、法律，扪心自问学习了多少？又弄懂记牢了多少？实际上是马马虎虎，看过算数，心中不甚了了。"

铁的事实证明，只有认真学习马列主义、毛泽东思想、才能树立正确的世界观、人生观、价值观，才能树立共产主义远大理想、信念，才能实践全心全意为人民服务的宗旨，才能经受住改革开放和发展社会主义市场经济的考验，过好权力关、金钱关、美色关、人情关，永葆共产党员和人民公仆本色。反之，不读书、不学习，凭拍脑袋决策、拍胸膛保证、拍桌子下令，就会头脑不清、方向不明、违法乱纪、脱离群众、最终成为人民的罪人。

二、树立正确的世界观是遏制腐败的根本

毛泽东主席说过，世界观的转变是一个根本转变。树立正确的世界观、人生观、价值观，就是要有远大的社会主义理想和信念，要有全心全意为人民服务的精神。有了这种理想、信念、精神，就能顶住腐朽思想的侵蚀。邓小平同志讲："为什么我们过去能在非常困难的情况下奋斗出来，战胜艰难万险使革命胜利呢？就是因为我们有理想，有马克思主义信念，有共产主义信念。"现在有些干部为什么犯错误，甚至堕落为社会的蛀虫和罪犯，归根到底，是理想动摇了，信仰滑坡了，为人民服务的思想淡化了，革命意志衰退了。有人甚至认为理想理想，有利就想；前途前途，见钱就图，把为人民服务变成为人民币服务，思想的扭曲导致了犯罪。

湖北省原副省长孟庆平违法被捕在狱中讲："当上副省长期间，放松了学习，放松了思想和世界观的改造，在改革开放的大潮中，失去了警惕，把握不住自己，经不起金钱、美女的诱惑，走上了腐化堕落的犯罪道路，这是我犯错误的根本原因。"海南省原东方市委书记戚火贵因受贿罪被判处死刑时悔恨地讲："我当书记期间，放松了对世界观、人生观的改造，个人腐朽思想严重，把人民交给的权力用来谋私利，最终成了人民的罪人。"

上述两名罪犯，官非不大也，钱非不够也，受党教育非不长也，然而，却栽倒在钱眼里。究其原因，是没有树立正确的世界观、人生观、价值观。有些人犯了罪，强调这个客观原因、那个客观因素，其实都是在为自己辩护。毛泽东同志在"矛盾论"一文中告诉我们，外因是变化的条件，内因是变化的根据。外因通过内因而起作用。有些罪犯犯罪尽管有这样那样的客观因素，但最根本的因素是自己的世界观、人生观和价值观出了问题。因此，在当前伟大的社会变革中，只有认真学习，牢固树立正确的世界观、人生观、价值观，才能从根本上遏制腐败的滋生蔓延。

三、抓好思想教育是遏制腐败的基础

毛泽东主席曾教导我们：掌握思想教育，是团结全党进行伟大政治斗争的中心环节。"反对腐败是关系党和国家生死存亡的严重政治斗争。"适时地进行思想教育，保持党的先进性、纯洁性，这是遏制腐败的基础。放松了教育，就会使一部分人丧失政治鉴别能力，分不清好与坏，对与错，美与丑，就会犯罪。邓小平同志曾说："要教育全党同志发扬大公无私、服从大局、艰苦奋斗、

廉洁奉公的精神，坚持共产主义思想和共产主义道德。党和政府是实行各项经济改革和对外开放的政策，党员尤其是党的高级负责干部就越要高度重视、越要身体力行共产主义思想和共产主义道德。否则，我们自己在精神上解除了武装，还怎么能教育青年，还怎么能领导国家和人民建设社会主义！"据某校抽样调查，四分之三的人愿当和坤，不愿当刘罗锅。认为和坤活得潇洒，有金钱美女，刘罗锅活得太累、太清贫，青少年的这种认识也是当前领导干部腐化堕落原因的一个缩影。三湘第一贪胡德元因贪污受贿被判死刑，他24岁任副处长，43岁任副厅级干部、在厅级位子上干了19年，但晚节不保。不满40岁的原锦州市开发区公安局副局长上任200多天，竟贪污2000多万元。这些惊心动魄的案例提醒我们，在改革开放的新形势下，必须采用不同形式对广大青、中、老年干部进行思想教育，否则，难以抵御腐朽思想侵蚀。从目前干部的结构看，也正处于新老交替之际，新中国成立前参加革命工作的老同志，虽然经过一些马列主义教育，但基本已离休，新中国成立初期参加革命工作的，正在逐步退出工作岗位，有些虽然在位，但有部分干部的思想素质已不适应新形势的要求，在反腐败中，出现的一些"五九现象"就是一个很好的说明。一些新成长起来的年轻干部，由于对党的历史了解不够，缺乏艰苦环境的锻炼，思想上、政治上还不够成熟，对党的理论、政策学习不够，甚至忘记党的宗旨，禁不起考验，以权谋私，违法乱纪，堕落成腐败分子、犯罪分子。因此，实现党风根本好转，必须从教育入手，首先要抓好理想、信念教育。理想的动摇是最危险的动摇，信念的滑坡是致命的。基础不牢，地动山摇，只要我们抓好了理想、信念教育这个首要问题，树立正确的世界观、人生观、价值观，就能在大是大非面前站稳脚跟，"任尔东西南北风，咬定青山不放松""常在河边走，就是不湿鞋"。

四、艰苦奋斗是遏制腐败的法宝

艰苦奋斗是我们的传统，提倡艰苦创业精神，也有助于克服腐败现象。艰苦奋斗与清正廉洁为伍，贪图享受与腐败堕落为伴。改革开放以来，我国的现代化建设取得了令人瞩目的成绩，人民的生活水平不断提高。然而，一些领导干部艰苦奋斗的精神也开始淡薄，贪图享受，不愿再过艰苦的思想开始滋长，有的甚至以权谋私、贪污受贿、奢侈浪费、腐化堕落、讲排场、比阔气，日益严重的个人主义、享乐主义、拜金主义腐蚀了一批批领导干部、令人触目惊心。

艰苦奋斗是中国共产党的光荣传统，是保持同人民群众密切联系的一个法宝，也是一个干部、特别是领导干部必须具备的基本政治素质，过去干革命需要艰苦奋斗，今天搞社会主义现代化建设，同样要靠艰苦奋斗。

回顾我党的成长壮大历史，每一个阶段都离不开艰苦奋斗。第五次反"围剿"失败，靠艰苦奋斗胜利进行了两万五千里长征；抗日战争时期，党领导八路军、新四军开展了大生产运动、粉碎了敌人封锁、取得抗日胜利；中华人民共和国成立前夕，毛泽东同志告诫全党要警惕资产阶级糖衣炮弹的攻击，务必保持艰苦奋斗的作风，使新中国以崭新的面貌屹立在世界舞台上；三年经济困难时期，以毛泽东为首的中央领导艰苦奋斗、闯过了难关。实践证明，我们党的成长进步，时刻离不开艰苦奋斗。

历览前贤国与家，成由勤俭败由奢。大量事实证明，沉醉于金钱美色的，没有不玩物丧志的。因此，我们必须时刻保持艰苦奋斗的传统。坚持这个传统才能抵住腐败现象。

五、全心全意为人民服务是遏制腐败的必由之路

党的各级领导做任何事情，都要把"人民拥护不拥护""人民赞成不赞成""人民高兴不高兴""人民答应不答应"作为出发点和落脚点。毛泽东同志在"为人民服务"一文中指出："我们这个队伍完全是为着解放人民的，是彻底地为人民的利益工作的。"党的章程开宗明义指出："中国共产党是中国工人阶级的先锋主义，是中国各族人民利益的忠实代表；是中国社会主义事业的领导核心。"全心全意为人民服务，一刻也不能脱离群众，一切从人民的利益出发，是马列主义人生观的核心和灵魂，是我们党的根本宗旨。

全心全意为人民服务、必须关心人民、热爱人民、兢兢业业为人民服务，坚决同危害人民利益的言行作斗争。在改革开放的历史形势下，有些党员干部淡化或背叛了为人民服务的根本宗旨，利用人民赋予的权力大搞权权交易，权钱交易，权色交易，"一切向钱看""处处为人民币服务"，大肆贪污、受贿、吃喝玩乐，奢侈浪费。有段顺口溜为这些干部画了个像："上午坐着车子转，中午围着酒桌转，晚上围着裙子转，夜间围着麻将转；一支烟半斤油，一口酒半头牛，一个屁股半栋楼。"这种严重的腐败现象，为人民深恶痛绝。大量事实表明，为人民服务的思想一旦扭曲，必然走上犯罪道路。如果我们的党员干部都像孔繁森那样，视人民为父母，把人民当亲人，与人民同吃同住同劳动，在阿里两年，行 8 万公里调研民情，收养了 3 个孤儿，卖血 900 毫升助孤儿上学，临死只留下 8.6 元钱，有了这种高尚品德，是绝不会贪污受贿的。因此，必须时刻带头吃苦、甘于奉献，有"先天下之忧而忧，后天下之乐而乐"的精神，绝不能把人民赋予的权力当作自己和家庭成员谋取私利的手段。

六、"讲正气"是遏制腐败的强大思想武器

毛泽东同志曾教导我们，我们有批评和自我批评这个马克思主义思想武器，我们能够去掉不良作风，保持优良作风。理论联系实际，密切联系群众，批评与自我批评，这是我党三大作风，过去靠三大作风，建立了新中国，现在反腐败，三大作风仍然是战胜腐败的强大思想武器。

批评与自我批评，是我党区别其他政党的显著标志之一，也是保持党的先进性，增强战斗力的有力武器。"讲正气"，"要开展批评与自我批评，要有这种风气"。只有这样，才能弘扬正气，打击邪气。当前，腐败现象比较严重，这与不敢"讲正气"也有很大关系。确有一些党员领导干部，好人主义严重，对邪气不敢抓，睁一只眼闭一只眼，看见就当没看见，批评别人提提希望，自我批评谈谈感想，怕动真的、怕丢面子、怕伤感情、怕失选票、怕"穿小鞋"、怕丢位子等，这无形中助长了邪气上升。红塔集团总会计师罗以军在悔过书中

讲："褚时健提出私分300多万美元时，我觉得不妥，但褚时健的话是'圣旨'，明知不对也不敢阻挡。"结果，加速了褚时健的犯罪，罗以军也进了监，当时，如果罗以军以一身正气顶住不办，褚时健、罗以军也不至于落到今天这步田地。

"讲正气"应"惩治腐败与扶持正气相结合。在坚决克服腐败现象，惩处腐败分子的同时，要大力宣传和表彰廉洁奉公、勇于同腐败现象作斗争的先进典型，弘扬勤政为民，艰苦奋斗、乐于奉献的新风尚。"惩治腐败，打击其嚣张气焰，是对正气的扶持；宣传先进、表彰先进，同样是对正气的扶持。现在有一种不好的风气，先进典型难当，认为先进是"傻瓜、笨蛋、土八路，不懂生活"。认为腐败是"精明、能人、会办事、会生活"。这些错误的思想必须彻底扭转。

弘扬先进典型，是导向、是旗帜、是教材。要理直气壮地宣传先进、支持先进、绝不能让先进流血又流泪。黄继光、董存瑞、时传祥、王进喜、雷锋、焦裕禄、李润五、孔繁森等，各个时期的先进典型代表、激励了一代代为国努力奋斗的志士，成为时代的楷模。因此，"讲正气"必须正确运用批评与自我批评这一武器，弘扬正气、打击邪气，并把这一工作经常性地抓紧抓好，不管任何时候，"对领导干部一定要严格要求、严格教育。一旦发现干部中有了不良苗头要及时提醒，认真帮助，出了问题一定要果断、严肃处理。还要针对领导干部中可能出现的问题，早打招呼，把哪些能做、哪些不能做，什么必须坚持、什么必须反对等要求，明白无误地讲清楚，并严加督促。"这一经常性的工作抓好了，正气上升了，邪气自然下降，党风廉政建设必然好转。

七、制度落实是遏制腐败的有效措施

自中央开展反腐败斗争以来，制定了不少反对腐败，加强党风廉政建设的重大措施。诸如《党内监督五项制度》《廉政准则》《党风廉政建设责任制》《党纪处分条例》《厉行节约，制止奢侈行为若干规定》《政府采购制》《政务公开制》《收入申报制》《收受礼品登记制》《领导干部报告个人重大事项制》等。

这些制度的建立健全，对反对腐败、遏制腐败、促进领导干部廉洁自律起到了重要作用。

毛泽东主席教导我们，如果有了正确的理论，只是把它束之高阁，并不实行，那么这种理论再好也是没有用处的。当前，反腐败制度不少，条规很好，可为什么一些消极腐败现象仍然屡禁不止，有的情况还日趋严重，一个重要原因就是有些地方和单位对抗中央指示，大搞"你有政策，我有对策""遇到红灯绕道走""县官不如现管"等，对中央政策不抓落实，另搞一套，独霸一方，称王称霸，独断专行，随心所欲，大搞什么"我就是政策，我就是制度"。广西桂林四任地委书记腐败，铁道部两位副部长"前赴后继"入狱，首钢一度蛀虫成串，泰安前市委全军覆没，衡阳供电局三任局长连续受贿落马，前任刑期没满，后任紧跟入狱，这些问题说明了什么？如果各项规章制度认真执行，狠抓落实，绝不会出问题，就是亡羊补牢，也不会在同一单位接二连三出现同一问题。有段顺口溜对一些不抓落实的干部进行讽刺："村骗乡，乡骗县，一直骗到国务院，国务院，抓实干，针对问题下文件，文件下到乡和县，县乡干部开会念，念罢文件就算完，不抓落实不实干，原来咋办还咋办。"因此，有了好的制度，关键要抓落实，制度再好，不抓落实，有什么用？常言讲："一次实际行动，胜过一打纲领"。"篱笆扎得紧，野狗钻不进"。制度落实了，抓严了，腐败分子就无孔可钻，想贪没有胆，有胆没机会，有机会没法伸手，伸手必被捉。

八、选用好领导干部是遏制腐败的决定因素

毛泽东主席曾讲："政治路线确定之后，干部就是决定因素。"人是万物之首，一个单位的领导既是众人中的一员，又是众人的带头人，领导干部的素质不仅影响着广大民众，也关系到一个单位、一个地区的兴衰。当前，腐败现象方方面面，为什么一些单位的腐败现象一窝窝、一串串、一条条、一片片？主要原因是选拔干部、使用干部不当。如买官、卖官，买官者掏钱买了官，当了官后就要拼命捞回来，并且依靠保护伞毫无顾忌地捞，卖官者卖官挣了钱，又搜罗了一批心腹，贪污的胃口更大，这样势必造成行贿受贿恶性循环。大小都是官，你贪我也贪，一旦出了问题，便会官官相护，查出一个，带出一窝。如查处广西玉林原市委书记李秉龙行贿受贿案时，一位实权人物对办案人员讲："不要拔出萝卜带出泥，即使带出泥，也要掰掉放回原处。"后在中纪委坐镇指挥下，李秉龙带出了广西政府副主席徐炳松。河北巨鹿原县委书记刘欣年总结行贿受贿"三点法"：你送我一点点，我收一点点，我再往上送一点点。这种公开的腐败宣言，是腐败恶性循环的真实写照。福建政和县原县委书记丁仰宁买官卖官案，涉案干部达200多人。朱胜文一案，涉嫌200多人，正式立案68起，涉厅局级8人，县处17人。触目惊心的案例告诉我们，上梁不正下梁歪，选好领导干部是遏制腐败的决定因素。领导干部选好了，才能管好自己管好爱人，管好亲友和子女，管好班子和部属，管好单位和地区。从严治党，首先要治理好班子和领导干部。把这个关键抓住了，抓好了，才能在下级、在基层、在群众中有说服力，才能把从严治党的各项工作做好。一级管好一级、一级带动一级，一直抓到支部、抓到党员。领导干部是领导班子中的一员，只有选好各级领导干部，才能充分发挥领导班子的中心领导地位，发挥支部的战斗堡垒作用，发挥干部的表率作用，发挥党员的先锋模范作用。因此，各级党组织对领导干部的选拔任用一定要严格把关。选贤任能，事关重大。

九、实施有效的监督是遏制腐败的关键

失去监督的权力必然导致腐败，绝对的权力必然导致绝对的腐败。严格监督的目的就是要制约权力的滥用，保证权力的正常运行，正确运用。分析一些大案要案原因，缺乏有效的监督也是一个关键因素。造成监督不力的主要原因是，一些干部民主意识差，不愿接受监督；自身不廉洁，害怕监督；办事透明度低，不便监督；怕打击报复，不敢监督。原泰安市委书记胡建学讲："在中国，做官做到局一级，实际上就没人管了"。这是缺乏监督的佐证。山东莒南电力公司经理邓兰英在中层干部会上讲："谁告我，我就罚谁倾家荡产。"原鲁南石

膏集团总经理满功章公开讲："谁不听我的，给我滚！"使人不敢监督。广东食品集团公司总经理谢鹤亭讲："什么事都经党委讨论，还要我这个法人代表干什么？"公开拒绝监督。贪官新乡原市委书记祝友文非法指使公安机关截扣群众举报信200多封，并对举报人进行追查。失去监督必然导致腐败，正如江苏连云港法院原院长黄松仁在悔过书中所讲："无人监督是我打开堕落大门的钥匙。"黄松仁的这句忏悔的话不能说没有道理。

对领导干部一定要严格监督。要纠正干部工作重选拔使用，轻任后监督的现象。不管是谁，有了问题都要严肃对待，加大监督力度，特别要加大主动监督，把监督的关口往前移，加强事前防范。要下决心改进和加强监督工作，努力做到领导干部的权力行使到哪里，领导活动延伸到哪里，党组织的监督就实行到哪里。实施有效监督，必须加大力度，超前防范，严格监督，贯彻始终。既要发挥党纪监督、政纪监督、人大监督的作用，也要发挥群众监督、舆论监督、民主党派和无党派人士的监督的作用，形成强有力的监督网络。同时，也要大力宣传监督的地位与作用，制定相应措施，增强各级领导干部自觉接受监督，服从监督的意识。

十、从严治党是遏制腐败的保证

自1993年中纪委二次全会提出反腐败三项格局以来，取得了很大成绩。1993年、1996年、1999年查处县（处）以上领导干部违法犯罪人数分别是：2284人、4029人、4436人，从数量上看犯罪呈上升趋势，从质量看大案、要案居高不下，有些案件令人震惊。为什么腐败愈演愈烈，中纪委四次全会上作了深刻分析："党内存在的一些消极腐败现象所以屡禁不止，有的情况还日趋严惩，一个重要原因，就是相当一些地方和单位的党组织和领导者治党不严，对党员干部特别是领导干部疏于教育、疏于管理、疏于监督。"

治党不严，对违法犯罪分子袒护、包庇、讲情，瞒案不报、压案不办，阻挠查处，重案轻判等，无疑会助长犯罪分子的猖狂作案。毛先锋初受审时，以郑元盛为靠山，气焰十分嚣张地对办案人员讲："你们怎么抓我进去，还得怎么放我出来。"胡长清胆大妄为，公开索贿，公开权钱交易，用他的话讲："权就是钱，现在花你们几个钱，以后等我当了大官，只要写个字条，打个电话，就能成千上万地赚。"针对当前犯罪趋势，对领导干部中发生的违纪违法行为一定要严肃查处。要坚决改变失之于宽、失之于软的现象。越是高级干部；越是名人，他们中发生的违纪违法事件越要严格查处。对敢于无视法纪、违法犯罪的人，必须用重典。

盛世用重典，古已有之。明初，朱元璋重典治吏治贪，政清几十年。建党初，中央执委，规定"贪污公款500元以上者，处以死刑，贪污公款在100元以下者，处半年以下的强迫劳动"。保证了党由小到大，由弱到强的健康发展。

盛世用重典，要靠法制，靠法制也要防止司法腐败，当今腐败横行，与有法不依，执法不严也有很大关系。刑法规定个人贪污十万元以上，处十年以上有期徒刑或无期徒刑，情节特别严重的处死刑。现在贪污受贿几十万、几百万，甚至几千万元，有的给国家造成几亿、几十亿元损失，但在判刑上差距不大，除极个别执行死刑外，其他最多判个死缓。难怪现在一些握有大权实权的人有一种要贪就大贪的犯罪心理。实践证明，盛世不用重典，腐败分子作案就会有恃无恐，腐败现象还会滋生蔓延。因此，在现阶段大案要案高发期，为尽快遏制住腐败，能不能在现刑法的基础上再制定一部特别法，再量化一点，再严厉一些，如能这样，我看除极个别胆大妄为者可能还会铤而走险，以身试法外，一般人绝不会以头试法、贪钱不要命。到那时，腐败现象便可指日而止或降低到最低限度。

本文获 2001 年《中国监察学会》理论研讨二等奖

公仆情暖职工心

党的宗旨牢记心，全心全意为人民；

以身作则人敬佩，公仆情暖职工心。

在《三字经》中，有句流传久远的话："窦燕山，有义方，教五子，名俱扬。"这句话被历代广泛称颂，立为教子成才的经典，俗称"五子登科"。在20世纪八九十年代，流传着一种与社会不和谐的新的"五子登科"，即位子、孩子、票子、房子、车子，也简称"五子登科"。在人们追求新的"五子登科"时，安阳电厂的领导却摒弃这一时髦的新的"五子登科"，受到厂内外广泛传颂与赞扬。为此，我将电厂领导班子勤政廉政的一些事向《纪检与监察》投了一篇稿件。编辑部看了稿件内容，竟不敢相信内容的真实性，特地两次打电话向我询问："内容真实可信度怎样？这是党刊，不是小说，内容不能有丝毫虚假差错，否则，影响党在群众中的威信。比如像副厂长陈玉辉，现在的住房真的只有31.1平方米吗？"编辑部的口吻十分疑虑。我在电话中，语气十分坚定地回答："请放心，敢立军令状，文中提到的'五子'内容，不仅'房子'属实，其他'四子'也绝对属实。"如住房，当时建筑面积只有39平方米，除公摊面积后，实际使用面积也就31平方米。与此同时，我还讲了厂另外几件事：王佩善在当厂长时曾提出奖金分三、六、九等分配方案，即厂领导每月奖金3元，中层干部及服务人员6元，一线工人9元，一线工人竟不敢相信是真的。因为在20世纪90年代初，厂人均月工资50元左右，月增9元比一名职工一个月生活费还高，这一提案有人提出质疑：厂领导责任最重、最辛苦，奖金却最低，不合适。王佩善厂长却在职代会上讲：干部，工作上就应先干一步，利益上就应后退一步。这一奖金分配方案最终在职代会上通过，极大地提高了职工的积极性、自豪感，增强了干群关系。付文灿当厂长时，一包工头为揽工程去家送礼，付厂长挡在门外，包工头三言两语说明来意后放下礼品就走，付厂长二话没说，顺楼梯将礼品扔到了门外，包工头羞愧难当地讲：真没遇过这样较真的人！张泽堂当总工程师时，严于律己，从不抽外来关系户的一支烟。一次，他负责废旧物资处理，有一公司想廉价收购，一次放他被子下 4.5 万元及委托事项，张总发现后，立即对行贿者进行了严厉批评，并将情况及时报纪委，张总留下不吸关系户一支烟的廉洁美名……说到这里，编辑部同志在电话中十分满意地连连称赞："好！好！我们可以放心地刊用这篇稿件了。"

稿件的原文是，有人讲："人生之最，莫过位子；人生之重，莫过孩子；人生之求，莫过票子；人生之需，莫过房子；人生之爱，莫过车子。"简而言之，号称"五子登科"。安阳电厂领导班子在职工关注的位子、孩子、票子、房子、车子等重点、热点、难点、焦点、敏感点问题上，坚持以廉为本，勤政为民，牢牢把握自己，树立正确的权力观、价值观、利益观，以实际行动谱写了一曲曲动人的廉政赞歌。1996 年 6 月份，市国有企业领导干部廉洁自律工作办公室驻厂半个月，深入调查了解厂领导班子廉洁自律情况，经明察暗访，召开职工代表大会测评等，认为安阳电厂领导班子是一个团结的班子，务实的班子，勤政的班子，廉洁的班子，职工信得过的好班子。当年 11 月份，省纪委、监察厅的同志听了安阳电厂廉洁自律情况的汇报，认为安阳电厂是一个勤廉兼优的好班子，并对省电力系统当年党风廉政建设作出免检建议。

一、位子

位子就是权力，只有摆正位子，才能政通人和。在企业，无论是实行"党委领导下的厂长负责制"，以党委为核心，还是实行"厂长、经理负责制"，以厂长为中心，党委书记赵风德都处理得很好。1987 年赵风德主持党委工作后，先后与四位厂长搭伙都十分融洽，他的基本思路是："认准方向，走对路子，参与决策，摆正位子，不争'中心''核心'，党政团结一心。"在廉政建设上，赵书记常讲："受人一分钱，自己不值一分钱。在廉洁问题上，我敢向全厂宣布：向我看齐！"几任厂长都清醒地认识到："上梁不正下梁歪，根基不正倒下来。在廉洁问题上，领导干部一定要从自身抓起，为人表率，以共产党员的先进性去教育人，影响人。"

榜样的力量是无穷的。安阳电厂领导干部的表率作用，凝聚了群众，鼓舞了群众，不仅年年超额完成生产任务，而且连续多年没有发生经济案件。在遵守厂规厂纪上，厂领导与职工处于同一水平线。厂规定自行车不准进生产区，厂领导首先以身作则。一次，厂长张昉值班去主控室签到，由于心里正在想其他工作，骑自行车到生产区大门口竟忘了下车，被门卫拦住了去路。这时，有些职工说："门卫胆大包天，竟敢拦厂长的'驾'，等着挨批吧！"但出乎人们意料的是，张厂长不仅没有批评门卫，反而在职工大会上首先作了自我批评，进而表扬了门卫忠于职守的精神，并给予了门卫一定的物质奖励。

在全厂开展厂区戒烟时，厂组织各分场职工代表首先检查厂领导、机关科室，然后再组织机关科室检查各分场，由于人人平等，互相监督，不走过场，偌大一个厂区，竟难找到一个烟头。由于厂领导摆正了位子，职工心服口服，全厂上下，同心协力，连续多年被省评为双文明创建先进单位。特别值得一提的是，党委书记赵凤德有个头疼的小毛病，平时还好点，工作一紧张，劳累过度，休息不好时，头疼往往就严重得很。为此，从1996年起，他向上级主管部门多次提出辞呈要求，1998年初，全省召开电力系统领导干部会议，赵凤德再次提交书面辞呈报告。许多同志对赵凤德的做法不理解，也有不少同志说："赵书记，人家有些人跑官、要官、买官，费尽心机为当官；还有些人大病说小病，小病装没病，目的是保官、升官。而你，却三番五次主动辞官，真是天下少有！"赵凤德听后，只是淡然一笑了之。

二、孩子

对于任何人来讲，子女的就业都是重中之重，特别是在 20 世纪 90 年代之前，上个中专、技学等于"鲤鱼跃龙门"，招工等于端上了"铁饭碗"，当兵等于进了"保险柜"，这些事看似稀松平常，但当时人们普遍认为能管生生死死一辈子。因此，招工、招生常常是职工最关心的热点。安阳电厂在子女就业、升学、招工等问题上，历来十分慎重，赢得了广大职工的交口称赞和信任。升学，按分数高低依次录取，不凭门路，不搞照顾。1991 年电力技校招生时，党委书记赵凤德的大女儿与一名职工子女的分数相等，但名额只有一个，那名职工自认难与书记相比，也就不抱任何幻想了。然而，令那位职工想不到的是，在学校录取的关键时刻，赵书记主动放弃了女儿上电力技校的选择，将名额让给了那名职工的子女。当时，有不少人认为赵书记不应那样做，会耽误孩子一辈子。赵凤德却毫不含糊地说："谁让她是党委书记的女儿！"

1996 年年底，本厂 14 名职工子弟当兵复员，但是，上级只给了 9 名进厂名额，一时，这些复员兵及其家属想入非非，思想很不安定。为此，厂及时召开了复员兵及其家长会议，教育他们不要托门路、找关系、请客送礼，一切歪门邪道在安阳电厂行不通！只有好好学习，凭真本事、凭分数高低录用。为公平、公正地搞好本次招工录用，厂组成教育科科长、劳资科科长、监察主任三人招考小组，并严格规定了保密纪律：不用请示厂领导，不乘本厂车，不用本厂教师出试题，不跟厂内任何人通电话等。之后，三人统一行动，雇车到偏僻的学校找教师，连夜出试卷，天明返厂考试。经考试，虽然有五名复员兵没被厂录用，但他们对厂这一公开、公平、公正的做法却赞不绝口，心服口服。

三、票子

安阳电厂"奖金分配管理办法"从制定到修改，都要经职工代表大会充分酝酿、讨论、调研、通过，从没额外发放红包、奖金、隐性工资等，借机给厂领导多发些。制定奖金分配办法时，职工代表曾多次提出："厂领导责任重大，每天在厂加班加点，节假日基本没休息过，但从没拿过加班费，因此，奖金应定高些。"但厂领导却讲："职工是企业的主人，是企业的主力军，工作是职工拼死拼活干的，奖金应侧重于一线职工。"1996年，厂劳资部门作过一次统计，全年收入最高的前十名不是厂领导，而是一线职工。有些职工曾自豪地说："我们不是厂长，奖金却胜过厂长，不可思议！不敢想象！"

厂内曾规定，职工平时加班，可以换休，节假日加班，可给加班工资；可厂长、副厂长、总工程师长年累月战斗在生产第一线，早去晚归，不分昼夜，不分节假日，身上流的汗比职工多，衣服上沾的泥、油比职工多，特别是遇到抢修，在现场常常连轴干，但不管在什么情况下，从没得过一个加班工资。1996年1月份，住宅区统一安装电话，每部电话初装费1000元。当时，有不少职工讲：厂领导的电话在很大程度上具有工作性质，初装费可全免，至少也应半免。后厂务会经认真研究，决定初装费一律全免。不少职工听后竟持怀疑的态度询问："这是真的吗？"

王景莲任厂长期间，早晨7点之前上班、晚上10点之后下班已经成了他的习惯，他一年四季没有节假日，把全部心血操劳在工作上，有人给他粗略统计了一下，他一年至少干一年半的工作，但却从来没多拿一星半点的加班费。在当时全厂人均月工资不足百元时，一次，省公司领导经研究，一次奖励他1万元，他却分文没要全上交。王厂长在主管两台30万机扩建时，有些亲朋好友找他要活干，也有人找他想进点货，但他都一一拒绝，为此，得罪了不少人，有的人说他不近人情，也有极个别人疏远了交往，但王厂长却赢得了广大职工的信赖。

厂长刘群力任职五年多，先后拒贿20多次，计40多万元。一次，一个业务员想来厂承揽工程，甜言蜜语遭拒后，便用报纸包了五万元现金偷偷送到刘厂长办公室，并留下一张一寸宽的纸条，上写十六字："若事办成，再送十万，绝不食言，绝对保密。"刘厂长发现后，立即将钱和纸条交给厂纪委，纪委按留下的电话号码通知这位业务员来厂，首先给他学"刑法"，指出他的行为是犯法，接着给他讲"廉政准则""厂廉政规定"。这位业务员听后，羞愧满面地说："我走南闯北多年，还没碰到送不出去的钱，没想到在安阳电厂碰了壁，真是不可理解、不可思议。从今以后，我无颜再来安阳电厂。"

四、房子

安阳电厂 1958 年建厂，当初，由于受"先治坡，后治窝，先生产，后生活"的影响，长期以来，安阳电厂的职工在住房上十分困难，十分紧张。截止到 1998 年，有不少职工还居住在 1958 年建厂时的临建房中。临建房，破烂不堪，室内不仅阴暗潮湿，而且地面高低不平，有的坑有半尺多深。屋顶，上面盖的油毡早已大洞套小洞，一遇雨天，常常是"外面大雨，屋内小雨，外面停下雨，屋内还下雨"。就是这样的临建房，当时也十分紧缺，不要说一般职工居住了，就是有些职工结婚临时居住一下也要不上，其他住房的紧张劲就更别提了，住房常常成了厂内诸多问题的焦点。

住房尽管如此紧张，但安阳电厂在住房分配上却比较平静，究其原因，主要是公开、公正、公平。1984 年，厂职工代表制定了"计分分房管理办法"，并成立了"职工分房监督小组"。14 年来，安阳电厂始终坚持这一计分分房原则，做到在分数面前人人平等，从不搞"人情房""特殊房"等名堂。新房、旧房分配，都实行三榜定案，坚持规定、房源、分数三公开，充分发扬民主，接受群众监督。当时，厂有现职领导 8 名，其中两名因无房居住在岳父母家中。其他 6 名厂领导虽有住房，但居住也都很拥挤，最大的住房使用面积是 47.5 平方米，副厂长陈玉辉住房最小，仅 31.1 平方米，人均居住面积只有几平方米。当时的楼房一般高度为 4 层，2 层 3 层为最好，号称"金三银二"，4 层为顶层，号称"顶天"，1 层为底，号称"立地"。可巧的是，厂长张昉当时住在 9 号楼 1 层，书记赵风德住在技校楼 4 层。许多职工感慨万千地说："我们厂分房民主、公正、公平，书记住'顶天'，厂长住'立地'，厂长、书记'顶天立地'，我们就是住不上房，也心服口服，无话可说。"

1993 年，随着职工居住条件逐渐改善，厂职工代表大会以决议的形式，授予厂长百分之二住房处置权。这时，有极个别人讲："这给厂长'开后门'找到了挡箭牌。"其实，厂长的做法大大超出这些人的意料。对于百分之二住房的处置，厂长首先召开厂务会，定出原则，然后经公示通过后再分，一般照顾给劳模、科技人员或离休人员，机动房与现职厂领导从来无缘。

五、车子

安阳电厂领导在乘坐小车上，严格遵守上级规定，不越轨，不攀比，不搞特权车。1989年，安阳电厂制定了车辆管理规定：不购豪华小轿车，不购走私车，不准公车私用等。特殊情况公车私用，必须经批准同意，计程收费。党委书记赵风德的父母亲在石家庄市居住，赵书记每次探望父母都自掏腰包，乘坐火车。一次，赵书记父母有事，让其回石家庄市一趟，这时，厂内有辆车恰巧去天津办事，赵书记向厂交了200元钱，才搭车回了趟石家庄市。当时，许多人对赵书记这一做法很不理解地说："赵书记，你也太认真了吧！天下哪有这样的事，搭乘本厂便车也交费！"赵书记笑了笑说："探望父母属私事，搭乘便车不交费也无可非议。不过，我若不交费，有些不了解情况的人，难免会议论我公车私用不交费，这样，有损党的威信、形象，有损厂规厂纪的贯彻执行。我的选择是，我宁愿自己在经济上受些损失，也不愿意让党的威信、形象在政治上有丝毫损失。"这就是一位党委书记的胸怀。

厂党委副书记杨智信家住市内，厂与家相距16里，按常规，杨书记上下班应由厂派车接送，但杨书记拒绝厂内派车，坚持乘坐接送职工的班车上下班，有时班车拥挤时，杨书记就一直站着，有职工主动给杨书记让座，杨书记都会一一谢绝。有些人对杨书记说："你有条件坐专车，何苦挤在班车上呢？"也有人说："杨书记，别犯傻，人要活明白些，有权不用，过期作废。"但杨书记听后却十分平静地回答说："与职工同乘班车，体验了职工生活，听到了职工呼声，拉近了与职工的距离，还为厂节省了油料，又不误上班，这多好啊！我们本身都是从群众中来，在群众中有啥'穷摆'呢？"管理厂厂长张泊宁和工会主席马太生都住在钢厂，离厂区五六里路，平时，不管三伏酷暑、三九严寒，刮风下雨，他们拒绝厂内派专车接送，始终坚持骑自行车上下班。1990年8月份，钢厂路段进行大修，晴天一身灰，雨天一身泥，稍微不小心，便会摔倒，甚至跌伤。这时，厂办公室同志提出接送他们一段时间，他们二位却婉言谢绝：“职工能骑

为企业保驾护航

自行车上下班，我们有什么不能呢？”厂工会曾获全总模范职工之家，马太生主席曾获全国劳动模范及五一劳动奖章。

安阳电厂建厂四十多年来，没有一位厂领导配备专车、专用司机，一辆上海轿车，一辆69吉普车，一用都是几十年。电力系统开会，厂内的司机都怕见外单位的司机，因为厂的轿车用的年代太久了，可以毫不夸张地说，不用看车号，只看那辆车陈旧，就可认定是安阳电厂的车。为此，曾有不少人说：“安阳电厂又不是买不起新车，也该换些像样的豪华车了。”厂领导听后只是淡然一笑："这些车现在蛮好用的，别管别人怎么议论，能省就为国家为企业多省点，这是干企业工作的基本常识。"

安阳电厂的领导以身作则向全厂注释：利益上，要发扬一不为名二不为利的傻子精神；工作上，要坚守吃苦在前，不怕苦累的拼命精神；得失上，要永葆一心为公的无私奉献精神！安阳电厂的领导就是这样，不仅勤政，更是廉政，在廉洁自律上，人人都是一面旗帜，在金钱与人格面前，他们选择的是人格，是共产党员的党性，不仅赢得了职工信任、支持，也赢得了外部赞誉。不少业务单位称赞安阳电厂是："真正的共产党的天下""老八路作风""一方净土""一片蓝天"。安阳市"企廉办"受市委市政府委托，曾对安阳电厂廉洁自律进行过为期七天的专项考核，最后在职工代表大会上宣布：安阳电厂是一个勤政的班子，廉洁的班子，职工信得过的班子，是安阳市最优秀的两个班子之一。这就是党内外对安阳电厂领导班子最真实、最中肯的评价。

本文原载于《纪检与监察》1998年第四期

笑迎春风艳阳天

苍蝇专叮有缝蛋，腐败根深痼疾顽；

正本清源是上策，笑迎春风艳阳天。

安阳电厂十分重视党风廉政建设和源头治理、预防腐败工作，1993—2005年，我由副厂长改任纪委书记，十多年来，由于厂党政工团齐抓共管，特别是领导干部以身作则，自觉遵纪守法、廉洁自律，安阳电厂廉政建设可谓日清月明，天空蔚蓝。这期间，厂和中层领导班子及其成员没有发生腐败案件，职工没有发生大的违法违纪案件，厂被评为全国精神文明建设先进单位，连续多年被河南省电力系统及大唐集团公司评为党风廉政建设先进单位，被安阳市委、市政府评为勤廉兼优、群众信得过、最好的一流班子。凡是与安阳电厂有过业务往来的单位，普遍赞誉"安阳电厂是真正的共产党天下，是一片净土，一片蓝天"。实践证明，只要认真落实教育、制度、监督、惩处并重的惩治和预防腐败体系，便能从源头上杜绝腐败现象的滋生。

一、深化教育　警钟长鸣　不想贪　取得预防腐败的主动权

教育是基础，基础好，不想贪，这是保廉的堡垒、武器，是最高的思想境界。因此，抓好教育，筑牢拒腐防变的思想防线，就能在反腐败这场重大的政治斗争中经得住诱惑，耐得住清苦，顶得住腐蚀。深化教育，必须突出一个"准"字，开创一个"新"字。"准"即摸准思想动态，有针对性地进行教育，做到对症下药，药到病除。"新"即与时俱进，不断开创教育新形式、新内容、新方法，

适应时代发展的新形势、新任务、新特点。

1999年,安阳电厂与铁西区检察院"检企共建",检察院领导李中海、张清学、江波先后多次进行廉政讲课,并由江波配合电厂在全省率先进行了警示教育,即让在安阳监狱正在服刑的三名经济犯罪分子做现身说法教育,使全厂广大干部和管钱管物人员深受震动,收到良好教育效果。这一教育方法,也受到过质疑,有人说:"我们让犯罪人员给我们'讲课',效果倒是不错,但也有点不太合适吧。"6月7日,这一教育方法,由安阳市纪委李艺、电厂新闻宣传中心李士奎联合在《中国纪检监察报》报道后,引起强烈反响。之后,在全国各行各业广泛地开展起了警示教育,时至今日,这仍然是一种很好的教育方法。

多年来,安阳电厂在廉政教育中,坚持理论联系实际的学风,采取"十结合、十强调"的办法,避免了教育"一锅煮""一刀切",取得了良好成效。"十结合"是:广泛教育与重点教育结合、传统教育与现代教育结合、集中教育与自我教育结合、先进典型与警示教育结合、阶段教育与继续教育结合、点面教育与系统教育结合、网络教育与立体教育结合、教育内部与教育外部结合、惩治教育与预防教育结合、"走出去"与"请进来"结合。"十强调"是:强调针对性,避免盲目性;强调实效性,避免应付性;强调计划性,避免随意性;强调超前性,避免滞后性;强调典型性,避免一般性;强调启发性,避免强制性;强调灵活性,避免僵化性;强调趣味性,避免说教性;强调渗透性,避免轰炸性;强调多样性,避免单一性。"十结合、十强调"的教育方式,使廉政教育呈现出崭新的面貌。多年来,厂党政工团齐抓共管,形成合力,利用办班、讲课、演讲、走访等形式及闭路电视、MIS系统等现代化宣传工具,除进行了"六观"、"两个务必"、理想信念、依案讲法、职业道德、爱岗敬业、优良传统、正本清源、先进典型、案例警示、党纪条规、依法从业等教育外。还先后进行了"五色保鲜教育",即参观革命圣地红色教育,参观火化场白色教育,参观监狱黑色教育,走访"希望工程"粉色教育,走访贫困农村绿色教育等,均取得良好效果。

燃煤、小型基建、物资采购是产生腐败现象的易发多发部门,是教育的重点。为此，厂长、书记亲自将本厂管理人员和与厂有业务关系的外部人员集中在一起进行"正本清源"教育，共同学《中华人民共和国刑法》《中华人民共和国建筑法》《中国共产党党员领导干部廉洁从政若干准则》《党纪政纪条规》《厂廉政规定》等，对内提出廉洁从业"五不准"，对外部提出"廉政准入制"，这一教育方法，正了本厂管理人员廉洁从业之本，清了外部行贿送礼之源。

1999 年前，厂除自己教育外，每年都请市、区纪委和检察院来厂进行教育。1999 年之后，厂先后让监狱服刑人员来厂进行现身说法教育，去监狱参观接受教育，参加市中级人民法院对贪污、受贿、挪用公款案件的庭审教育等，开创了安阳市教育的先例。市纪委主办的《规矩与方圆》电视栏目连续三年进行过专题报道，河南省电视台、《中国纪检监察报》也分别进行过报道。河南省电力系统、安阳市纪委、检察院及时进行了推广，并特制了《警钟长鸣》警示教育专题片。

二、廉洁自律　为人表率　不愿贪　取得预防腐败的领导权

"上梁不正下梁歪，中梁不正倒下来。""龙头怎么摆，龙尾怎么甩。""律己足以服人，身先足以率人。"这些哲理，强调了领导干部廉洁自律的重要性、示范性。干部队伍廉不廉，先看班子及成员，班子成员看"党政一把"，"党政一把"最关键。因此，领导干部廉洁自律，不仅仅是个人问题，也影响着整个队伍。廉洁自律是内在的、本质的自我教育、自我约束、自我提高，核心是"廉"，关键是"慎"，必须以"八廉、八慎"促自律："八廉"即倡廉、促廉、讲廉、干廉、述廉、评廉、守廉、保廉；"八慎"即慎始、慎终、慎权、慎欲、慎细、慎微、慎独、慎做，不因善小而不为，不因恶小而为之，防微杜渐，细微深处见廉洁。

安阳电厂领导班子廉洁自律的最大特点是：一级做给一级看，一级带着一级干，上届留下好作风，下届接着往下传，使优良传统届届延续。原厂长王景莲在两台 30 万机组扩建时，经手近 30 亿元的资金，有些亲朋好友、同学、同

事想让他给些活干或推销些产品,他都以"党纪不准"一一拒绝。为此,他得罪了不少亲朋好友,有的还与他断绝了关系。厂长刘群力任职五年多,先后拒贿二十多次,计40多万元。一次,一个业务员想来厂承揽工程,甜言蜜语遭拒后,便用报纸包了五万元现金偷偷送到刘厂长办公室,并留下一张一寸宽的纸条,上写十六字:"若事办成,再送十万,绝不食言,绝对保密。"刘厂长发现后,立即将钱和纸条交给厂纪委,纪委按留下的电话号码通知这个业务员来厂,首先给他学《刑法》,指出他的行为是犯法,接着给他讲《廉政准则》《厂廉政规定》。这个业务员听后,羞愧满面地说:"我走南闯北多年,还没碰到送不出去的钱,没想到在安阳电厂碰了壁,真是不可理解、不可思议。从今以后,我无颜再来安阳电厂。"2002年,退休总工程师张泽棠负责五台小机组拆除工作,竞拆客户30多家,不少客户曾向张总暗示:若高抬贵手,定重金酬谢,张总嗤之以鼻。有一客户将4万现金偷偷放在张总铺下,要求照顾。张总发现后,及时报告厂纪委,取消了该户竞标资格。张总从不接受客户的礼金、礼品,甚至连客户一支烟都予以拒绝,他的这种廉洁行为,在安阳电厂传为佳话,广泛流传。

安阳电厂的领导就是这样,在廉洁自律上,人人都是一面旗,不仅赢得了职工信任、支持,也赢得了外部赞誉。安阳市"企廉办"对安阳电厂廉洁自律进行过为期七天的专项考核,最后在职工代表大会上宣布:"安阳电厂是一个勤政的班子、廉洁的班子、职工信得过的班子,是安阳市最优秀的两个班子之一。"不少业务单位称赞安阳电厂是:"真正的共产党的天下""老八路作风""一方净土""一片蓝天"。

三、健全制度 从严治企 不敢贪 取得预防腐败的决策权

制度是企业行为的规范、依据,是对权力的制约。只有制度健全,治企从严,才能有章可依、违章必究,确保权力沿着正确的轨道前进。健全制度,从严治企,必须突出一个"细"字,强调一个"严"字。"细"即制定制度要严密细致,不留漏洞,合法合规,合情合理,经得起实践检验。"严"即严格管理,严格要求,

严格按规章办事，要有硬性、刚性，忌柔性、弹性、下不为例。

1994年前，厂里发生过9起案件，其中，直接钻制度漏洞的就有3起。之后，厂先后建立健全了"领导干部廉政十条规定""源头预防腐败十条规定""党风廉政建设责任制、考核制、责任追究制""廉政档案制""保廉合同制""三级厂务公开制""厂长、书记接待制""廉政、诚勉谈话制""招投标制""述廉评廉制""三重一大落实制"等，并严格执行。这些行之有效的规章制度，规范了领导干部的行为，制约了腐败现象的滋生。

实践证明，健全制度与从严治企密不可分，从严治企必须以严密的制度为依据，严密的制度必须靠从严治企来落实。如厂原本规定，各单位不准设"小金库"，但由于缺乏严密的制度和从严治理依据，"小金库"曾屡禁屡犯。2001年，厂下决心根除"小金库"，明确规定：哪个单位设"小金库"，班子成员就地免职；违纪，经济上要退赔；违法，追究刑事责任。为实施有效监督，还规定了举报查实奖励制。这一举措，对全厂震动很大，各单位纷纷向厂递交了不设"小金库"承诺书。之后，再没有发现私设"小金库"问题。手机费、电话费也是这样，原讲超支自付，从工资中扣除，实际只讲没扣，结果月月超支，后来动了真格，超支不仅扣工资，还要张榜公布，结果不仅不超，还大幅度节支。燃煤管理，厂严格执行煤矿抽点检测、磅旁快速化验、煤场卸车检验三级把关制度，最大限度地避免了掺假、掺杂、倒煤、换煤等问题，仅2002年，就按合同扣除煤矸石一万多吨，节约成本200多万元。

四、效能监察　超前防范　不准贪　取得预防腐败的监控权

效能监察既是制度，也是重要监督手段，它的基本原则有"四点"：以提高经济效益为中心点，以服务企业经营为切入点，以超前防范腐败为着重点，以企业改革发展为落脚点。近几年，厂纪委、监察、审计、财务组成的效能监察小组，先后对电、煤、油、水、物资采购、大修、更改资金进行了效能监察，并连续六年对16家多经企业进行了效能监察。通过效能监察，共提监察建议

50 余条，协助有关单位建立健全制度 20 余项，挽回显性损失 350 余万元，并根除或避免了巨大的潜性损失隐患。

搞好效能监察，必须解决好"四种关系"、弹好"三部曲"。"四种关系"是：监察与被监察的关系，监察与效益的关系，监察与服务的关系，监察与预防腐败的关系。"三部曲"是：一，效能监察"前奏曲"，主要是健全组织，加强领导，提高认识，明确任务；二，效能监察"协奏曲"，解决好监察人员内部协调与被监察单位之间的协调，形成合力；三，效能监察"合奏曲"，主要是统一思想、统一认识，针对存在问题，研究解决办法。

2002 年，纯净水厂亏损，经效能监察，找出了亏损的主要原因有四点：一，外部代售，结算不及时；二，外部市场开拓不够，缺乏竞争力；三，临时用工多，加大了成本；四，个别领导缺乏经营意识。针对上述原因，经厂研究，作出四条决定：一，将人才引入竞争机制；二，减少临时用工人员；三，加大奖励开拓外部市场有功人员的力度；四，代售水费必须及时回收。这一举措，使纯净水厂很快扭亏为盈。

2000 年，水管部门让厂补交 1997 年 12 月至 1999 年 10 月水费 1886 万元，平均每月增加成本近百万元，并罚污水费 5000 多万元，前前后后涉及费用一亿多元。厂纪委、监察委在厂党委及行政领导的支持下，对生产用水进行了效能监察。为弄清情况，厂效能监察向前延伸十多年，让档案室刘思英查历史资料并去省、市查阅收集资料百余份，在掌握确凿证据的前提下，向市委、市政府领导及市纪委、监察局积极反映情况。市委、市政府十分重视此事，派出六个局、委走访了河南多个电厂及省水利、物价等部门，在市委、市政府的高度重视下，使水费得到较好处理，为厂免损一亿多元。

五、厂务公开　监督透明　不能贪　取得预防腐败的知情权

厂务公开是民主管理、民主监督的重要形式，是尊重职工主人翁地位、全心全意依靠职工办企业的具体体现，也是提高职工积极性、密切干群关系、促

进党风廉政建设的重大举措。厂务公开的中心是一个"大"字，核心是一个"公"字。"大"即重大决策、重大项目、重要人事任免、大额资金使用要经集体研究或职工代表大会讨论通过，让职工享有知情权、参与权、监督权。"公"即凡涉及企业重大问题，必须要高度透明，公开、公平、公正，给职工一个明白，还领导一个清白。

安阳电厂的厂务公开分三级（厂、分场、班组），把公开项目分解、细化到各单位，形成便于操作的格式化管理。公开的内容涵盖全厂人、财、物的管理、使用及规章制度、办事原则、办事效果等42项53条。公开的办法主要是通过职工代表大会、职工代表组长会、党委会、党政工联席会等集体研究决定。公开的基本形式是公开栏、发布会、闭路电视等，特别是通过 MIS 系统，形成全方位的网络公开，任何一名职工可以随时查看任何单位的任何一件事，真正起到了让全厂职工都能普遍参与、都能进行监督的作用。

企业，职工最关心的热点、难点、焦点、重点、疑点莫过于孩子、票子、房子、位子、车子。安阳电厂由于全面厂务公开，全心全意依靠职工办企业，做到了热点不热，难点不难，把焦点变成了亮点，把疑点变成了明白点。以前孩子的上学、就业，现在孩子的参军、复员后的分配，历来是个"热点"。这一问题，厂对事不对人，依据制度，进行公示，然后抽调纪委、劳资、教育等单位人员，组成考试、监督领导小组，进行封闭式考试，择优录取、分配。此项工作连续进行了十多年，没有一人有意见。住房分配，历来是个"难点"，现在住房虽然实行了商品化，但本厂仍然存在僧多粥少的问题。为此，厂让职工代表制订分房方案，参与分配全过程，二十年始终如一，坚持计分排队，三榜定案。在干部提拔使用这一"疑点"问题上，厂根据德、才、勤、绩、廉的用人标准，引入竞争机制，坚持自愿报名、理论考试、演讲面试、群众评议、组织考核等综合计分办法，最后经集体研究决定。多年来，在干部升迁上，从没出现跑官要官、买官卖官问题，干部职工气顺、服气。

实践证明，教育是执行制度、监督的基础，制度是坚持教育、监督的保证，监督是实施教育、制度的关键，惩处是教育、制度、监督的再认识、再强化，四者相辅相成，贵在落实。反腐败没有"一招灵"，单靠某一招不可能全面杜绝腐败现象。因此，只有认真建立健全教育、制度、监督、惩处并重的惩治和预防腐败体系，把握好内因与外因的辩证关系，真正做到不想贪、不愿贪、不敢贪、不能贪，才能从根本上治理和预防腐败现象的滋生与蔓延。

本文获 2005 年中国大唐集团公司纪检监察论文二等奖

实现梦想要拼搏

心中有个梦，常处朦胧中；

拼搏数十年，奋斗终成功。

自 1956 年起，在我的心中便有了一个梦想，长大后，要当一名作家。这个梦想，一直在我心中隐藏了几十年，从没对人说起。因为我自知学历低，知识少，能力有限，更怕别人笑话我：笑我自不量力，痴心妄想，白日做梦。尽管如此，但我想当作家的梦想从没放弃，一直在苦苦追求、拼搏、奋斗。播下种子，终有收获，经过几十年的艰辛努力，我虽无大的成就，但最终也算梦想成真。

一、从儿歌民谚中滋生学习兴趣

我生于 1945 年 6 月 17 日，农历五月初九。我的幼年，妈妈教给我许多儿歌。如"小老鼠，上灯台，偷油吃，下不来""小板凳、四条腿"等；除此之外，还给我讲了许多许多故事，并从这些故事中讲些道理。如"岳母刺字"，讲的是要精忠报国；"铁杵磨成针"，讲的是诗仙李白少年刻苦学习；"腊八的传说"，讲的是要勤俭节约；等等。妈妈勤劳善良，为人憨厚，她常用一些民谚、俗语解劝邻里纠纷及家务矛盾。如"远亲不如近邻，近邻不如对门""家家有本难念的经，谁家的嘴片也磨牙""家和万事兴，柴多火焰高"等。这些通俗朴素的话语，简单明了，道理深刻，常常能收到良好效果。这些儿歌、故事、俗语，我很喜欢，通过听、看、想，在我幼小的心灵打下了深刻烙印。

1952 年秋，我开始上学。那时，师资力量奇缺，或者说，根本就没有老师。

我的开学典礼，第一堂"国语""算数"，竟然没有正式老师，而是本村临时抽调的一位唯一的"文化人"，他姓邓，人称邓老师，总共会十多个汉字，还是临时培训出来的。说句实在话，邓老师连"毛"与"手"字都分不清。不过，在当时，邓老师在村里已是"矮子中拔高个儿"了。邓老师头一天教了个"人"字，第二天教了个"一个人"，一个月教的是："人，一个人，一个人有两只手，左手和右手。"就是这样，学生的家长也常高兴地夸奖邓老师："教得不错，我的孩子也总算有文化了。"学生家长当时对学生的期望值很低，认为识几个字、能算个简单账就可行了，以后进城，把男厕所、女厕所能认清，走不错门就行。邓老师总共教了一个月，肚子里的"墨水"便倒完了。在学生面临停课的当儿，从孙高丽村才调来正式的孙文育老师。当时，老百姓十分崇拜教师，尊称教师夫妇为"师父、师母"。

孙文育老师教书是很辛苦的，一人曾担任两个班的班主任及"国语""算数""体育"全部课程，批改作业常到深夜 12 点。不过，那时学生上课时间少，一天一个班只有两节课，作业也很少，从没加班上课、课外作业这一说。当时，学生的大部分时间是看"儿童连环画""看图识字"等小人书，看得也挺有趣味，玩得也挺开心。农村假期与城市不一样，农村有麦假、秋假、年假，老师布置的假期任务是：看谁捡的粮食多、拾的柴草多、帮父母干活多，每个假期写上一两篇日记即可。假期，学生学到不少农业知识，感觉挺有乐趣，家长也很满意，认为孩子既能识字也能帮家干活了。

四年的小学生活，虽然认识的字有限，但时间极其充足，按照汉字的"认识不认识，先读半个字"的特点，疙里疙瘩、囫囵吞枣地读了不少书。什么"四大名著"《三字经》《百家姓》《增广贤文》《笑林》《民间文学》《东周列国志》《七侠五义》等。特别是《三字经》《百家姓》《增广贤文》，都能熟娴地背诵下来。那时读书，条件极恶劣，课桌、坐凳都是用土坯垒的，坑坑洼洼、高低不平，稍不注意，就会倒塌下来。写字用的是一种小石块，在薄而脆的小石板上写字，小石块一分钱一块，一块可用一年，石板则可一直用。那时用一支粉笔、一支铅笔写字，已是奢侈。在家时，由于兄弟姐妹多，别看小小年纪，白天一般要帮父母干活，拾柴、推磨是家常便饭，读书只能放在夜间。夜间，那时照明一般用的是煤油，当时都叫"洋油"，一斤在1角5分钱左右，看似这么便宜，一般也用不起。为读书，我常借母亲在灯下做针线活时读，有时个人独自读书时，我把灯芯拔得小小的，借着微弱的光线看书，由于离灯太近，看上半夜，煤油的烟气常把鼻孔熏得黑黑的，有时还熏得头晕、恶心。那时的眼睛特别好，晴朗的夜晚，借着月光也常常是读书的好机会。说实在的，当时的读书，只是一种爱好、乐趣，并没有明确的学习目的。虽如此，它还是充实了我的头脑，增长了知识，为日后的工作储存了一定营养。

二、老师一句鼓励话燃起当作家梦想

1956年，我11岁，考上了吕村高小，学校距我家邓庄18里路，在连个自行车都没有的情况下，每周至少步行回家两趟去取口粮，回一趟家，单程一般需两个小时，为不误学习，妈妈往往4点钟起床为我做饭，我7点钟左右赶回学校。吕村镇是安阳县东部重镇，在当时全国处于高级合作社时期，吕村高小是安阳县东部唯一的一所公办学校，其他学校为社办学校，我为在吕村上高小感到高兴。我下定决心，好好学习，争取在吕村上中学。1958年，我以优秀成绩考上了吕村中学。当时，吕村乡、辛村乡、北郭乡，三个乡据说有十六七万人，只有吕村乡有一所中学，即安阳县第七中学。当年，七中只招两个班，每班四十名学生。可见，当时招生少得可怜。

在吕村上中学期间，随着社会的前进，年龄的增长，教育内容的变化，我的读书面、个人爱好也发生了深刻变化。我不再单纯热衷于古代的书籍，也开始热衷于一些近代史，更倾向于现代史。我崇拜黄继光、董存瑞、罗盛教、刘胡兰等英雄；爱读《谁是最可爱的人》《白毛女》《钢铁是怎样炼成的》《红旗谱》《金光大道》等新时代的书。特别是《谁是最可爱的人》中的群英形象、《白毛女》中的"旧社会把人变成鬼，新社会把鬼变成人"、《钢铁是怎样炼成的》

中的"一个人的一生应该是这样度过的：当他回首往事的时候，他不会因为虚度年华而悔恨，也不会因为碌碌无为而羞耻；这样，在临死的时候，他就能够说：'我的整个生命和全部精力，都已经献给世界上最壮丽的事业。'"这铿锵有力的豪情壮志，一字一句都在激励着人们为党的事业去无私奉献、去拼搏、去奋斗。

我曾想：在抗日战争、解放战争、抗美援朝战争中，这些英雄人物的光辉事迹真是可歌可泣、是我们最可爱的人，我长大后，一定向这些英雄学习，做最可爱的人。也曾想，这些最可爱的人，如果没有作家的用心体验、宣传，也许会被埋没。因此，也可以这样说：英雄是伟大的，宣传英雄是可敬的。我也曾想，若有机会，我也要像英雄那样，为党的事业不惜牺牲自己的一切；我也曾想，努力学习，若能当个作家，也要好好宣传英雄人物。

在上高小、初中期间，主课仍是语文、数学，作文则是语文中的重点。为做好作文，我在一个专用的小本上，积累了不少伟人、名人的名言警句及民间流传的朗朗上口且言简意赅的民谚、俗语、歇后语。每次的作文，我都恰如其分地使用这些语言，使作文生动、活泼，增添趣味。在通常情况下，我的作文都被老师作为范文在班上表扬，并贴在班报的优秀栏目内、刊在校报上，老师经常鼓励我："好好学习，将来一定能当个作家。"至今我还记得有几首诗歌，我的班主任语文老师于学孔、孙文廷竟不相信是我写的，经反复询问确认后，才登在校刊上。那两首诗歌的产生及原文，现在我仍记忆犹新。一是：1956年7月底，安阳突发洪水，庄稼全部被淹，入冬，学校搞勤工俭学，让学生去5里外的南昌村大队拾菜，看到学生卖力气的情况，触景生情，写了首小诗：滴水成冰天气寒，学生拾菜在田间；别看冬季这么冷，穿着背心还流汗。二是：1958年，全国在"总路线、大跃进、人民公社"三面红旗指引下，提出"鼓足干劲，力争上游，多快好省地建设社会主义。"那一年，我们学校按"共产主义大协作"精神，到百里之外的洪河屯公社帮助收摘棉花。当时，该公社的棉花棵粗枝大，棉桃累累，吐着白絮，长势喜人。在那提倡敢想、敢干、敢于放"卫星"

的年代，我一时兴起，即时写了两首小诗：棉铢长得像棵树，伸开双臂抱不住；棉桃如同大西瓜，银丝怒放似瀑布。另一首小诗：棉棵长得顶着天，白絮银绒在云间；乘坐飞机去采摘，瞬时堆座大雪山。

老师看了我的小诗后，哈哈大笑道："写得太夸张、太浪漫、太有想象力了！"之后，再次重复经常说的一句话："好好学习，将来一定能当个作家。"就是老师的这句话，点燃了我心中的梦想："我要当作家，要为将来当作家努力奋斗！"这个梦想深深扎根于我的心中，隐藏于我的心中。这个梦想，我一直为之奋斗，从来没有放弃过，我坚持拼搏了半个多世纪，最终梦想成真。

三、多读书苦读书为实现梦想奠定基础

1961 年秋，我初中毕业，响应"农村是一个广阔的天地，在那里是可以大有作为的"号召，回农村，支援农业建设。从 1961—1964 年，我在农村参加农业劳动三年，我以不同的学习方法，学到了许多书本上学不到的知识。这三年，经历了三年自然灾害中最严重的 1961 年；经历了 1962 年"三自一包"的推广落实，即自由市场、自留地、自负盈亏、包产到户；经历了 1963 年百年一遇的特大洪灾，连续下雨七七四十九天，抗洪救灾场景宏伟，《战洪图》电影就是以这次洪灾为背景拍摄的。

在农村这三年，最大的苦闷是书籍太少。当时的情况是，一个乡都没个书店，更别说一个村了。再则，一个村中原有的几家富户，也没几本藏书，且都早已看过。为能多看几本书，我们几个小伙伴刘文习、邓文龙、邓兆华、邓秉善等，常常利用下午收工机会，跑十多里路到滑河屯、曹高城、北郭、耿铺、回隆镇等方圆几十里外的村镇去借书，特别是曹高城在新中国成立前有两个大户人家，分别存有许多书，新中国成立后，这些书都放在学校书库。这样，我们通过亲戚家的小伙伴借来，不分昼夜抓紧看完，归还这一本，再借另一本。有时为看一本书，甚至跑到二十多里外的楚旺镇及当时号称"小香港"的回龙镇去借书看。借一本书是很辛苦、很困难的，看到借来的一本书又感到很幸福、很甜蜜。有一次，

借到《增广贤文》一书，竟高兴了好几天。

农村的文化生活，不像城市那么丰富多彩，但单调的生活过久了，也就习惯了。我记得，在1957年以前，农村还有些文化娱乐生活，如平时有耍猴子、一根扁担搭戏台、西洋景、跑马上杆、讲大鼓书、民间艺人表演等，逢年过节，有唱戏、踩高跷、舞狮子、玩火龙等。1957年之后，天天讲的是：敢想敢干，大干快上，超英赶美，跑步奔向共产主义。共产主义远景是：电灯电话，楼上楼下，汽车走了，轿车来了。远景与现实存在天地之别，在当时，除了干活，还是干活，文化娱乐十分贫乏。生产队队长的绝招是：春节积肥不休息叫"开门红"，除夕送肥不休息叫"红到底"，全年不休息叫"满堂红"。这样的时间安排，谁还有心娱乐！也没人敢去娱乐，擅自外出者，要按"流窜犯"对待。在这样的情况下，农村的主要娱乐是讲故事、说笑话，这倒也挺有意思，这里不妨讲两则。

1. 以自然景象为内容

我的同学刘文习很爱学习，他的珠算有一绝："伸手抓一把，打成683"；他讲古典小说《大八义》《小八义》《七侠五义》，听众常常如痴如醉。刘文习对民间文学也很有研究，他讲过一个十分耐人寻味的故事：汉朝，王莽篡位，汉室刘秀起兵讨伐王莽。一日，刘秀战败，王莽穷追。刘秀拼命逃跑，人困马乏，在一个大热天的中午，刘秀实在跑不动了，便倒在一棵大桑葚树下睡着了。睡醒后，正打哈欠，突然一颗又红又大的桑葚掉在刘秀嘴内。刘秀当时正在饥渴难忍之时，用嘴一嚼，又酸又甜，便上树边摘边吃，既解渴又充饥，吃了个痛快，一时精神大振，便向桑树许下大愿："以后若夺取江山，定向你挂金牌感谢！"后来，刘秀斩杀王莽后，建都洛阳，成为东汉首任皇帝汉光武帝。刘秀称帝后，不忘对桑树许下的大愿，决定前去还愿。哪知，刘秀一时疏忽，竟将金牌挂在了椿树上。这么一错挂，把桑树的肚皮都气裂了，杨树性格较豪爽，见桑树那个狼狈劲，不禁哈哈大笑，笑得鼻涕流出很长很长，柳树性情较柔，默不作声地向外传递信息。所以，至今你仔细看看，桑树的树干皮裂得很深，椿树上挂满着一片片金黄牌子，杨树每年春季的杨树枝都很长，柳絮则满天飞扬。

这则故事虽不真实，但能利用几种不同树种的特点编成故事，既有风趣，又便于区分树种，也是动了一点脑筋。

2.以行业特点为内容

邓兆华讲过一个故事，让人捧腹大笑，回味无穷。他讲：以后找工作，最好找电业方面的，它有许多好处，一是办事效率高，二是好找对象。为让听众明白，他按这两句话，讲了两则小故事。

办事效率高讲的是：有位贾姓老汉的儿子在部队当兵，一日，贾老汉接到儿子来信，信中讲，让速寄一双母亲做的布鞋。贾老汉与老伴商量，可能是儿子训练任务重，费鞋，才让速寄，可这咋寄才快呢？老两口商量半天，贾老汉突然说：有办法了，听人说，电寄最快，前几天，咱村南马路边刚栽下电杆和电线，咱们今晚就寄去。当晚3点钟，正是夜深人静之时，贾老汉拿上新鞋和一根长竹竿来到电杆旁，用鞋带把两只鞋连起来，用竹竿把鞋挂在了电线上，然后，高高兴兴地离去。当晚4点钟左右，有一拾粪老翁路过这里，见电线上挂着一双新布鞋，好生奇怪，便找来一根长棍将鞋取下来。老翁将新鞋往脚上一试，正好合适，于是，穿上新鞋，将自己的一双旧鞋仍挂原处。凌晨5点钟，贾老汉刚睡醒，便急急忙忙去看鞋寄走没有。贾老汉来到挂鞋的地方，不禁大喜，把旧鞋取下来，急匆匆回家给老伴报喜说："电邮就是快，才两个钟头，儿子把新鞋穿上，就把旧鞋给邮回来了。"

好找对象讲的是：有一名电业职工，工作多年，也没在单位找到对象。于是，准备回老家找个对象。女方家很细心，问东问西，问南问北，最后，连男方干的工种都问。男方是挖厕所的，在回答工种时，没有直说，便似是而非地回答道："铲垫工。"女方家一听，心想："产电工"，电业部门不产电谁产电？工种还不错，还是电业方面主力，也没再说什么，就同意了这门婚事。婚后不久，女方来男方单位探亲，见男方每日天不亮，就独自一人扛把铁锹出去了，且衣服穿得也不很整洁。再看看左邻右舍，都是三五成群上班。于是，女方起了疑心，便追问男方："究竟干什么工种？"男方很自然地回答："铲垫工。"女方不懂电，也没法深究，但疑心并没解除。一日凌晨，男方上班，女方稍稍尾随其后，想看个究竟。只见男方拿着铁锹、扫帚走进厕所，一个多小时才出来擦洗铁锹，一连观察三天，女方终于明白了一切。于是，女方责问男方："你是打扫厕所的，为什么骗我说是'产电工'"？男方微笑道："你看我像骗子吗？我说我是'铲垫工'，一点也没骗你，现在都是旱厕所，每天都要把屎尿铲除干净，然后垫上白灰消毒，这一铲一垫的工作，简称不就是'铲垫工'吗？"女方一听，无言以对。

邓文龙讲的故事更有趣：一老汉去城中办事，晚上住进旅店。逛夜市回店，突然烟瘾大发，急忙拿出烟及火柴，怎奈火柴受潮，划不着火，急得老汉抓耳挠腮。忽然，老汉抬头看见电灯泡发着亮光，一时喜上眉梢，暗想：天无绝人之路，在家抽烟，对着油灯吸烟是常事，现在何不对灯吸烟呢？于是，老汉口里叼着烟，对着发热的灯泡用力吸，可不管怎样吸，就是对不着火。老汉摘下灯泡，灯就灭，重新安上，灯就亮。老汉心想："活见鬼，这灯也欺生啊！非教训它一下不可。"老汉边想边拿着烟锅，对着灯泡敲打着说："我叫你欺负人！"这一敲，灯泡碎了，房间黑了一夜。老汉感叹道："这电业单位的人也太小气、太聪明、太有办法了，耍弄了人，还不允许别人发点小脾气，你一使性子，他就治得你毫无办法。"

在农村这三年，概略统计，足足读了一百多本各式书籍，其中有《红楼梦》《三国演义》《西游记》《水浒传》等古典名著，也有《包公案》《刘公案》《施公案》等古典破案小说，还有《苦菜花》《迎春花》《山菊花》《青春之歌》《林海雪原》等现代名著。当时，不知什么是"香花"，什么是"毒草"，反正"捡到篮内都是菜"。特别是《封神演义》《钟馗捉鬼》《东周列国志》等，书中讲了许多神鬼的来历及民间一些风俗习惯的形成，稍一用心加工，就能成为破除迷信、解放思想、移风易俗、继承历史传统文化的好教材。为读这些书，在田野、地头、河边、井旁、井台、树下，到处都留着读书的痕迹。我的读书小伙伴，按当时的文化水准，乡亲们都亲切地称我们为"秀才"。我的这些小伙伴，都是讲故事高手，在一二百人的打粮放碌场上，在百八十人一齐收麦子、剥玉米的场地，在一二十人的拉犁、拉耙、摇耧播种中，在几个小组围在一起休息之时，我的小伙伴都会轮番讲着娓娓动听的故事。也许是"山中无老虎，猴子称大王"的缘故吧，我的小伙伴讲的这些故事或传统、传奇，或幽默、风趣，或结合时事政策，宣传党的路线，既活跃了农村的文化生活，又使乡亲们了解了党的政策，增加了知识，感受到乐趣，深受乡亲们欢迎，不管干什么活，乡亲们总爱和我们在一起。

一次，我和邓兆华等几个小伙伴在玉米地里一起割青草喂牛，下午5点钟左右，有点饿了，一个小伙伴提议："现在的玉米正是烧烤最香甜的季节，我们何不烧烤几根玉米棒子解解馋。"小伙伴的提议得到一致赞同。于是，有的捡干柴，有的挖灶，有的去选较好的玉米棒子。不一会，一切就绪，环乡河河畔便升起了一缕青烟，直达云霄。玉米棒子经烧烤后，冒出一股清香，我们几个小伙伴可乐了。就在烧烤的玉米将熟之际，我们的大队支书朱之祥直奔而来。我们心里直犯嘀咕："等着挨批吧！"正在犯难之际，一个小伙伴说："别紧张，咱们现在开始讲故事，这样可以缓解一下情绪。"于是，邓兆华便绘声绘色地讲起"关云长千里走单骑"。朱支书走到我们旁边，听我们正在讲"擂鼓三声斩蔡阳"，便二话没说，坐在旁边听，听了个把钟头，我们的故事也讲完了这一段，朱支书起身说："该回家了。"听朱支书这么一说，我们悬着的心也掉肚子里了。事后，朱支书给支部班子成员讲起这件事时说："我本来是想抓个现行，好好批他们一顿，可他们的故事讲得太好了，听着听着，我竟忘了'正事'，最后想起来了，也不好意思再说这事了。"就在前几天，我和邓兆华在一起说起这件事，至今还觉得这件事挺逗人，挺有趣味。

赠人玫瑰，手留余香；帮助了别人，提高了自己。我的小伙伴在给乡亲们讲故事时，乡亲们也给我们讲了许多流传下来的经典故事，使我们受益匪浅。我的同班同学刘文习在学校学习刻苦，成绩优秀，特别是珠算，堪称学校"算一把"，毕业后在信用社工作五十多年，成为当地商业战线改革的名人；同班同学邓文龙工作认真负责，积极上进，历任大队支书四十多年，为农村发展作出贡献，深受群众欢迎；邓秉善深谙古典文化，在恢复高考之初，一个初中生，以仅差一分的成绩落选博士研究生，曾震惊招考人员，在当教师时，曾多次给教授讲过自己对历史研究的成果；邓兆华经苦心钻研，在推拿按摩上独具匠心，造诣很高，不仅在国内很有名气，还荣获世界名医称号。农村劳动这三年，对我来讲，收获颇丰，我体会到农民的朴实、忠厚、勤恳、善良，学到了许多书本上学不到的知识。我还把乡亲们的许多经典语言、故事记下来，不断充实自己，提高自己，为完成作家梦积累知识，积蓄力量。

四、陈登科的第一篇文章给了我追梦勇气

1964 年 9 月 6 日，我应征入伍，来到祖国西部边陲的新疆塔城地区，我们部队的代号叫 36143 部队。来部队时，我没有忘记当作家的梦想，把平时积累的一些重要学习资料带上，为的是实现梦想。

1964 年，刚到部队，军事上，正处全军大比武、大练兵之际；政治上，正处"学雷锋，见行动"、学"硬骨头六连"之时；"比、学、赶、帮、超""一帮一，一对红""五好战士""四好连队"创建，这都成了必修课。我以全新的姿态投入部队、适应部队。新兵训练结束，我曾获"投弹能手""神枪手"好成绩，转业后，在安阳市处级以上干部射击比赛时，我仍以十发子弹 98 环成绩取得第一名。在学雷锋活动中，重点是用雷锋精神指导行动。但是，学习不好，行动也无从谈起。当时，一个班发一本《雷锋的故事》书进行集体学习，我通读此书后，深受启发、教育，便利用时间把这本书中的日记全部抄写下来，并日夜熟读，直至能流畅地背诵下来。

1965 年，根据中国人民解放军总政治部要求，在全军率先掀起了学习《毛泽东选集》高潮，特别是对"老三篇"，不仅要会读、会写，还要求会背诵、会应用，做到"活学活用，立竿见影"。要求做到：一言一行以"完全、彻底为人民服务"为标准；克服困难以"下定决心，不怕牺牲，排除万难，去争胜利"为指导；目标是做"五种人"，即"一个高尚的人，一个纯粹的人，一个有道

德的人，一个脱离了低级趣味的人，一个有益于人民的人。"之后，总政治部又陆续下发了《毛泽东语录》《毛泽东诗词》《毛主席的五篇哲学著作》。当时，做一名军人的政治准则是"读毛主席的书，听毛主席的话，照毛主席的指示办事，做毛主席的好战士"。

军人"以服务命令为天职"，在全军开展大学特学毛泽东思想的当时，我也是如饥似渴地昼夜学习。有不少的夜晚，熄灯号吹后，为不影响其他同志休息，我钻在被窝内，打着手电筒学习、"过电影"，加深记忆。我曾通读《毛泽东选集》四卷本三遍，《毛泽东语录》《毛泽东诗词》，我背得滚瓜烂熟，并能熟练背诵《毛主席的五篇哲学著作》。通过学习毛主席著作，极大地提高了我的思想、文化、政治素质，1969年9月，我出席了骑兵第一师学习毛主席著作积极分子代表大会，并在会上作了典型发言。在大学特学毛泽东著作年代，文化娱乐生活很单调，都怕成为"封、资、修"的批判对象。当时中国有8亿人，话剧、电影反反复复的只有8个"样板戏"：它们是京剧《红灯记》《沙家浜》《智取威虎山》《海港》《奇袭白虎团》，芭蕾舞剧《红色娘子军》《白毛女》，交响音乐《沙家浜》，这就是当时人们通常简称的"八亿人民八台戏"。电影，除了"老三战"，即《地道战》《地雷战》《南征北战》外，便是《新闻简报》。

工作不同，任务不同，思想观念也不同。来到部队，一切的一切都与上学、务农千差万别。在学校，主要讲的是：学好物理化，走遍天下都不怕；学好语文会说话，不是领导就是作家，基本观念是：一年之计在于春，一日之计在于晨；一生之计在于少，唯恐少年不用心。务农时，主要任务是多生产粮棉油，基本观念是：庄稼一枝花，水肥全当家；种地没诀窍，只要汗水到。在部队，主要任务是：提高警惕，保卫祖国；加强战备，准备打仗。基本观念是：宁可千日不打，不可一日不备；养兵千日，用兵一时；备战备到共产主义实现，扛枪扛到敌人完蛋。在农村，集体活动之外，个人可以自由支配时间；在部队，一切行动听指挥，连吃饭、睡觉都要统一时间，训练、学习更不用说了。在农村，看古典或现代小说、散人、诗歌等，由个人兴趣选读；在部队，不让看小说、散文、诗歌等，学习由班、排、连根据当时形势、任务统一安排，统一组织学习。在学习方面，我感到在部队最大的优势是：班班有《解放军报》《解放军文艺》，还有新疆军区办的《战胜报》等，这都是我从没接触过的报刊，我求知若渴。在《读书与学习》栏目，我先后看过两篇文章。一篇文章介绍，著名作家陈登科写第一篇文章时，总共60多个字，就有34个错别字，他不灰心，不气馁，最终成为文学战线上的名人。另一篇文章介绍，高玉宝刚当兵时一个大字不识，当兵后刻苦学习文化知识，写出轰动全国、震撼文坛的《我要读书》一书。天才在于勤奋，知识在于积累；常读书书中有味，常作文笔下生花。在以前，我虽然有当作家的梦想，但总感觉自己文化水平低，知识欠缺，不敢提笔试试。陈登科、高玉宝的生动事迹，深深地感动着我，激励着我，我下定决心，要拿起笔来试试。

受"陈登科的第一篇稿子"启发、鼓励，我于1965年8月第一次写了百字游泳简讯，获"新疆解放军报"通讯报道一等奖

1965年，7月上旬至8月中旬，我们部队在新疆额敏县西南的敏河旁进行游泳训练一个月，初步掌握了一些游泳技巧。当时，我写了一篇《苦练水上杀敌硬功》的短讯寄给《新疆解放军报》报社，此报后改为《战胜报》，没过几天，这篇短讯刊登在报纸的头版上，由于紧密联系部队任务，被评为一等奖。我看到后，内心高兴极了，我小心翼翼地用剪刀把这篇文章剪下来，整整齐齐地贴在我心爱的一个日记本上，生怕丢失或损坏，这篇文章至今50多年了，我仍保

存完好无损。别看这只有一百多个字的小"豆腐块"，它对我来讲，意义重大。它是我第一次向报社投稿，又是首次投稿并获通讯报道一等奖，它是我梦想成真的前奏、动力、鼓励、鞭策。从此，我与报社结下了不解之缘，在部队 21 年，曾先后向报社投稿数百篇，不少稿件还登在头版上。

在 21 年的军旅生活中，我撰写的《在野营拉练中锤炼对党的一颗忠心》曾在全军转发；《连队基层后勤管理》曾印发新疆军区各基层单位推广使用，并转发全军；与政治处原主任毕谦共同撰写的《引来天山水，灌溉万亩田》的经验曾在全军推广，我们部队农场场长杜克仁在参加全国先进农场代表大会时，曾受到国家主席杨尚昆接见。特别是 1970 年 1 月初，正值"三九"严寒季节，我们部队组成由副参谋长钱树森带队，司、政、后三大机关各派一名参谋、干事、助理员参加的冬训指挥部，率三营八连、炮连、侦察连等计 284 人，展开了冬季野营大拉练、大练兵，以便摸索经验，改革创新，全面提高部队战斗力。当时，我是后勤机关最年轻的助理员，被抽调为冬训指挥部成员。当时野营大拉练、大练兵明确的指导思想主要是围绕"吃、住、走、打、藏"五个字进行，重点检验部队在冬季严寒条件下的生存能力、耐寒能力、适应能力、作战能力、隐蔽能力等。在这次拉练中，我的主要任务是负责对拉练部队的各项后勤保障及各项资料的收集整理，当时，因天太冷，钢笔水被冻得写不成字，我便用铅笔纪录各项数据、资料。通过这次零下 38 摄氏度严冬野营大拉练，在武器装备方面暴露出不少问题，诸如：汽车发动机发动不了，炮弹外壳涂的黏稠炮油使炮弹装不进炮膛，轻重机枪因枪油黏稠卡壳，冰天雪地无法垒锅灶，被褥太薄且易渗水，水壶中的水易冻成冰疙瘩等二十多个问题，并对解决这些问题提出建议。这些问题引起总参谋部、总政治部、总后勤部高度重视，问题很快得到较好解决。特别值得喜悦、骄傲的是，这次寒冬野营大拉练的材料上报军委后，毛泽东主席阅后，十分高兴地批示："这样训练好。"毛主席的重要批示，在全党、全国、全军引起巨大反响，为全军掀起冬季大练兵吹响了集结号。拉练时，我写的《在拉练中锤炼对党的忠心》被总参明码电报转发全军，在拉练途中的克拉玛依市，师党委对我进行了全师通令嘉奖。

五、四十年厚积薄发终成书

1964年，我应征入伍，1986年，转业到安阳电厂，在部队服役21年。这21年，在解放军这所大学校里，学政治，学军事、学文化，政治、军事、文化等素质得到了全面提高。我的一生简要可以概括为：我把青春献边疆，献罢边疆献家乡，为国为民心无愧，我把一切献给党。

1985年，我积极响应党中央裁军百万号召，1986年3月，我转业到安阳电厂。在部队，可谓"两眼一睁，忙到熄灯；分秒备战，不敢放松。"到地方工作后，除了8小时上班，其他时间几乎都可以由自己支配，为实现自己的梦想可以放手一搏了。

常言说："好记性不如烂笔头"，从1956年起，我开始收集名言、警句、俗语、豪言壮语、歇后语等，为不失时机，我口袋中始终装着一支钢笔一个本，听到、看到、想到的好句子，便及时记下来，就连晚上看电影、戏剧，听到好的言语，我也能较工整地记下来。几十年来，我记录的笔记达200多本。这些笔记，我视为至宝，有些笔记，从河南带到新疆，又从新疆带回了河南。

转业后，根据我的资料收集，我想写本书。我曾想："我的最大兴趣是看书，我热爱书，又看了那么多书，可书架上却没有我写的一本书，什么时候书架能有我写的一本书，实现一下青少年时代的梦想，那该多好呀！"有了这样的想法，我便下定决心，不分昼夜，对这200多本日记有目的、有计划地进行整理。第一步，首先将这200多本日记中含有正能量的句子全部摘录下来。第二步，将意义相同或意义近似的进行归纳成篇。第三步，按纲目、类别进行区分整合。这样，在当时全靠手写操作的年代，200多本日记，上千万字，数十万条句子，单靠大脑记忆，重复使用的句子太多了。虽经多次检查、删减，解决了部分问题，但重复句子仍不少，特别是一语多义的句子，更是如此。为彻底根除这一弊端，我又按"字典音节表"进行重新排列，这样，才杜绝了句子的重复。之后，我再根据对句子的理解，选择意义相同者进行组合，形成一个类别。为写这本书，我费尽了许多难以想象的困难、周折，前前后后积累资料40余年，分类整理12年，内含100余个章节，经六易其稿，定书名《文明锦言一百篇》。从1956年收集资料，到1998年成书，为了梦想，可谓历尽了艰辛。1998年，我将书稿《文明锦言一百篇》寄到中国文联出版社，出版社认为稿件很好，准备出版。我听后很高兴，我高兴的不是每个字给了0.025元的稿费，而是我四十多年功夫没白费，我书架上终于有了自己写的书。说实在的，这本万言以上的书，为避免句子重复，在全靠记忆的当时，我全部记在心里，下功夫之深，可想而知。

我在安阳电厂曾任纪委书记12年，由于党政工团齐抓共管，特别是领导干部廉洁奉公，做廉洁自律的带头人，使安阳电厂风清水净，连续12年没出现职务犯罪，曾先后多次被河南省电力公司、中国大唐集团公司以安阳电厂冠名为廉政建设先进单位进行表彰。实践使我深刻认识到"坚持标本兼治，教育是基础，制度是保证，监督是关键，法制要从严"，这从源头上预防腐败指明了方向。因为只有抓好教育不想贪、重典治腐不敢贪、强化制变、监督不能贪，才能从源头上预防腐败的滋生。

为抓好廉洁教育，我们曾进行过多种形式、多种方法的尝试，均收到良好效果。例如：理想信念教育、职业道德教育、优良传统教育、艰苦奋斗教育等；还进行了"颜色"教育：如"红色"教育，即参观革命摇篮圣地延安、红旗渠，发扬革命传统，树立艰苦奋斗的精神，参观革命烈士纪念馆，学习革命前辈无私奉献的精神。"黑色"教育，既参观监狱一日生活，听罪犯讲犯罪原因、经过、忏悔，特别是罪犯痛哭流涕的悔过，常常撼人心肺："莫伸手，伸手必被捉……"安阳电厂这一教育方法在全国开创了廉洁教育先例，曾在《中国纪检监察报》《检察日报》刊登，引起强烈反响。"绿色"教育，即下农村扶贫帮困，捐款帮建多所希望小学，树立勤俭为荣、贪腐可耻的思想观念。"白色"教育，即参观殡仪馆，树立正确的世界观、人生观、价值观，为人民利益而死，死得比泰山还重，为个人利益而死，死得比鸿毛还轻；清廉流芳千古，贪腐遗臭万年。

为抓好教育,我养成一种习惯,每天坚持看完《中国纪检监察报》《检察日报》《人民法院报》《纪检与监察》等报刊上的反腐败文章才休息。十多年纪检工作经历,我积累了一万多例反腐败案例,案例资料高度达两米多,重达200多斤。我反复逐例分析案件产生的内因、外因、动机、危害及根治办法等,费尽千辛万苦,历经无数个不眠之夜,使研究成果出版发行。

1998年,《文明锦言一百篇》经中国文联出版社出版后,被列为全国精神文明建设读本,详见《中国精神文明建设年鉴(2000)》第1038页。2003年初,河南省电力公司发文将我著的《警钟长鸣话清廉》列为廉政教育资料,并在2004年1月14日的《河南电力报》以"廉政建设满园春"为题作了报道。2010年,中国大唐集团公司监察局首次以〔2010〕5号文件将我著的《职务犯罪成因剖析》一书列为廉政教育资料,收到良好效果。

六、追梦终有圆梦时

2005年5月我退休后,仍笔耕不辍,我根据自己的亲身经历,以弘扬社会正能量为前提,以对历史负责的态度,将自己熟知的一些先进人物的事迹,先后又出版了《美好人生属于谁》《读此书益人生》等书,深受好评,我写的回忆录"我亲自参加的1970年野营大拉练"被《党史博览》刊登后,阅读量达数十万人次,好评如潮。并被收入中国共产党党史、军史。

古人言:"人活七十古来稀"。前两年,我想写一本回忆录。咱虽不是伟人、名人,但凡人也有凡人的经历、故事、乐趣。我想写,但因眼疾,没有动笔。前段时间,根据自身情况,列了个写作计划:每天上午前两个小时,趁思路较清、眼力较好之时写,感到眼睛疲劳时便休息。这样,最大的缺陷是:刚有些思路,又常常被中断,没办法,只好断断续续、缓缓慢慢地写。

说句真心话,我从小就没想过当什么官,但从1956年始,心中一直有个作家梦,数十余年,经历了上学、务农、军人、务工、退休等阶段,始终为实现梦想奋斗不息。曾先后发表诗歌、散文、通讯、论文500多篇,已出版书籍5本,

中国精神文明建设年鉴（2000）第1038页：《职务犯罪成因剖析》一书廉政教育报道情况

《警钟长鸣话清廉》一书廉政教育报道情况

总计200多万字。我写的几本书，《文明锦言一百篇》被列为国家精神文明建设读本，《警钟长鸣话清廉》《职务犯罪成因剖析》两本书曾先后被河南省电力系统、安阳市纪委、中国大唐集团公司列为廉政教育读本，并被安阳市图书馆、安阳县博物馆收藏。

有意思的是，我为当一名作家奋斗了几十年，竟没过问过怎么才算作家。2012年，我与才华横溢的战友、原部队政治处主任毕谦在一块闲聊，毕谦讲："这几年专攻书法，书法多次被刊登，并多次获一等、二等奖，现已被省书法协会正式吸收为会员。"之后他又问我："你写了那么多文章，又出了几本书，你早是作家协会成员了吧？"

毕谦的话提醒了我。我想：是啊！干啥也有规矩、章程，我也应向作家协会提出申请试试。于是，我拿上有关资料，找到省、市作家协会有关负责人讲了情况，问道："根据我的情况，能加入作家协会吗？"得到的回答很有深意："加入是个人志愿，协会根据个人申请的资料，经集体研究，才能决定能否加入。

不过，根据资料，我个人看法是，你早已具备条件了。"2013 年 4 月，经河南省作家协会研究批准，我正式成为河南省作家协会会员。

大千世界，芸芸众生，人人都有过一个或者多个梦想，其结局无非是两种结果：一种是，只有梦想，不愿付出，梦中甜，梦醒苦，叫黄粱美梦；另一种是，有梦想，艰苦追求，不达目的，誓不罢休，最后是梦想成真。

愿天下所有人都有一个美好的梦想，为实现梦想甩开膀子大干、苦干，为实现自己的美好梦想而努力奋斗，为实现祖国的伟大复兴添砖增瓦！

本文原载于《读此书益人生》中国言实出版社（2015）

爱国奉献百年梦

时代楷模万民敬，爱国奉献百年梦；

抛洒热血忠于党，中华史册留英名。

　　乐于奉献、勇于牺牲的精神是伟大的中国共产党人及伟大的中华民族的优良传统、光荣美德。新中国成立前，靠这种精神，推翻了压在中国人民头上的三座大山，建立了新中国。在社会主义建设时期，靠这种精神，经济建设获得了巨大成就。在改革开放、建设具有中国特色的社会主义新的历史时期，仍然需要继续发扬乐于奉献、勇于牺牲的精神，"中国梦"就一定会实现，中国的明天一定会更加美好。中国共产党、中国人民永远不会忘记为党、为国、为民乐于奉献、勇于牺牲作出巨大贡献的时代楷模。

　　我从小十分敬重英雄模范、时代楷模。20世纪50年代初，在我刚记事时，最爱听老一辈人讲抗日战争、解放战争中的英雄故事。随着年龄的增长，老师、领导讲课教育，书本上学，报纸上看，电影、戏曲、新闻广播中听等宣传，对各个时期的时代楷模信息接收量越来越大，感受越来越深，许多时代楷模曾是我们的必修课。为此，我积累了不少资料自学，探讨，写些笔记，育己育人，很有收益。2012年11月29日，习近平总书记提出要实现"中国梦""两个一百年"的核心目标，这是一项伟大的工程，是需要几代人的奉献、奋斗。因此，我将几十年积累的一些资料进行梳理，整理了数十例时代楷模概要，目的是想让读者加深了解：要实现"中国梦"，必须胸怀共产主义远大理想目标，必须有一代接一代爱国奉献的传承，必须有一步一个脚印的实干精神，必要时，不惜流血牺牲。不要忘记革命前辈的历史功绩，常思今日幸福来之不易；不要忘记我们的历史责任，为实现"中国梦"开创更好的明天。

实现中华民族的伟大复兴，这是一桩宏伟的事业，也是一个艰巨的历史进程。这一宏伟事业，呼唤着千千万万奉献者，这一历史进程，造就着一代又一代奉献者。时代的车轮在奉献者推动下前进，事业的蓝图在奉献者奋斗中实现，民族的未来因奉献者的努力而充满希望。让我们唱响奉献者之歌，点赞爱国奉献者，共同创造我们的幸福和美好的未来！

一、为建立新中国流血牺牲的时代楷模

在共产主义理想信念鼓舞下，无数党的优秀儿女、为了追求自己为之奋斗的共产主义事业，抛头颅、洒热血，留下了光彩照人的形象，谱写了人间壮歌。他们之所以这样，就在于有坚定的共产主义理想、信念，相信共产主义事业最终的到来，他们以实际行动书写了爱国奉献壮举，为建立新中国作出了伟大的历史功绩，名垂千古，党和人民永远不会忘记。

"不能因为你们今天绞死了我，就绞死了伟大的共产主义！"这是杰出的无产阶级革命家李大钊在临刑前所作的庄严宣告。李大钊是我国最早的马克思主义者，领导过五四运动，是党的创始人之一。1927年4月6日，李大钊被北洋军阀逮捕。在监狱里，敌人用残酷的刑罚拷打他。但是，李大钊大义凛然，坚贞不屈。4月28日，敌人把李大钊秘密杀害。李大钊昂首走上绞架，发表了最后一次演讲，他说："我们已经培养了很多同志，如同红花的种子，撒遍各地。我们深信，共产主义在世界、在中国，必然要得到光荣的胜利！"

"砍头不要紧，只要主义真。杀了夏明翰，还有后来人。"1928年，夏明翰烈士在武汉英勇就义的时候，写下了这首光辉的诗篇。夏明翰20岁开始从事革命活动，1928年2月8日，国民党反动派逮捕了他。审讯的时候，敌人问："多少岁？""我是共产党，共产党万万岁！""籍贯？""革命者四海为家，我们的籍贯是全世界。总有一天，红旗要插遍全世界！""有没有宗教信仰？""我们共产党人不信神，不信鬼，我们信仰马克思主义。""你们的人在哪里？""都在我心里。"敌人费尽心机，也没有得到他们需要的任何东西。第二天，敌人把他杀害了。

吉鸿昌是抗日英雄。《从奴隶到将军》这部电影就是讲的吉鸿昌。吉鸿昌在牺牲前，留下了这样一首光辉的诗篇："恨不抗日死，留作今日羞。国破尚如此，我何惜此头。"在刑场上，吉鸿昌让特务搬一张椅子让他坐下。他说："我为抗日而死，不能跪下挨枪，我死了不能倒下！"当敌人在他眼前举起枪的时候，他高呼："中国共产党万岁！""抗日万岁！"英勇就义。

1927 年，陈铁军、周文雍为了党的事业，假扮夫妻开展秘密的对敌斗争工作，并建立了感情，1928 年 1 月 17 日被捕，经受惨无人道的酷刑，坐老虎凳、吊飞机、十指穿心，丝毫难移革命意志，1928 年 2 月 6 日，被敌人枪杀。在刑场上，陈铁军、周文雍大义凛然、英勇就义，他们面对敌人的枪口慷慨陈词："头可断、肢可折，革命精神不可灭，志士头颅为党落，好汉身躯为群裂。""让敌人的枪声作为我们婚礼的礼炮吧！"他们留下了千古绝唱"刑场上的婚礼"！

杨靖宇，东北抗日联军主要负责人，1938 年秋，在强大的敌军面前，被迫进入长白山区，在缺食少衣、气候条件极其恶劣的条件下仍顽强战斗。一次，他孤身与上千敌人奋战五昼夜，不幸以身殉国，敌人解剖他的遗体，发现胃中除了草根，树皮外，竟没有一粒粮食，连敌人也惊叹不已。

刘胡兰，十岁参加抗日儿童团，14 岁参加共产党，15 岁被捕入狱，面对敌人的利诱，刘胡兰轻蔑地笑道："给个金山，我也不会自白！"敌人又搬来铡刀，刘胡兰却握紧拳头，大声回答："怕死就不当共产党！"在走上刑场时，刘胡兰挺胸高呼："毛主席万岁！中国共产党万岁！"死时，刘胡兰年仅 15 岁。毛泽东主席知道后，为刘胡兰写下了"生的伟大，死的光荣"光辉题词。

"红岩上红梅开……"这首歌家喻户晓，江姐的名字也名扬天下。江姐，实名江竹筠，人们尊称她为江姐，1939 年加入党组织后，从事地下工作，被捕前是中共下川东地委委员。1948 年 6 月，由于叛徒出卖，江姐被捕，敌人为让江姐供出党的秘密，用特制的四棱筷子轮换夹击左右手指，并打得遍体鳞伤，但江姐始终严守党的秘密，并笑谈敌人的严刑："毒刑是太小的考验，筷子是竹子做的，共产党员的意志是钢的！"1949年，江姐被国民党特务残酷杀害，时年29岁。

董存瑞舍身炸碉堡的英勇壮举无人不知、无人不晓。1948年5月25日，在解放隆化县的战斗中，因部队受阻于敌人的桥型暗堡，董存瑞主动请战，毅然抱起炸药包冲向敌方，冲至桥下，因身边无处安放炸药包，紧急时刻，董存瑞用自己的身体充当支架——手托炸药包，拉开导火索，高声喊道："为了新中国，前进！"突然间，一声巨响，地动山摇，敌人的桥型暗堡被炸得粉碎，董存瑞用自己的生命为部队开辟了一条胜利通道。

为了建立新中国，千千万万爱国奉献者的壮举比比皆是。

二、新中国成立后社会主义建设时期的时代楷模

社会主义建设时期，为党的事业无私奉献的时代楷模层出不穷。

黄继光：1951年赴朝参战，在著名的上甘岭战役中，部队前进受到敌地堡集团火力点阻碍，黄继光主动请战，当炸毁敌几个火力点后，仍发现还有一个火力点继续顽抗，此时黄继光身负重伤，手雷已用完，为了开辟前进道路，减少部队伤亡，黄继光向火力点爬去，他用自己的胸膛堵住了敌人的机枪射孔，保证了部队完成了攻克高地的任务。

雷锋："人的生命是有限的，可是，为人民服务是无限的，我要把有限的生命，投入到无限的为人民服务中去"这是雷锋的一段名言。雷锋的一生没有什么惊天动地的壮举，但他平凡而伟大的精神却是时代的楷模。他不幸以身殉职后，毛主席亲笔题词："向雷锋同志学习"，周恩来总理题词："向雷锋同志学习，爱憎分明的阶级立场，言行一致的革命精神，公而忘私的共产主义风格，奋不顾身的无产阶级斗志。"

焦裕禄：兰考原是沙荒、盐碱、内涝、水灾之地，是豫东重灾区中的"黑锅底"。

1962 年焦裕禄被调到这里担任县委书记，带领兰考人民与深重的自然灾害进行顽强斗争，努力改变兰考面貌。他身患肝癌，仍然忍着剧痛坚持工作。1964 年，焦裕禄因肝癌病逝于郑州，终年 42 岁。他在兰考担任县委书记时所表现出来的"亲民爱民、艰苦奋斗、科学求实、迎难而上、无私奉献"的精神，被后人称之为"焦裕禄精神"。被全国树为"县委书记的榜样"。

杨根思：在赴朝作战期间，1950 年 11 月 29 日，杨根思带一个排守卫小高岭阵地，打退敌人多次冲锋，在最后只剩他一个人时，敌人密密麻麻又向小高岭冲击，杨根思抱起一个炸药包，拉燃了导火索，冲向敌阵，吓破了敌胆，敌人成群地倒下了，杨根思也光荣牺牲了。杨根思被授予特级英雄称号。

罗光显：1959 年在中印反击战中，部队前进受到印军所布地雷阻碍，为了迅速开辟前进通道，罗光显舍身滚雷，用自己的生命和鲜血为部队开辟了通道，为部队赢得了时间，赢得了胜利。

陶少文："苦了我一个，幸福十亿人"。这是老山前线将士的誓言。1979 年，在对越反击战中，23 号高地上的一个敌堡疯狂阻击部队前进，部队连发多发火箭弹均未摧毁，陶少文主动要求炸敌堡，他把爆破筒送进敌堡，被敌人推出来，在这千钧一发之际，陶少文用尽全力，再次将爆破筒送进敌堡，然后用肩死死顶住爆破筒，迅速拉燃导火索，用生命开辟了通路。

王进喜：黑龙江省大庆油田石油工人王进喜，在 20 世纪 60 年代初，在石油大会战时，因用自己的身体制伏井喷而家喻户晓，人称"王铁人"。"铁人精神"是石油战线旗帜，也是全国艰苦奋斗自力更生的旗帜，素有"石油工人一声吼，地球也要抖三抖。石油工人干劲大，天大困难也不怕。宁可少活二十年，拼命也要拿下大油田。北风当电扇，大雪当炒面，天南海北来会战，誓夺头号大油田。"摘掉了中国"无油、贫油"帽子，为社会主义建设作出了巨大贡献。

欧阳海："如果需要为共产主义理想而牺牲，我们每一个人都应该也可以做到脸不变色，心不跳"。1963 年 11 月 18 日，欧阳海所在的部队在湖南省衡山县进行野营训练。当他们经过京广铁路的时候，正有一列火车开来。一头驮着炮架的骡子被火车的汽笛声惊吓了，一下闯上了铁路，不管驭手怎样拉它，它还是站在那儿纹丝不动。火车越来越近，眼看就要和骡子撞上了，后果将不堪设想。在这紧急关头，欧阳海一个箭步冲了上去，使出全身的力气，把骡子推开。火车和旅客得救了，但是欧阳海被撞伤，壮烈牺牲了。欧阳海奋不顾身、舍己救人的崇高品质，受到人们热烈的赞扬。部队追认欧阳海为"爱民模范"，国防部把他生前所在的班命名为"欧阳海班"。

蒋诚：1952 年 11 月 1 日，蒋诚所在的 12 军开始投入上甘岭战役，此时上甘岭 537.7 高地已陷入最危急的境地。在这场残酷血战中，蒋诚创下了奇功。他用重机枪击落敌机一架，歼敌 400 余名，自己也负了伤。抗美援朝战争胜利后，蒋诚复员回到老家，重新当上农民。喜报 1953 年寄出，直到 35 年后，家人才看到这封喜报，其原因是喜报将蒋诚所在的隆兴乡写成了兴隆乡，喜报未能顺利寄达。1988 年，合川相关部门修改《合川县志》，整理档案资料时，才发现了这张无人认领的喜报。"贵府蒋诚同志在上甘岭战役中创立功绩，业经批准记一等功一次，除按功给奖外，特此报喜，恭贺蒋诚同志为人民立功，全家光荣。"喜报被传到蒋诚所在的隆兴乡，大家才知道原来那个乡里的养蚕专员，竟是立过一等功的战斗英雄。蒋诚忠于党、忠于人民，从不计较个人利益，在复员退伍后的整整 36 年里，他没向任何一级组织透露过自己这段传奇往事，也没找任何一级组织提出哪怕是正常安排工作的请求，只是以一个农民的身份默默劳作。他从来不讲这个事情，也从来不炫耀他在战场上的功绩，连他的子女，都很少对他们谈。他常说："我没有什么炫耀的，反正就是为国家为人民，也不值得什么炫耀。只是想怎样能够为人民多出一点力，为祖国多打几个敌人，这就是我为人民服务的宗旨。"

为中国的革命事业和建设事业英勇献身的何止这些人？这是什么精神？是无私奉献精神，如果不讲奉献，绝对不可能有这些英雄壮举。打仗时，如不讲奉献，只讲索取，恐怕谁也不会冒着枪林弹雨去冲锋陷阵，谁也不去拿生命去开玩笑。有一首歌中有这样两句歌词："你不扛枪我不扛枪，谁来保卫祖国，谁来保卫家？"讲的就是奉献精神。

三、改革开放以来爱国奉献的时代楷模

改革开放以来，无私奉献者英雄辈出。

"一个人爱的最高境界是爱别人，一个共产党员爱的最高境界是爱人民"，这是"新时期领导干部的楷模"，被藏族人民誉为"活菩萨""高山上的雪莲"孔繁森的一句名言。在阿里工作期间，他带领全区干部群众，克服各种困难，努力发展经济，关心群众疾苦，收养藏族孤儿，用微薄的工资接济生活困难的藏族同胞，三次到医院为藏族同胞献血，临牺牲，身上仅剩 8 元 6 角钱，他把全部爱都献给了人民，献给了党的事业。

"只要人人都献出一点爱，世界将变成美好的人间。"这是武汉东湖之滨中国地质大学图书馆一位普通青年员工王国栋在日记上向雷锋倾吐心声。1993年，王国栋以 7 分之差高考落榜，之后，他参加了工作，工资虽然微薄，但他省吃俭用，用节余的工资，从 1994—1997 年，先后资助 6 名贫困大学生上学。王国栋也是个十分好学的人，其间先后三次考上大学，但一想到自己去上学，6名贫困学生将会失去生活来源。想到此，他三次收到大学录取通知书，三次放弃上学。直至 1997 年他资助的 6 名大学生先后毕业，他再次考上大学才去上。1997 年，王国栋被团中央授予"全国杰出青年志愿者"称号。

"辛苦我一人，方便千万家。""你不奉献我不奉献谁来奉献，你也索取我也索取向谁索取！"这是上海西部企业集团有限公司中山物业公司房修水电工徐虎为人民服务的誓言。截止到 1995 年，徐虎连续 11 年夜间为民义务服务，占用业余时间 7500 多个小时，为市民解决 2161 件生活难题，市民称他"夜行天使""晚上七点钟升起的太阳"，徐虎被评为全国劳模和行业标兵。徐虎常说："老百姓的事没有小事，作为一名小电工，面前是千家万户，我要用自己的双手把党和政府的温暖送到居民身边。同时，我这样做，也是为了参与造就一种良好的社会风气。"

"奉献在岗位，真情为他人。""一心为乘客，服务最光荣。"这是北京市公交总公司第一运营分公司21路公共汽车服务员李素丽的服务准则。当售票员15年，她始终如一，爱岗敬业，无私奉献，全心全意为顾客服务，被誉为"盲人的眼睛、病人的护士、乘客的贴心人、老百姓的亲闺女"，在平凡的工作岗位上做出了不平凡的贡献。曾荣获"五一劳动奖章""全国三八红旗手""全国职业道德标兵"等荣誉称号。

"人生在世，奉献二字。"这是武汉市武昌区信访办副主任、基层党员干部的榜样吴天祥为人民服务的誓言，他是这样讲的，更是这样做的。他办群众的事不分分内分外，他常说："群众的事拼命去做，艰苦的事努力去做，细致的事过细去做，集体的事认真去做，个人的事找空去做。"吴天祥舍不得给女儿买一双新鞋，却把节省下来的钱送给孤寡老人。有人问吴天祥这样干图个啥？吴天祥的回答很干脆："我啥也不图，只图能做一个合格的共产党员，一个能让人民满意的公仆。"吴天祥好事做了一辈子，20世纪60年代是"五好战士"、70年代是"公安标兵"、80年代是"劳模"、90年代是"全国学雷锋先进个人"。

"上不愧党，下不愧民。"北京军区某给水工程团团长李国安忠实地践行着这一誓言。他从1990年任团长后，带领全团官兵穿戈壁、走沙漠、顶风雪、冒严寒，行程几十万公里，为边疆人民打甜水井1100多眼，化验引水点9000多个，创造了水利工作的奇迹，把党的温暖送到边疆，赢得了党在人民心中的威望。李国安在腰患严重疾病期间，心里仍然想着人民，他系一条钢腰带，带病继续翻山越岭，寻找水源，忠实履行全心全意为人民服务的宗旨，被中央军委命名为"模范团长"。

"我的事业在南沙，要说有什么可图的话，那就是尽一个军人的职责。我要上不负祖国，下不负子孙。"这是爱国守礁模范干部龚允冲对守卫南沙的回答，这就是龚允冲的人生追求。南沙高温、高湿、高盐、狂风恶流、烈日酷暑，但龚允冲多次放弃进机关、进城市的机会，却心甘情愿地奋斗在南沙群岛上，一干就是二十多年。1992年，与妻子、女儿相别三年的龚允冲探家，假期不到一半，部队急电让他返回。在这当儿，他母亲不幸遇车祸住院，龚允冲考虑，军情无小事。于是，他给家留了100元钱，让妻子好好照顾妈妈，自己便毅然决然归队了。他在信中写道："自古忠孝不得两全，您老人家从小就教育我要有志气，长大报效祖国。军令如山，南沙无小事。我只能不辞而别了。"龚允冲常讲："守卫南沙，牺牲自己的美好青春，赢得了人民的欢声笑语；割舍自己的家庭亲情，换得了千家万户美满幸福，这就是我的理想和追求。在父母面前，我不是一个尽孝的儿子；在妻子面前，我不是一个合格的丈夫；在女儿面前，我不是个称职的爸爸；但在祖国人民面前，我要永远无愧于一个'南沙卫士'的光荣称号。"

"做官先做人，万事民为先"。这是湖南省委副书记郑培民同志生前的行为准则。他从事领导职务近20年，身居领导岗位，心系人民群众，以自己的模范行为和崇高品德，赢得了广大群众的衷心赞誉。中组部、中宣部联合通知，号召开展向郑培民同志学习：学习他坚定理想信念，时刻不忘以共产党员的党性要求规范自己行为的崇高品格；学习他心系群众，把全心全意为人民服务作为人生最高追求的公仆情怀；学习他奋发有为、扎实工作、艰苦奋斗的革命精神；学习他始终保持共产党员一身正气、两袖清风、谦虚谨慎、克己奉公的高尚情操。

20世纪60年代，于敏开始氢弹理论探索的任务，是国家最高机密，因工作内容特殊，在28年时间里，他的名字曾是绝密，直到1988年解密。28年隐姓埋名，填补了中国原子核理论的空白，为氢弹突破作出卓越贡献。1999年，国家授予于敏"两弹一星"功勋奖章。2015年1月9日，于敏荣获2014年度国家最高科学技术奖。他婉拒"氢弹之父"的称谓，他说：核武器事业是庞大的系统工程，是在党中央、国务院、中央军委的正确领导下，全国各兄弟单位大力协同完成的大事业。2019年1月16日，这位改革先锋在京去世，享年93岁。在庆祝中华人民共和国成立70周年之际，国家主席习近平签署主席令授予于敏等8人"共和国勋章"。

四、总书记点赞爱国奉献者

伟大的精神支撑着伟大的梦想，在实现中国梦的伟大征程中，爱党、爱国、爱民、奉献社会始终是中华民族的精神支柱，是中国发展强大的不竭动力。2014年9月3日，在纪念中国人民抗日战争暨世界反法西斯战争胜利69周年座谈会上，习近平总书记高度评价了一批抗日将领和英雄群体的爱国精神："如果说，战争年代的赤子情怀是为国捐躯的大无畏精神。那么，和平年代的赤子之心，就是'只要祖国需要，我必全力以赴'的奉献精神。"在历史前进的车轮上，爱国主义精神让中国人民和中华民族在改造中国、改造世界的拼搏中迸发出排山倒海的历史伟力；在中国发展的脚步里，一代代人的无私奉献让中国梦大放异彩，以奉献精神创造辉煌。

2012年11月，习近平总书记在参观《复兴之路》展览时讲："实现中华民族伟大复兴的中国梦是中华民族近代以来最伟大的梦想，只有实干才能梦想成真。我们应当牢记赵一曼的革命故事，传承她用实行教育下一代的革命精神。只要我们一代又一代中国人勠力同心、不懈努力、接力奋斗，我们一定能够到达中华民族伟大复兴的光辉彼岸。"谷文昌是河南省林州市人，在抗日战争和解放战争时期，他为新中国的建立立下了卓越功勋。新中国成立后，谷文昌服从组织安排，留在福建东山工作。他为官一任，造福一方，不畏艰苦，实事求是，带领东山县人民苦干14年，终于把一个荒岛变成了宝岛。他用自己的言行赢得了老百姓的信任和敬仰。习近平总书记多次提过谷文昌，称赞他"在老百姓心中树起了一座不朽的丰碑"。2015年1月，习近平总书记在与全国200多位县委书记座谈时又一次深情谈起谷文昌："叮嘱大家要做心中有党、心中有民、心中有责、心中有戒的'四有'干部。"

李保国是河北农业大学教授、博士生导师。他把太行山区生态治理和群众脱贫奔小康作为毕生追求，每年深入基层200多天，让140万亩荒山披绿，带领10万农民脱贫致富。李保国积劳成疾，2016年4月10日去世后被追授"全国优秀共产党员""时代楷模""全国优秀教师"等荣誉称号。2016 年，习近平总书记对李保国同志先进事迹作出重要批示："李保国同志三十五年如一日，坚持全心全意为人民服务的宗旨，长期奋战在扶贫攻坚和科技创新第一线，把毕生精力投入到山区生态建设和科技富民事业之中，用自己的模范行动彰显了共产党员的优秀品格，事迹感人至深。李保国同志堪称新时期共产党人的楷模，知识分子的优秀代表，太行山上的新愚公。广大党员、干部和教育、科技工作者要学习李保国同志心系群众、扎实苦干、奋发作为、无私奉献的高尚精神，自觉为人民服务、为人民造福，努力做出无愧于时代的业绩。"

邹碧华曾是上海市高级人民法院副院长，投身司法事业 26 年。2014 年 12 月因公殉职。邹碧华去世后，中宣部追授其"时代楷模"荣誉称号，最高人民法院追授其"全国模范法官"荣誉称号。2015 年，习近平总书记对邹碧华同志先进事迹作出重要批示："邹碧华同志是新时期公正为民的好法官、敢于担当的好干部。他崇法尚德，践行党的宗旨、捍卫公平正义，特别是在司法改革中，敢啃硬骨头，甘当'燃灯者'，生动诠释了一名共产党员对党和人民事业的忠诚。广大党员干部特别是政法干部要以邹碧华同志为榜样，在全面深化改革、全面依法治国的征程中，坚定理想信念，坚守法治精神，忠诚敬业、锐意进取、勇于创新、乐于奉献，努力作出无愧于时代、无愧于人民、无愧于历史的业绩。"

2017 年 17 日上午，习近平总书记在人民大会堂会见参加全国精神文明建设表彰大会的代表时。看到了 93 岁的黄旭华，便亲切地拉着他的手，请老人坐到自己身旁来，说："来！挤挤就行了。"黄旭华是大名鼎鼎的"中国核潜艇之父"。为研制核潜艇，由于严格的保密制度，黄旭华院士隐姓埋名 30 年，为国防事业、为我国核潜艇事业的发展作出了重要贡献。黄旭华曾激动地讲："我做梦也没想到，总书记竟然把我请过来坐到他身边，还问了我的健康情况。"

贵州省遵义市播州区平正仡佬族乡草王坝村是一个被层峦叠嶂的山峰藏得死死的村庄。1958 年黄大发当选为草王坝大队大队长，为了摆脱贫困，他下定决心，从 20 世纪 60 年代起，他用 36 年时间干了一件事——修水渠。直到 1995 年，这条主渠长 7200 米，绕三重大山、经三道绝壁、穿三道险崖的"天渠"终于通水，时年 60 岁的黄大发在村里的庆功宴上哭了。2017 年 4 月，中宣部向全社会公开宣传发布"当代愚公"黄大发的先进事迹，授予黄大发"时代楷模"荣誉称号。2017 年 11 月 17 日上午，习近平总书记在人民大会堂会见参加全国精神文明建设表彰大会的 600 多名代表时，看到 82 岁的黄大发，便亲切微笑着，让黄大发到身边坐下。黄大发激动地说："这是一生最大的幸福！"

张富清是原西北野战军 359 旅 718 团 2 营 6 连战士，在解放战争的枪林弹雨中九死一生，先后荣立一等功三次、二等功一次，被西北野战军记"特等功"，两次获得"战斗英雄"荣誉称号。1955 年，张富清退役转业到湖北省最偏远的来凤县工作，为贫困山区奉献一生。2019 年 5 月，习近平总书记对张富清同志的先进事迹作出重要指示："老英雄张富清 60 多年深藏功名，一辈子坚守初心、不改本色，事迹感人。在部队，他保家卫国；到地方，他为民造福。他用自己的朴实纯粹、淡泊名利书写了精彩人生，是广大部队官兵和退役军人学习的榜样。要积极弘扬奉献精神，凝聚起万众一心奋斗新时代的强大力量。"6 月，中央宣传部授予张富清"时代楷模"称号。7 月 26 日，中共中央总书记、国家主席、中央军委主席习近平在京会见全国退役军人工作会议全体代表。张富清在接受湖北日报采访时说："在合影时，习近平总书记坐在我右边，李克强总理坐在我左边。这是我一生最高兴、最愉快、最幸福的一天。"

2020 年，全世界发生了有史以来的特大天灾疫情，各国惊恐。在这场特殊的全民战"疫"中，中国人民在以习近平同志为核心的共产党领导下，充分发挥中国特色社会主义制度的优越性，全党全国、全军全民，亿万同胞，形成合力，上上下下，并肩战斗。为世界赢得了战"疫"宝贵时间，受到各国高度赞扬。3 月 10 日，总书记习近平专门赴武汉市考察疫情防控工作。总书记点赞这些危难时刻的真正英雄："疫情发生以来，包括军队在内的广大医务工作者发扬特别能吃苦、特别能战斗的精神，义无反顾奔赴湖北和武汉，毫无畏惧投入防控救治工作，日夜奋战，舍生忘死，不负重托，不辱使命，同时间赛跑，与病魔较量，为武汉疫情防控工作作出了重要贡献。军队医务人员牢记我军宗旨，招之即来，来之能战，战之能胜，为党旗、军旗增添了光彩。沧海横流，方显英雄本色。你们真正做到了救死扶伤、大爱无疆。你们是光明的使者、希望的使者，是最美的天使，是真正的英雄！党和人民感谢你们！"

　　从党史可以查到，从1921年到1949年，在中国共产党领导的革命中，有名可查的烈士就有370多万人，还有很多人根本没有留下姓名，成为可亲可敬的无名英雄。社会主义建设、改革开放各个时期，时代楷模千千万万，层出不穷、数不胜数。这里只是有代表性的简要介绍了有据可查的几例，不可能一一介绍。典型的作用是巨大的，正如某部影片所讲：一个英勇献身的人，打开了前进的道路（董存瑞），一个乐于奉献的人，热情温暖万人（雷锋），一个尽心尽责的人，精神永世长存（焦裕禄），百万舍生忘死的人，改变了时代（抗日、解放战争），千万勇于奉献的人，力挽狂澜（抗疫抗洪），亿万创新奋进的人，创造了祖国美好的未来（改革）。一花引得百花开，百花盛开春满院，榜样的力量是无穷的，众人的力量是无尽的，在这个世界上，只要人人敬业、奉献社会，世界必定美好无限。

培养兴趣伴夕阳

热爱祖国忠于党，组织需要是志向；

六十花甲退休后，培养兴趣伴夕阳。

人，都有自己的兴趣爱好，就兴趣而言，有人兴趣单一，有人兴趣广泛，有人半途而废，有人功成名就。在现实生活中，人们必须客观地看问题，人们所从事的一切，不可能都按你的兴趣去分工，必须以党的利益、大局利益为重，以党的需求为前提。在这样的情况下，绝不能因不合自己的兴趣爱好闹情绪、消极怠工，而应以积极姿态去面对现实，逐步适应。正如许多同人志士所讲："有人问我的兴趣、爱好，我会壮志满怀地回答，服从党的需要，任党的组织安排。"这就是组织与个人、全局与局部的关系。因此，有许多人，在年轻时，对世事没有更多兴趣，但在以后的实际工作中，经过实践、探寻、历练，培养出了兴趣、爱好，创造了一流成绩，为党作出更大贡献。有许多人，在年轻时，以党和国家利益为重，个人的兴趣、爱好，只能搁置一边，留待日后，有机会再重新培养、奋斗。

成功离不开兴趣，没兴趣就没有行动，没有行动就永无成功。一个人干自己没有兴趣的工作，如无内在动力，即使外部条件再好，最多也是平平庸庸，应付了事，根本谈不上创新。因此说：兴趣是创新的动力，是人生的乐趣，是幸福的追求，是成功的钥匙。人，都有自己的幼年、童年、少年、青年，也都有自己的壮年、老年。退休后，有的人认为：船到码头车到站，这辈子一切都完了，甚至发出"夕阳无限好，只是近黄昏"的哀叹。有的人认为：现在生活条件好了，人活百岁不稀奇，八十还是小弟弟。在职时，没有时间顾及自己的爱好、兴趣，退休后，时间基本由自己支配，正好有充足的时间去实现自己的人生抱负、兴趣、爱好。因此，人的一生，无论处于哪个年龄段，都应振作精神，奋发图强，善待别人，善待自己，不因虚度年华而悔恨，也不因碌碌无为而羞耻。退休了，让一切返璞归真，不要再想入非非，要有一颗平民之心、平常之心、平和之心来平衡自己，要以良好心态重拾或培养一些力所能及的兴趣、爱好，让夕阳五彩缤纷，更加美好烂漫。

一、人老仍有大作为

小时候，常听老人们讲故事，其中有个故事，讲的内容是人老仍有大用处："很久很久以前，有个很残暴的国王，认为人老了，只能吃，不能干，没有用了。因此下令，人活到六十岁，不死也要活埋"。所以，民谚至今还讲："六十年风水轮流转"，"人过三十日过午，等于半截入了土"，"人到六十万事休"。从中国古代的历法看，"十天干"与"十二地支"按固定顺序互相配合一遍，一轮正好六十。这就是说，在古代，人们认为六十岁就是人生一个轮回，够数了，没用了，就应死去，不死也要杀死，这是什么原因呢？后来又是如何废掉这一"王法"呢？传说虽有多个版本，但大体一样，所以，现只讲其中一个版本。

很早以前，有个皇帝做了一个奇特的梦：登基庆日，心中高兴，便携同文武百官海上游船，恰逢海水干涸；要到山上打猎，恰遇山倒树折；赶回皇宫，正与正宫娘娘御花园中赏花饮酒，突然，狂风大作，日落花谢；皇上惊得大喊一声，被娘娘唤醒，方知是一场噩梦。

皇上梦醒，怎么也不能入睡，没到鸡鸣五更，便召集文武百官上殿议事。皇上说："昨晚梦见海干了，山倒了，日落了，花谢了。此梦非同一般，与朕江山存亡有关，朕将各位爱卿招来，为的是给朕圆梦，断出吉凶，限期三日，哪家爱卿圆得此梦，加官晋爵，满朝群臣都圆不上此梦，将一律斩首示众。"两日过去，还没一位大臣圆得此梦，当朝宰相甘大人也和群臣一样，急得如热锅上的蚂蚁，团团转，饭不吃，觉不睡，愁眉紧锁。甘老宰相有个孙子叫甘罗，时年 12 岁，生性聪明绝顶，自幼博览群书，深得甘老宰相栽培、厚爱。甘罗见祖父近日愁容满面，便问原因。甘宰相深知孙子博学多才，便将皇上限三日圆梦之事叙述一遍。甘罗听后说："这梦好圆，何必发愁。海干出真龙，山倒路更平，日落显紫微，花谢籽就成。好梦，好梦，真是一大好梦，主天下太平，皇恩浩荡。"甘宰相一听，立即眉开眼笑，连连夸道："圆得好！圆得好！"

三天圆梦期限到，群臣上殿，只见皇上杀气腾腾地道："三天期限到，圆梦没人报，该当何罪？"群臣一听，个个吓得面如土色。这时，甘宰相说："此梦已圆，现报不晚。"皇上不耐烦地说："讲！"甘宰相便将甘罗的圆梦词讲了一遍，皇上一听，转怒为喜，继续问道："请细细讲清楚。"甘宰相一时也回答不上来，便如实将情况讲明。皇上一听，速令甘罗上殿。甘罗上殿，针对圆梦的几句话讲道："我主万岁，海干了，方可见到真龙，梦意是我主乃是真龙天子下凡；山倒了，道路才可平坦，梦意是说四方草寇一扫而光，天下太平；日落了，才显出紫微星的明亮，梦意是说我主乃是上天紫微大帝下界；花谢了，籽就成，梦意是说我主后继有人，太子即将出世。这乃是天下梦境之绝，主我朝纲稳固，万世兴隆，风调雨顺，国泰民安。"甘罗话毕，皇上龙颜大悦。脱口说道："甘罗真是天下奇才，可称为擎天白玉柱，架海紫金梁。从即日起，封甘罗为我朝一品宰相，一人之下，万人之上，掌管朝政。"群臣惊叹不已，心悦诚服。这就是甘罗十二岁当宰相的传说。

若干年后，新国王继位，恰遇连年饥荒，由于国力薄弱，人们生活贫困，民间饿殍遍野，饥饿的恐怖令人不寒而栗。于是，新国王想了个馊主意，心想："如今的人，60 岁已干不动一点活了，没有别的用处了，还不如让其死去，节约点衣食。"想到此，就制定了一条十分残酷的法令："全国所有 60 岁以上的老人一律活埋，违者满门抄斩，甚至诛灭九族。"当时，皇上的话是圣旨、是"王法"，都必须执行。甘罗身为宰相，既不敢违抗新国王的命令，又不忍将自己的爷爷活活埋葬。于是，想了个万全之策，在野外修造了一个既能掩人耳目、又能让爷爷生存的豪华墓穴，又从墓穴之处挖了一道通往家的地下暗道，让爷爷仍能享受天伦之乐。就这样，甘老宰相继续生存了下来，这也可作为民间"入土为安"的一段风俗传说。国王的邻居是个小岛国，心眼很坏、阴险毒辣，不甘心世世代代居住在时常火山爆发的狭窄海岛上，时刻都想侵吞新国王的国土。为找个借口，便精心培育了一只怪物。有一年，小岛国派使者为新国王送来一头如大象般高大的怪物，并明确讲明："限三日内认出此怪并能将怪物降服，否则，新国王不称职，让新国王交出他的王位，不交王位，就要派兵侵占国王的国土。"

新国王由于国力薄弱，难抵外敌，心情十分忧闷，便召群臣共谋良策。群臣面面相觑，均无办法，新国王便将降服怪物的重任交给甘罗，并限两日之内想出办法，否则，罢官免职。甘罗虽知识渊博，但也不是"万事通"。甘罗领旨后，一筹莫展，苦无良策，不免愁容满面，唉声叹气。夜间，甘老宰相见甘罗寡言少语，心事重重，便问因何事发愁。甘罗便将心中愁事告知甘老宰相。老宰相听后问："怪物何种样子？"甘罗讲："驴耳鼠面，狗尾狼身，乍看是个'四不像'"，甘老宰相听后，沉思良久，对甘罗说："根据你谈怪物特征，此怪十有八九是只老鼠精。天下老鼠皆怕猫，明日上朝，你可在衣袖筒中藏只猫，不露声色地靠近怪物，如真是鼠精，当它看见猫、闻到猫的气味时，便会吓得现出老鼠原形。此况一旦出现，你可及时放出猫，猫便会窜出来把鼠精吃掉。"第二天早朝，甘罗在长袖筒中藏了只猫。甘罗借故靠近怪物，少顷，怪物闻到猫的气味，吓得浑身颤抖，"吱吱"直叫，庞大的身子一下便缩小了一半。这时，甘罗心中有数了，便在怪物前故意露出部分猫身，怪物见了猫，一下子现了原形，变成一只小老鼠就跑。这时，甘罗一甩袖，猫立刻蹦出来，迅速将鼠精逮捕、咬死吃掉。小岛国使者一见此景此情，吓得魂不附体，狼狈逃窜。

甘罗为国立了奇功，新国王大喜，便问甘罗怎么知道用猫之计。甘罗据实将原委禀告了国王。新国王听后，不仅没有责怪甘罗隐瞒假葬祖父之罪，反而大赞甘罗的一片孝心，特别对甘老宰相大加赞赏："人老是一宝，人老见识广，人老有经验，人老有奇才！"即时，新国王颁旨天下，废除"不准六十岁以上老人再存活"的法令。从此，臣民皆可任意长寿，尽享天年。

这个故事的真实程度无从考证，但在民间流传相当广泛深远，且有多个版本。我重新忆写这个故事，就是想以这个故事辩证地告知人们：年轻人自有年轻人的优势，自古英雄出少年；老年人自有老年人的历练，论姜还是老的辣。因此，老年人既不要摆老资格、吃老本，但也不必自暴自弃，自轻自贱。退休了，要做好自我重新定位，放平心态，寻点兴趣伴夕阳，欢欢乐乐度晚年，这样，才能夕阳无限好，不逊朝霞红。

二、植树养花益处多

退休了，有人以前门庭若市，现在门可罗雀，领略了世态炎凉，感到反差太大，于是，产生一种焦虑、苦闷、迷茫；有人退休后，心态平和，不断培养自己的兴趣爱好，或去追求、实现原来一些想做而没时间做的事，心情舒畅愉快，充满人生乐趣。因此，退休后，一定要有个好的心态，因为，心态决定后半辈子的健康、幸福。我2005年退休后，没有什么大规划，但有个小安排：一、读书，习作；二、陪老伴植树；三、陪老伴干家务；四、陪老伴旅游、散步；五、走亲访友。以时间划分为：6点钟起床后，晨练、考察市场买买菜；上午，看新闻、读书、习作；下午，散步、下棋；晚饭后，快步走一小时，10点半休息。

老伴虽无养花、种树经验，但她却有养花、种树的兴趣。在我们的住宅楼南侧，是工银新村的自行车棚，从我们的窗户向南看，车棚的墙及顶很丑陋。为使丑陋变成一道美丽风景线，老伴先后花了600余元买了些石榴树、柿树、无花果树、杏树、葡萄树等，栽种在车棚的北侧，既不影响车棚的正常使用，又为我们的视野增添了一道绿色屏障。每年春季粉红色的杏花怒放，夏季黄澄澄杏子成熟，五月石榴花开红似火，秋季无花果的果实累累，秋末柿子成熟红艳艳，常常让人心旷神怡。

习近平总书记在谈到环境保护问题时指出："我们既要绿水青山，也要金山银山。"在我们住宅楼的北边，是个地下车库，上面覆盖黄土30厘米左右。车库刚建成时，在车库上面还种了些花草，感觉倒也不错。问题是，由于土层薄，旱时，土层裂着几厘米的缝等水喝，由于经费紧张，用不起水，养不起花草，覆盖部分慢慢荒芜，杂草横生，自生自灭，给人一种十分凄凉的感觉。一出家门，第一眼看到的是一片枯枝败叶，让人从心眼里感到不舒服。为改变此面貌，老伴三次试种从甘肃鸣沙泉月牙湖引进的柄子花，没因缺水旱死，却都被夏季无情的雨水淹死。为此，老伴又改种多种花木试种，终于找到适宜的品种。现在种植的果树有无花果。石榴、枇杷、楝子等树数十棵，还有一些花草，基本做到春有花，夏有荫，秋有果，冬有青。

为解决花草树木的缺水问题，老伴特意准备了两只水桶，专门收集洗菜、洗碗、洗锅等用过的水，等水桶满了，根据花草树木的生长需水情况，轮番浇灌。在最干旱的时刻，老伴也要想法儿给花草树木喝上保命水。老伴浇水似乎浇出了经验，就是冬季，她也不断浇水，还说什么：只有冬季储蓄足水分，不仅可抵御冬寒，还为春生储足了后劲。有人曾开玩笑地问我老伴："你每天积攒废水十多桶，楼上楼下跑十多趟，这样辛辛苦苦、忙忙碌碌，图个啥？"老伴总是笑嘻嘻地说："不图吃，不图喝，不图名，不图利，只图个高兴，乐趣。你想想，这花草树木也有生命，总不能眼睁睁地看着它渴死！咱们国家是贫水国，水费很贵，咱把废水浇灌一下花草树木，省了水，省了钱，救了花草树木，何乐而不为呢？试想一下，如果全国每人每天节约微不足道的一斤水，一年该节约多少水、多少钱啊！再说了，付出总有回报，它美化了我们居住区门前的环境，培养了节约用水意识，防止了尘土飞扬，有利于'蓝天工程'，锻炼了体质，修养了心性。特别是对下一代也是一种教育，如大孙子马云飞、小外甥王琳琦、小孙女马云婷，还有现在的马云翔、马云萌，他们原来只知道拿钱到市场上便可买到瓜果蔬菜，但瓜果蔬菜究竟是树上结的？还是长在地上、地下？就一概不知、不过问了。五个小孩见我们种植花草树木，也在旁边自己种向日葵，而且产生了极大兴趣，每天都去观察向日葵的发芽、开花、结果等情况，甚至连向日葵花盘为何一天到晚围着太阳转动也产生了极大乐趣。通过他们亲手种植、浇水、拔草，使他们学到了书本上学不到的知识，懂得了'粒粒皆辛苦'的含意，养成了节约的良好习惯；明白了'劳动创造财富'的道理，学会了尊重他人的劳动成果。"老伴越说越高兴，她种植的树有几十棵，树干直径粗的有50多厘米，绿荫面积200多平方米。当说到收获季节，与人分享收获的喜悦时，更是情不自禁地说："每逢看到黄澄澄的杏子、红艳艳的石榴、开口便笑的无花果成熟时，别说吃了，看一眼都觉得心里甜蜜蜜的、美滋滋的，那种美好的滋味绝非言语所能表达。人活着，吃苦、多干活，其实是福；不能干活了，让别人伺候自己，看似享福，其实是最痛苦的。"老伴的这些话，其实并非言过其实，在这个院落里，凡亲手种过花草树木的许多同志，都收获过这一难以言表的喜悦，这是真的。

三、我向老伴学家务

中国有句传统说法叫："男主外，女主内"；"男人以事业为主，女人以家庭为主"。还有人说："婚姻是爱情的坟墓，夫妻是其中一个人对另一个人的奴役。"其实，这种说法既有旧社会封建主义、大男子主义残余，也有对家庭、对社会不负责任的推卸。"男女一律平等""妇女能顶半边天""军功章里有我的一半也有你的一半"，这是新社会倡导男女平等，对家庭、对社会都有均等义务和责任的现实表述。在一个家庭，"天字出头夫为主"不行，"'气管炎'（妻管严）"也不行，应该"互相关心，互相爱护，互相帮助"。

我向老伴学家务，这是我退休后的一大心愿，是我几十年来从没向任何一个人表露过的暗自承诺。老伴与我结婚后，无论是在部队，还是在企业，她承担了全部家务，让我全力投入工作。我曾想：在家庭，我亏欠老伴的太多太多了，有朝一日，我要加倍偿还，至少也要承担一部分家务。退休后，再也不"两眼一睁，忙到熄灯"为工作了，时间基本由自己支配，曾经埋藏在内心的承诺也该兑现了。

家务活，说简单也简单，无非是衣食住行，吃、喝、拉、撒、睡，一看就懂，一干就会，早一点，晚一点，天也不会塌，地也不会陷；说复杂，其实干好家务也绝非易事。别的不多讲，单说吃饭，一辈子都学不精，学不完。比如说吃，它讲究个"七字诀"：色、香、味、意、形、名、养。也就是说，色，形是满足视觉的，色是颜色的搭配，形是巧妙的刀功，是对心灵想象的体现，这样，看到美丽的颜色及灵巧的新鲜造型就想吃；香，是满足嗅觉的，闻到扑鼻的香味就爱吃；味，是入口的感觉，凭舌尖的神经系统传递出食物是否可口、味美新鲜；名，是满足听觉的，对食物、味道主次搭配的一种饮食文化概略、常常起到画龙点睛之奇效；意，是满足大脑思维判断的，他是根据听、看、闻、尝得到的一种综合分析评价；养，是满足胃口、指饮食营养而言，既要营养丰富，又不营养过剩，营养成分的高低、好坏、效果是最终目的。一次，我们聚会，要了一份"青龙过江"汤，服务员将汤放餐桌上，我们一看，不禁大跌眼镜，原来是一碗清汤中放了半截青葱，这就是"意"与"名"起了作用。说实在话，按吃的七字诀搞好，不要说一般家庭达不到要求，就是一般专业技术人才，也很难达到要求。因此，家常饭才是人们日常生活中的必需。

什么是家常饭，简单地说：就是家庭以日常的主、副食，以通常的习惯、风味做成的简单的饭与菜。家常饭怎么样？在不同的人群、时间、地点，有不同的看法、感受，但在绝大多数人们心目中，家常饭则代表着简朴、热情、亲切。毛泽东主席在请朱德总司令时，吃的是小米稀饭南瓜汤。在著名的《铡美案》中有句深受人们欢迎、深得人心的唱词："论吃还是家常饭。"北宋著名政治家、文学家范仲淹也曾提出"家常饭好吃"。家常饭，在不同地区、不同族群中有不同含义。在我国北方，家常饭，主食一般指馒头、米饭、面条、水饺等；副食一般以当地养的猪、牛、羊、禽等肉类及各种菜蔬为主。主食一般粗细搭配，粗粮细作；副食一般荤素搭配，以素为主。这些主、副食的制作看起来很简单，但真正做好并不容易。比如蒸馍，这是最普通最简单的家常主食，但我第一次做时，却出现过很尴尬的境地。蒸馍和面时，按计划倒入盆内部分面和水，然后拌和，这样，水多了掺面，面多了掺水，掺面掺水若干次，盆内的面都盛不下了，费了好大劲，手、面、盆都黏糊糊的，面也没和好。老伴笑着说：蒸馍至少要过六关，第一关是面与水的比例关，一般情况下，一斤面可蒸 1.3~1.5 斤馍，这就是说，根据个人口感，便可蒸出软硬程度不同的馍；第二关是发酵关，根据爱好，配适当比例酵母，蒸出的馍松软甜美；第三关是和面关，和面要做到三光，手光、盆光、面光，否则，和面不算到位；第四关是揉面关，每间隔 3～5 分钟揉一遍，至少面揉三遍，揉的次数越多，馍的口感越好；第五关是醒面关，馍蒸好后，根据不同温度，要醒上 10 分钟左右，若不醒面直接蒸，蒸出的馍很死板，像没蒸熟一样很难吃；第六关是火候关，蒸馍要用强火，一气呵成，常言说，蒸馍不停火，停火不蒸馍，就是这个意思。按老伴说的办法，我蒸出了香甜可口的馍。之后，又跟老伴学会了蒸米饭、烙大饼、包饺子等家常饭菜，老伴笑呵呵地说："以后家常饭菜终于有个帮手了！"有时，偶尔有些饭菜没做好，老伴也常心满意足地说："不动手，就能吃上热乎乎的饭菜，这是我以前想都没想过的事，我知足了。"在老伴的帮助、鼓励下，经过认真学习，有些饭菜，我已"青出于蓝而胜于蓝"了。

在家务活上，我常常抢干一些刷锅、洗碗、拖地、买菜之类的活，想尽量减轻老伴的一些家务负担，但老伴总是找一些理由、借口，不让我干或少让我干，老伴越是这样，我越觉得亏欠老伴太多，干家务活也就更主动、起劲。我认为，在家务上，亏欠老伴的账太多了，绝不能欠着旧账再欠新账了。

四、外出旅游增见识

"外面的世界真精彩"，在 20 世纪 90 年代前，这是极个别从外乡旅游回来的人最爱说的一句话，常引来不少人羡慕的眼神。如果谁从外国转一圈回来，简直被人羡慕死了，常会听到："这辈子没白活，开'洋荤'了。"

我出生于安阳县北郭乡邓庄村，在 1964 年应征入伍前，连郑州市都没去过。入伍后，开始在新疆的塔城、额敏，后在乌苏天山脚下的深山老林喇嘛庙，在山沟一住就 15 年。老伴出生于内黄县楚旺镇，1973 年随军，在山沟住了十多年。

在喇嘛庙期间，连去趟县城都很难，哪有闲心谈旅游？不过，当时在物质贫困的年代，都在为温饱奋斗，根本就没旅游这一说。直至20世纪90年代之后，"旅游"二字才逐步进入人们的视野。

1986年从部队转业后，家中上有父母需养老，下有子女需养小。1985年，部队工资改革，我是正团级，19级，工资276元。转业到电厂，每月工资125元左右，就这，在电厂还是最高的，因为全厂职工平均每月工资只有50元左右。如不相信，我可举例说明：我当生活厂长时，在厂就餐职工1000余人，炊事员35人左右，每名炊事员负责30名左右的职工就餐，每名职工月生活费8.5~9元，炊事员平均月工资58.5元。当时，为办好职工食堂，曾搞了一次改革，炊事员每超额完成一个300元营业额，奖励60元，提高了炊事员的服务质量，受到就餐职工好评。这样的生活水平，哪有闲钱、闲情、闲心去旅游呢！

说真的，"旅游"二字，在中国古典文学中也多有出现、表述，但在20世纪末之前，在中国普通老百姓眼中，人们对"旅游"二字却是十分陌生的。为什么？因为当时中国还贫，老百姓还穷。试想，在一名职工月工资30多元，十多年工资不变的年代，在绝大多数人连基本生活的衣食住行都还难以解决的年代，哪有闲情逸致、闲钱去旅游呢！对此，看看中国旅游部门的变迁，就足以说明中国的旅游事业滞后。1964年，中国成立的中国旅行游览事业管理局，是国务院管理全国国际、国内旅游事业的职能部门，主要是服务外国人来中国旅游的，中国人到国外旅游，大多数人连想都没想过。直到1998年8月，经国务院批准，国家旅游局开始使用"中华人民共和国国家旅游局"的名称和印章，这才真正开启了中外旅游事业，中国绝大多数人才逐渐认识了"旅游"二字的基本含义。

改革开放后，人们的物质文化水平有了极大提高，旅游才与人们渐行渐近。旅游，不局限于国内，境外、外国也能去。旅游事业的发展，不仅增加了人们的就业，也极大地开阔了人们的视野，增强国与国、人与人的相互了解，相互取长补短，再也不把出国看得那么神秘了。在职时，受组织委派，我先后去过美国、日本、澳大利亚、新西兰等国。

我曾想，老伴忙工作、忙家务，忙忙碌碌一辈子，也没正儿八经地去旅游一次，等我退休后，子女们都已成家立业，我也有了闲暇的时间和闲余的钱，也要陪老伴外出旅游旅游，看看祖国的大好河山、日新月异的变化，领略一下外面世界的精彩。

2005年，我到退休年龄，退休后，我和老伴跟随旅游局，先后游览了祖国各地的名胜古迹，大山大河，见证了祖国的壮丽山河，更加热爱我们的祖国。游览殷墟，了解了祖国古老悠久的历史；游览红旗渠，重温了中国人民战天斗地的艰苦创业精神；游览长城，看到了伟大勤劳的中国人民的象征；游览故宫，了解了祖国的古老文化、历史文明；游览了镜泊湖之夜，重忆了儿时的皓月明空、蓝天繁星；游览七彩云南，看到了天下第一奇观石林；游览了新疆的坎儿井，展示了中华民族的古老智慧；游览火焰山深处的"碧绿海洋"，再现了人间生命的奇迹；我们还游览了祖国宝岛台湾，更是感慨万千。

东西走向的天山把新疆隔为南疆、北疆，我们师在北疆独山子附近的巴音沟驻防，南疆库车与北疆独山子南北相对，修"独库公路"时，我师承建过部分最凶险的路段，是筑路"独库公路"的先锋。在"独库公路"的中间地带，有一自然草原，人称巴音布鲁克草原，由于在山上，又简称"空中草原"。在游览空中大草原巴音布鲁克时，更是惊艳人间一绝，一日经历了春、夏、秋、冬四季气候的变化。8月中旬，凌晨闷热，开着空调吹冷风，人们隔窗眺望，蓝天白云、绿草羊群一体。山头云中站，云围山头飘，一群群白色、黑色牛羊在草地上尽情欢跳，就像飘在天空中的云彩，真如人间仙境。突然，早晨雷电交集，先后下起小雨、大雨、冰雹，之后又大雪飞扬，封闭了"独库道路"的车辆运行，这时，人冻得浑身发抖，又打开空调吹暖风。半天之后，彩虹当空，露出太阳，冰雪融化，天又骤热起来，又开空调吹冷风。这样的季节，这样的变化，使人真正领略了大自然的风云变幻莫测的趣味。后据新闻报道，这是五十年一遇的奇特自然现象……还有一大奇观是，游览了喀纳斯湖、巴音布鲁克、伊犁河后，看到清澈洁净的大水翻滚着浪花、按照各自的流向分东西南北奔腾而去，我们才进一步体会到"水向低处流"的自然规则，水向四处的流向，它又从侧面颠覆了"大河向东流"这一见识狭隘、千古不变的认识。

祖国的大好河山游览了不少，我和老伴还游览了西欧十一国及"新、马、泰、韩、柬"等国。一方水土养一方人，国无论大小，各国有各国的特点，各国有各国的历史、风俗人情。国外旅游，使我们增长了一些见识，也留下不少遗憾。

记得在上小学时，老师讲世界上有个袖珍国家梵蒂冈，国家很小，打步枪都不敢打，一打就越境。我曾想，作为一个国家，再小也会比我们的一个乡大吧，老师也没去过，是故弄玄虚吧。我和老伴到梵蒂冈，实际一看，确实小得可怜，还没我们的厂区大，面积只有 0.44 平方公里，常住人口只有几百人，围墙便是国界。梵蒂冈虽小，却是一个主权国家，是世界天主教的中心。亲自游览梵蒂冈，我小时候的疑问才真正得以破解。

西欧旅游，也经历一些感人事迹。在意大利，老伴看上一款装饰品，做工精致，价格也不贵，便想买。老伴指了指装饰品，服务人员咕噜咕噜了几句，我和老伴都不懂是什么意思，以为是陈列品，不对外卖。片刻，服务人员拿起电话，又咕咕噜噜几句，然后把电话交给我们。这时，电话中传来清晰的汉语："你们想要的装饰品，是仿制品，不是真品，你们要不要？"这一电话，使我们感慨万千，在一些地方，有人谎话连篇，故意以次充好，以假充真，在这地方却实话实说。在西欧旅游，还有一件事也很感人，每逢过马路，一般情况，都是车停下，让人先过后，车再走。不像有些地方，开个车就自认为高人一等，开车飞快，过斑马线也不减速，更不要讲车让人了，常让行人过斑马线也提心吊胆。

当然，在西欧旅游，也有些事让人费解，如去一次洗手间，要收 0.6 欧元，当时，1 欧元兑 12.8 元人民币，0.6 欧元相当于 7 元多人民币。当时，我们这里 1 斤鸡蛋 3 元人民币。所以，谁去洗手间，便有人开玩笑说："2 斤半鸡蛋没了！"斜塔没人管，看一眼用不了半分钟，却要收费 300 元人民币，爬一下雪山用不了 20 分钟，收费 700 元人民币。我们也曾想：西欧尽管是高收入，高消费，这样的收费是不是也太离谱了。在美国，在西欧这些发达国家，穷人也不少，贫富差距更大，并不像宣传的那样没穷人，在不少游览地点，一些要饭的或卖唱、或拉二胡、或跳舞要钱，只不过表现形式更加隐避罢了。更让人难以接受的是，在美国、西欧，"红灯区"嫖娼卖淫公开化、合法化，这哪还有文明味！

在国外旅游，让人难以理解的是，这些国家都要额外收小费，你忘记给，一是向你索要，二是脸色难看、服务不到位。我认为，收小费这样做并不好。有人说：收小费是对服务质量的一种态度，我认为，我们设的意见簿更合理、更有效。很早以前，我听过一件事，一外国人在北京住宾馆，临走，放桌上10美元，服务员收拾房间发现，迅速赶到结算台找到那位外国人，将钱送还。外国人讲："这不是我丢失的钱，是这里服务态度好，我特意给的小费，这是我们的规矩。"服务员说："为客人服务好是我们的职责，是应该做的，请你收回小费，不收小费是我们的规矩。"这位外国人感动得热泪盈眶，接过钱后连说了几个"OK！OK！"

世界多奇妙。各国由于所处地理位置不同，气候、环境、大有差别，如果不亲身经历，绝不会轻易相信。去新西兰时，我们这里正是"三伏"时的七月份，有人说："旅游局真不会办事，干吗选在这个时候？我们这里就热得受不了，新西兰在最南方，还不把人热死！"但令人特别费解的是，旅游指南上要求，每人要带秋衣一套。"这不是开玩笑吗？汗衫、背心恐怕都不用穿，还带秋衣干啥！"到达新西兰，许多同志傻眼了，那里秋风阵阵，凉飕飕的，根本不是夏季，而是深秋。再看看周围果树，果子都已成熟，树叶已经发黄，这才意识到带秋衣是经验，是对的。中午时分，我们这里都是向南看太阳，而新西兰却是向北看太阳，颠覆了我们的生活习惯。在南太平洋看企鹅出海，更是一绝。企鹅，一般都是晚上8点左右出海，早晨6点左右入海，集体行动，很有规律。晚上7点左右，我们穿上秋衣，便兴趣盎然地在指定位置等，只怕错过机会。8点左右，企鹅开始上岸，摇头晃脑，在灯光的照射下，一步三摇，挺胸凸肚，是那么傲然，又那么活泼可爱，我们高兴极了。企鹅上岸后，再不像出海时那样慢慢腾腾，而是迅速钻进岸上的草丛中不动。我们走进草丛，想看看真实的企鹅，不看感到奇妙，一看感到太糟。真实的企鹅卧在草丛中，肚子贴地，缩着头，这时看，和我们这里的乌鸦一样的个头，一样的颜色，甚至还没有我们这里的乌鸦好看，丑死了。如果不去亲自看看，仅凭电影、电视中看到情景，谁相信这是真实情况呢？

出国旅游，让人最难办的是，像我们这个年龄，年轻时学的是俄语，对英语一窍不通，这样，根本无法对外交流。我们出国旅游前，有关人员讲：你们学会"好、不、谢谢"三个英文字母就行了，学得再多也记不住，常用的就这三句话，这叫"三字闯天下"。这样的英文水平，你到国外，你只能看、想、记，无法听懂对方言语，无法提出或回答问题。为此，我也出过"洋相"。在去美国时，是傍晚上的飞机，在飞机上，服务员咕噜了几句，我听不懂，有人说，她问你喝什么水？我听有人说"咖啡"，便也说咖啡。其他饮料、茶水的名字我不会说，只有咖啡名字不用翻译。这样，一晚上，我一直在喝咖啡，一晚上没眨眼，也没觉得困。下飞机后，我才感到十分困倦。我把情况说后，竟有几名同伴和我一样的情况，惹得其他同伴大笑不止。

有人说：看景不如听景，听景不如想景，想景不如梦景，这还是有一定道理的。西欧寺多，中国庙多，相比，各有特色。但在我们看来，西欧的自然景观与中国比，太逊色了。在游览的十一国中，我与老伴认为，仅以陆地景观看，只有瑞士有一处风景还不错，颇似我们曾经久住山区的喇嘛庙。那天早上六点多钟，太阳的晨光洒在绿色的山坡上，我和老伴一出门，便看到这一自然景观，美极了！我忙问老伴："你仔细看看这地方像何处？"老伴不加思索地回答道："可像喇嘛庙了。"我会意地笑了。可我们在喇嘛庙居住十多年，竟说成"穷山沟""穷山恶水"，其原因：一是"不识庐山真面目，只缘身在此山中"；二是当时没有旅游意识，没有很好地去开发。现在的喇嘛庙，已成旅游、避暑胜地，是乌苏市、奎屯市、独山子炼油厂对外的窗口。每到盛夏，方圆几百里的职工、教师都到喇嘛庙去度假，成了名副其实的"避暑山庄"。通过出国旅游，我和老伴深刻感受到美不美，家乡水，亲不亲，故乡人。因此，我们感到我们的国家最美，更加热爱我们的祖国。

人过一百，形形色色；人过千口，啥想法都有。旅游，对大多数人来讲，是一种消遣、休闲、享受，也有人把旅游当成学习、增长知识、增长才干的过程。当然，也有人把旅游当成一种攀比、炫耀，比如常听到的说法是："人家都出国旅游了，咱不去，显得没本事、没出息、太寒酸！"其实，旅游多了，不少人又感到无聊，甚至是痛苦。认为山是一样的山，水是一样的水，如今不管在国内还是在国外旅游，情况基本都一样，走到那里，已经不是走马观花，连跑马观花也称不上，而是乘车观花。没什么好看的，以至于把旅游解释为："花钱买罪受"。当问及旅游的收获时，便概括为22个字："上车睡觉，下车尿尿，到了景点拍个照，一问啥也不知道。"

旅游事业的发展，是人们物质文化生活水平提高与思想解放、理念认知相结合的体现。旅游，可以增长人的知识，"读万卷书，行万里路"；旅游，可以开阔人的视野，修炼人的心性，容纳江河湖泊的大海；旅游，宏伟壮观的高山，虚怀若谷的大川，蓝天白云的星空，青翠挺拔的松柏等，从大自然中领略人生；旅游，可以观光异地风土人情，互相学习，增进了解，促进人们和谐相处，构建人类命运共同体。

五、读书习作苦中乐

读书学习是我人生的一大爱好。我记得从儿时刚记事时，我就爱听老人们讲一些民间文学故事，我常听得入迷。上学后，一些课外书，我常常爱不释手，读起来如痴如醉。从1956年，我便开始做笔记，将一些很有哲理的语言记下来，这一习惯一直坚持到2015年，整整半个多世纪，积累资料200余本，数千万字。1964年入伍后，从1965年，我根据部队见闻，开始陆陆续续在《新疆解放军》报刊登一些"豆腐块"小文。1986年转业到电厂后，我有了大量自我支配的时间，便开始整理那些警句、名言，经过十多年整理，1998年，《中国文联出版社》出版了我写的第一本书《文明锦言一百篇》，并被列入中国文明建设读本。2003 年，我写的《警钟长鸣话清廉》一书，被安阳市、河南省电力系统作为廉政教育资料。

十多年纪检生涯，我积累了上万份职务犯罪案例，并对犯罪的领域、职务、心理、特点、手段、危害、根除办法进行了比较详细的分析研究，在对本厂进行教育时，收到良好效果。尽管如此，但我仍感缺乏更好的逻辑性、系统性。2005 年我退休后，有了充分的时间，我想，在全国，职务犯罪屡禁不止，使人十分痛心。要知道，党培养一名干部十分不易，培养一名高级干部更是不易。一名干部犯罪，对个人来讲，是一生的毁灭；对家庭来讲，是全家的痛苦；对党和国家来讲，是巨大的损失；对广大群众来说，失去的是党在群众心中的威望、信赖，职务犯罪有百害而无一利。为此，我产生了一个想法，退休了，时间更充足了，我要拿起笔来写书，写一本尽量不让干部犯罪或少犯罪的书，哪怕能挽救一两个人，党和国家的损失就会少一些。为此，我对在职时积累的纪检教育资料及上万篇职务犯罪案例，重新进行阅读、分类、分析等。我想说的一点是，读万篇文章需要多少时间？再每篇进行分析、整理又需要多少时间？个中艰辛是不言而喻的。经过 5 年的艰苦努力，细致整理，2010 年，出版了《职务犯罪成因剖析》一书，该书被中国大唐集团公司所辖的全国一百多个电力单位列为廉政教育材料。当时，集团公司有的领导对我讲："集团公司对本公司个人著的书下文进行学习，这恐怕还是第一次。"我也曾想："我退休了，还能为企业廉政建设出点力，我内心充满了无限喜悦，我平时的辛苦也值得。"

退休后，随着年龄的逐年增长，体力、思维一年不如一年，特别是视力，下降得更快，多看一会书，就会感到视力模糊，两眼酸胀。为使身体状况与读书学习有机结合，我给自己定了个学习计划，坚持每日上午看新闻、读书、写些东西，十多年来，始终坚持这一学习计划，从不轻易变更，一旦因特殊情况临时变动，也要及时补课。就是这样坚持学习，退休前，我出版了两部书，退休后，又先后出版了 4 部书。读书、学习、习作，虽然很辛苦，但我感到很充实，心里充满了乐趣。既能及时了解、关心国家大事，又能健手、健脑、活跃、拓展思路，还能有助于思想道德修养。总之，我与学习结下不解之缘。知我者老伴也。特别值得我要说的是：老伴深知我爱读书、爱习作，她非常支持我、关心我。为此，数十年如一日，她主动承担了一切家务，使我非常感激。我也曾多次暗下决心，以后多干些家务进行补偿，但又常被老伴拒绝。我有时思考一个问题或写些东西，常常写到深夜，她为不惊动、不打断我的思路，常常轻手轻脚把水送到我的桌旁，再轻步退出。有时看我舒展眉头，面带微笑，知道我已对某一问题解决，便嘘寒问暖，劝我活动一下，注意身体。总之一句话，没有老伴的巨大付出，我的读书习作爱好也许早有改变。

六、朋友相聚乐趣多

朋友，在当今称谓繁多，在部队称战友，在企业称工友，在学校称校友，在农村称乡友。还有什么诗友、棋友、琴友、画友、牌友、麻友、驴友等。总之，能称友的行业多如繁星，数不胜数。

朋友，是一高贵的称呼，是尊重、是友谊。朋友的含义是：志同道合、情投意真、忠诚互动、风雨同舟、患难与共、襟怀坦荡、有求必应，经得起时间、危难、甚至生死考验。要不，怎么能有"相识满天下，知心能几人""久旱逢甘霖，他乡遇故知""酒逢知己千杯少""知己笑谈多""朋友来了有好酒"，"天山青松根连根，战友情义比海深"等名言警句呢！

退休后，我们本地市战友一般一年聚会两三次，谁家有红白事，需帮忙则另行通知。特别是每年"八一建军节"，通常情况下都要聚一聚，这已成了习惯。河南省内的郑州、鹤壁、开封、洛阳、新乡、濮阳等地市及省外的战友，也不断互动。"有朋自远方来，不亦乐乎！"乌鲁木齐军区政治部原主任姚铁山、陕西省军区司令员曹存正、陆八师医院师级待遇院长李光照、西安市原36143部队部队长王俊学等都曾来安阳。他们一方面看看世界七大奇迹之一"红旗渠"及一片甲骨惊天下的"殷墟"，另一方面想见见昔日的老战友。

怀旧是老年人的特色。老战友见面，格外亲切，倾心相吐，无话不谈，不少人曾激动得泪如泉涌。老战友相见，谈友谊、谈发展是主题，谈了教导员强甲申、陈本善退伍后，锐意改革、创新、进取，已富甲一方。当然，谈的更多的是回忆了当年在部队时的岁月历程：1970年1月，我们部队在零下38摄氏度的冰天雪地进行野营拉练试点，情况上报后，2月14日，毛主席批示："都已看过，这样训练好。"这是部队最大的荣誉、光荣、鼓舞、鞭策。1964年我刚入伍，正赶上全军大比武，我的同乡战友高金亮用56式半自动步枪进行实弹射击，9发子弹打了90环，弹弹命中靶心，这在我军历史上也是少有的，军区政委左齐将军当时正在我们部队六连蹲点，乐哈哈地接见了高金亮，并给予高金亮部队最高荣誉——在军旗下照相。1967年夏，农七师师部遭遇百年一遇特大洪水，我部官兵手拉手组成人堤，战胜洪灾，受到各民族高度赞扬。1970年年初，部队在天山深处的峭岩绝壁毛溜沟劈山修路，在冰河中人拉肩扛埋设电缆，曾先后牺牲官兵9名，为打通天山南北、修通"独库公路"作出了贡献。战友聚会，由于年龄段、从事工作任务不同，畅谈起来涉及面很广，既有共振点，又有侧重点。诸如抗美援越、抗越备战、进山疏散、自建营房、野营拉练、军训改革、边防斗争、军民共建、680阵地建设、部队指挥所建设等，每项都有许多很有意义的亮点值得深刻回忆。

一营炮兵连连长董福贵，人长得虎头虎脑，更是精明能干、长于带兵，他带的兵个个生龙活虎，艰巨任务面前，从不输勇气，人称"虎连长"，曾荣立三等功一次。在部队时，董连长对部属要求严，爱得深，以身作则，为人表率，深受部属拥护、爱戴。董福贵转业后，他带过的官兵不断有人来看他。特别是2017年5月，原一营炮兵连分布在全国各地的数十名部属及军嫂经吴兴平、张少辉、张富等相互联络，从湖北、湖南、山西、陕西、山东、河北、河南、深圳、乌鲁木齐等地，前后分两批来看望他们的老连长董福贵。他们在一起，畅谈了在连队一齐训练时的团结、紧张、严肃、活泼的生动场面；回忆了在寸草不生、烈日暴晒的680阵地施工困苦场景；回忆了用钢钎、十字镐开山挖坑道的艰辛历程……他们一个个甜美的笑容、爽朗的笑声，绘出了他们当年"与天斗，其乐无穷；与地斗，其乐无穷"的乐观主义精神。

学友的特点是在相处的日子里，正是学文化学知识的黄金季节，集思想纯洁、真诚、活泼，远大的理想、未来的抱负、丰富的想象力于一身，正如毛主席所讲："恰同学少年，风华正茂；书生意气，挥斥方遒。指点江山，激扬文字。"可谓胸怀壮志，展翅高飞。学友、相处时间短，毕业各东西，特别是在20世纪90年代之前，由于信息不畅、交通不便，个别学友想见见都难，集体相聚更是难上难。

2018年4月中旬的一天，我的老伴刘淑芳突然接到一位女士的电话，女士是我同乡、同时入伍的战友闫树清的妹妹，女士的丈夫邢天强是我老伴刘淑芳的同学。邢天强说："王焕生刚从武汉回来提议，樊恩甫、翟自忠、王新生、朱秀文等同学具体操办，在张希魁、张庆、马常所、宋书娇、王焕生、姜章友、樊海旺等同学大力支持下，组成筹委会，想邀当年老同学见见面，聚一聚，叙一叙。"老伴刘淑芳听后，特别高兴，她给我讲了情况，我表示十分支持："这样的聚会，再忙也要参加。"这次聚会，由于时间仓促，许多同学身在外地，想参加而没参加成。为此，筹委会决定：举办第二次聚会。

在筹委会的精心策划下，2018年9月19日，"内黄二中33班同学联谊会"在内黄县城成功举行。参加聚会前，同学们都很激动、兴奋，都曾陷入深刻的回忆，将全班同学逐一过了过"电影"："某某是班长、委员、组长，很有组织协调能力；某某善于学习，理想远大，仕途一定一片光明；某某思维敏捷，勇于思考、探索，很有才华，一定有了很大的发展……"

回忆总归是回忆，虽然在校时每位校友的姓名、个头、特长、音容仍历历在目，一一跃入眼帘。但一见面，同学们还是首先相互通报了姓名，若不说名字，说实话，碰个头都不敢认。其实，这并不奇怪，试想，人生能有几个50年啊！50年前，书生气十足，可谓鲜花，八九点钟的太阳；50年后，果实累累，已是夕阳红了半边天。50年后之见，同学们畅谈了这50多年中的拼搏奋斗、坎坷经历、人生起伏、酸甜苦辣；事业、家庭、成败、乐趣等，可谓无话不谈，沉浸在愉快欢乐之中。

这次聚会，使人意想不到的收获是：王焕生不仅事业有成，在部队享受副师级待遇，退休后，仍独具匠心，经与老伴康巧珍商量，做了一件一般人难以置信、但意义非凡、影响深远的大好事。他利用家中的空闲房，办了个"农村展览馆"。展览馆内，没有珠光宝气、价值千金的古玩字画，全是改革开放之前农村的生产资料、生活用品。诸如：生产资料有刀耕火种时期的铲子、镰刀、镢头，新中国成立初期的各种犁、耙、耧、石碾、石磙、石砘等；生活用品有旧社会的猪油灯、菜油灯、打火石，新中国成立初的"洋油灯"、马灯、汽灯，还有弹花弓、纺花车、织布机等。开始，不少人很不理解，疑惑地问："弄这干啥呀？现在的人都存金存银、存古玩字画，谁存这破烂玩意呀？又占地方又不值钱。"王焕生笑笑说："要让红旗红万代，重在教育下一代。这些东西，不要说城里人，就是农村的年轻人也没见过，都快绝迹了，我收集这些东西，是想以这些真实的实物告诉年轻人：中国共产党伟大，改革开放真好，要让年轻人了解昨天的艰辛，珍惜今天的幸福来之不易，努力创造更加美好的明天。"不少人听后，竖起大拇指连连称道："好！好！想得深，看得远，真没想到，小院里深藏大乾坤，真不愧是共产党培养出来的好干部！"这次校友聚会后，刘淑芳十分高兴地说："看到校友事业有成、家庭幸福，我从心眼里感到高兴，祝愿校友们身心健康，过好美满幸福的晚年！"

1978年初冬，后勤有项紧迫的埋设电缆的任务，要求一周必须完成任务。当时，杨非任一〇〇炮连排长，他接受任务后，经过动员，明确分工，提出要求，便带领全排，昼夜轮流作业，仅用两天，便圆满完成了任务，受到部队通报表彰。杨非的精明能干及组织才华得到部队的高度认可，后经后勤多次要求，杨非被提拔任命为后勤机关战勤参谋。后来，因工作需要，先后任商丘军分区战勤科科长、河南省资源厅资源处处长、濮阳市土地局局长、资源厅缉查处处长。2019年6月，原一〇〇炮连战友在湖南联谊会时，安阳籍战友、原一〇〇炮连指导员路德新对杨非讲："原部队后勤处处长靳爱元卧病在床……"杨非听后，心里很难受，会后，便联系了在后勤处时的通讯员王东生、给养员江东升、营房保管员代明强、军械保管员单世清等老战友，冒着酷暑从各地赶到安阳来看望靳爱元同志。更令人感动的是，杨非等人7月2日来安阳的前一天夜里，杨非喜得孙女。试想，若不是战友情义真，在这样的情况下，还会来吗？答案肯定是否定的。

"但得夕阳无限好，何须惆怅近黄昏。""最美不过夕阳红，最甜不过忆往昔。"退休了，清闲了，有时间走走亲，访访友，齐聚一堂，谈天谈地，谈东谈西，谈中谈外，谈古谈今，谈你谈我，谈以往的辛苦不忘艰苦奋斗的优良传统，谈现在的好日子不忘党的政策好、不忘改革开放的丰硕成果。谈来谈去，谈笑风生，谈得天花乱坠，谈得笑声震天，谈去了寂寞、苦闷、忧虑，谈来了欢笑、快乐、幸福。每次相聚，大家都有一个共同心愿：愿祖国更加繁荣昌盛、强大！愿人民生活更加丰富多彩、富裕！愿朋友情谊更加深厚、天长地久！愿明天朝阳更加亮丽、美好！

后记

在《夕阳晨忆》写作结尾之际，中组部下发了关于开展"话传统、谈复兴、聚力量"的通知，我看后心里很欣慰，因为我写这部回忆录的初心完全符合中组部的通知精神。我愿为继续发扬党的优良传统教育，实现祖国的伟大复兴发挥自己一点余热。